晓 剑 著

占领曼哈顿

有过下贱，有过无奈，甚至有着无耻和罪恶，
但他们挣扎着活了下来。

WUHAN UNIVERSITY PRESS
武汉大学出版社

图书在版编目(CIP)数据

占领曼哈顿/晓剑著．—武汉：武汉大学出版社，2012.3
红土地之歌
ISBN 978-7-307-09436-9

Ⅰ.占…　Ⅱ.晓…　Ⅲ.长篇小说—中国—当代　Ⅳ.I247.5

中国版本图书馆 CIP 数据核字(2011)第282870号

责任编辑：聂勇军　　责任校对：黄添生　　版式设计：马　佳

出版发行：**武汉大学出版社**　(430072　武昌　珞珈山)
(电子邮件：cbs22@whu.edu.cn　网址：www.wdp.com.cn)
印刷：武汉中科兴业印务有限公司
开本：880×1230　1/32　印张：10.25　字数：233千字
版次：2012年3月第1版　　2012年3月第1次印刷
ISBN 978-7-307-09436-9/I·487　　定价：25.00元

总序

叶辛

40 多年前，中国的大地上发生了一场波澜壮阔的知识青年上山下乡运动。“波澜壮阔”四个字，不是我特意选用的形容词，而是当年的习惯说法，广播里这么说，报纸的通栏大标题里这么写。知识青年上山下乡，当年还是毛泽东主席的伟大战略部署，是培养和造就千百万无产阶级革命事业接班人的百年大计，千年大计，万年大计。

这一说法，也不是我今天的特意强调，而是天天在我们耳边一再重复宣传的话，以至于老知青们今天聚在一起，讲起当年的话语，忆起当年的情形，唱起当年的歌，仍然会气氛热烈，情绪激烈，有说不完的话。

说“波澜壮阔”，还因为就是在“知识青年到农村去，接受贫下中农的再教育，很有必要”的指示和召唤之下，1600 多万大中城市毕业的知识青年，上山下乡，奔赴农村，奔赴边疆，奔赴草原、渔村、山乡、海岛，在大山深处，在戈壁荒原，在兵团、北大荒和西双版纳，开始了这一代人艰辛、平凡而又非凡的人生。

讲完这一段话，我还要作一番解释。首先，我们习惯上讲，中国上山下乡的知识青年，有 1700 万，我为什么用了 1600 万这个数字。其实，1700 万这个数字，是国务院知青办的权威统计，应该没有错。但是这个统计，是从 1955 年有知青下乡这件事开始算起的。研究中国知青史的中外专家都知道，从 1955 年到 1966 年“文革”初始，十多年的时间里，全国有100多万知青下乡，全国人民所熟知的一些知青先行者，都在这个阶段涌现出来，宣传开去。而发展到“文革”期间，特别是1968年12月21日夜间，毛主席的最新最高指示发表，知识青年上山下乡，掀起了一个前所未有的高潮。那个年头，毛主席的话，一句顶一万句；毛主席的指示，理解的要执行，不理解的也要执行，且落实毛主席的最新指示，要“不过夜”。于是乎全国城乡迅疾地行动起来，在随后的10年时间里，有1600万知青上山下乡。而在此之前，知识青年下乡去，习惯的说法是下乡上山。我最初到贵州山乡插队落户时，发给我们每个知青点集体户的那本小小的刊物，刊名也是《下乡上山》。在大规模的知青下乡形成波澜壮阔之势时，才逐渐规范成“上山下乡”的统一说法。

我还要说明的是，1700万知青上山下乡的数字，是国务院知青办根据大中城市上山下乡的实际数字统计的，比较准确。但是这个数字仍然是有争议的。

为什么呢？

因为国务院知青办统计的是大中城市上山下乡知青的数字，没有统计千百万回乡知青的数字。回乡知青，也被叫作本乡本土的知青，他们在县城中学读书，或者在县城下面的区、城镇、公社的中学读书，如果没有文化大革命，他们读到初中毕业，照样可以考高中；他们读到高中毕业，照样可以报考全国各地所有的大学，就像今天的情形一样，不会因为他们毕业于区级中学、县级中学不允许他们报考北大、清华、复旦、交大、武大、南大。只要成绩好，名牌大学照样录取他们。但是在上山下乡“一片红”的大形势之下，大中城市的毕业生都要汇入上山下乡的洪流，本乡本土的毕业生理所当然地也要回到自己的乡村里去。他们的回归对政府和国家来说，比较简单，就是回到自己出生的村寨上去，回到父母身边去，那里本来就是他们的家。学校和政府不需要为他们支付安置费，也不需要为他们安排交通，只要对他们说，大学停办了，你们毕业以后回到乡村，也像你们的父母一样参加农业劳动，自食其力。千千万万本乡本土的知青就这样回到了他们生于斯、长于斯的乡村里。他们的名字叫“回乡知青”，也是名副其实的知青。

而大中城市的上山下乡知青，和他们就不一样了。他们要离开从小生活的城市，迁出城市户口，注销粮油关系，而学校、政府、国家还要负责把他们送到农村这一“广阔天地”中去。离开城市去往乡村，要坐火车，要坐长途公共汽车，要坐轮船，像北京、上海、天津、广州、武汉、长沙的知青，有的往北去到“反修前哨”的黑龙江、内蒙古、新疆，有的往南到海南、西双版纳，路途相当遥远，所有知青的交通费用，都由国家和政府负担。而每一个插队到村庄、寨子里去的知青，还要为他们拨付安置费，下乡第一年的粮食和生活补贴。所有这一切必须要核对准确，做出计划和安排，国务院知青办统计离开大中城市上山下乡知青的人数，还是有其依据的。

其实我郑重其事写下的这一切，每一个回乡知青当年都是十分明白的。在我插队落户的公社里，我就经常遇到县中、区中毕业的回乡知青，他们和远方来的贵阳知青、上海知青的关系也都很好。

但是现在他们有想法了，他们说：我们也是知青呀！回乡知青怎么就不能算知青呢？不少人觉得他们的想法有道理。于是乎，关于中国知青总人数的说法，又有了新的版本，有的说是2000万，有的说是2400万，也有说3000万的。

看看，对于我们这些过来人来说，一个十分简单的统计数字，就要结合当年的时代背景、具体政策，费好多笔墨才能讲明白。而知识青年上山下乡运动中，还有多多少少类似的情形啊，诸如兵团知青、国营农场知青、插队知青、病退、顶替、老三届、工农兵大学生，等等等等，对于这些显而易见的字眼，今天的年轻一代，已经看不甚明白了。我就经常会碰到今天的中学生向我提出的种种问题：凭啥你们上山下乡一代人要称“老三届”？比你们早读书的人还多着呢，他们不是比你们更老吗？嗳，你们怎么那样笨，让你们下乡，你们完全可以不去啊，还非要争着去，那是你们活该……

有的问题我还能解答，有的问题我除了苦笑，一时间都无从答起。

从这个意义上来说，武汉大学出版社推出反映知青生活的“黄土地之歌”、“红土地之歌”和“黑土地之歌”系列作品这一大型项目，实在是一件大好事。既利于经历过那一时代的知青们回顾以往，理清脉络；又利于今天的年轻一代，懂得和理解他们的上一代人经历了一段什么样的岁月；还给历史留下了一份真切的记忆。

对于知青来说，无论你当年下放在哪个地方，无论你在乡间待过多长时间，无论你如今是取得了很大业绩还是默默无闻，从那一时期起，我们就有了一个共同的称呼：知青。这是时代给我们留下的抹不去的印记。

历史的巨轮带着我们来到了2012年，转眼间，距离那段已逝的岁月已40多年了。40多年啊，遗憾也好，感慨也罢，青春无悔也好，不堪回首也罢，我们已经无能为力了。

我们所拥有的只是我们人生的过程，40多年里的某年、某月、某一天，或将永久地铭记在我们的心中。

风雨如磐见真情，

岁月蹉跎志犹存。

正如出版者所言：1700万知青平凡而又非凡的人生，虽谈不上“感天动地”，但也是共和国同时代人的成长史。事是史之体，人是史之魂。1700万知青的成长史也是新中国历史的一部分，不可遗忘，不可断裂，亟求正确定位，给生者或者死者以安慰，给昨天、今天和明天一个交待。

是为序。

代序
知青，一个难以诉说的字眼

对于我的女儿一辈来说，知青肯定是古时候的事了。在知青们已经开始当爷爷、奶奶、姥爷、姥姥的今天，我没有理由指责我的女儿对他父亲少年时的经历漠不关心，终究，新千年和新世纪的诱惑太多，何况，我女儿这辈人面临的生存竞争更加激烈和残酷，他们处理自己的事情已经够累的了。

然而，在我和我插队的同伴心中，知青可能永远都是个死结，是个到死也说不清、道不明的话题。

社会学家说知青是一种灾难，历史学家说知青是一种现象，政治家说知青是一种为了民族的群体牺牲，文学家说知青是一种心理情结，芸芸众生说知青是一种个人命运的被蹂躏和被煎熬，具体到每一个个案，还会有无数种非理性的说法和纯粹属于个人体验的评价。我认为，对每一种认识都不能否定，但也不能认定是对那一段于我们来说属于刻骨铭心生活的全面总结，因为整个民族的浮躁使这个民族还没有以冷静的心态对整个历史进行全面的、认真的、科学的反思和梳理，更不用说妄图遮掩这段历史的还大有人在。

十年前，在湖南卫视《有话好说》节目中，我作为嘉宾，为了使知青话题能够尽快进入争论，提出了“当知青好玩不好玩”的问题，似乎引起了众怒，掀起了一股不大不小的风波，这正是我所期待的，假如大家对我的问题漠然处之，那才是我们这代人的悲哀。不过，我至今认为，从某个角度讲，一群不谙世事的少年男女离开城市，来到农村，在残存的童趣中，肯定会有好玩的念头，这是不容置疑的，即使在面临国破家亡的抗日战争时期，小兵张嘎依然会堵人家烟囱，用摔跤去和小伙伴打赌就是对好玩的一种证明。

当然，好玩绝不会成为整整一代人把青春摆上魔鬼的祭坛的全部内容，甚至它仅仅是那个时代一种苦涩的笑，一种对于政治宗教本能的嘲弄，在今天，它成为了历史的黑色幽默，成为了记忆中更多泪水的源泉。

我编写了中国第一部关于知青生活的电影剧本《我们的田野》，我创作了大量的知青长、中、短篇小说，我主编了五卷本的知青文学精品文库，我和郭小东总撰稿的《中国老三届》是目前集数最多、内容最全面的知青专题片，里面无一不反映了童趣、童贞、少年的憧憬及孩提的荒唐，但是，这并没降低作品基调的沉重感，更掩饰不住历史对我们这一代人不公平待遇，反而，其有助于我们的回忆与反思，有助于下一代人对上一代人的客观认识和评价。

这客观认识和评价，是民族赋予他们的使命，他们想摆脱也摆脱不了！

当然，谁也不可能取代谁的思考，就像谁也不可能取代谁的自身经历一样，我只是表达了我个人对过去生活的意念，其他有过知青经历的人尽可以有着与我截然不同的看法及阐述方式，这丝毫不影响我们这代人无法摆脱的集体意识。

知青，实在是个难以诉说的字眼，好在我们这代人的优势在于我们永远有着要诉说的冲动和欲望，有着谁不让说就和谁玩命的勇气和魄力，那就让我们有机会就诉说吧！

此文是为某杂志撰写的，正值我的母校武汉大学所属出版社大规模再版知青文学作品，在不胜感慨和感激之余，将其找出，是为代序。

目　录

第一章　现代启示录

纽约，一群知青以异国公民身份在联合国大厦总部门前的广场上汇聚了，他们到底想做什么呢？

1

“请报一下原来所在学校的名称。”一个留着小平头的壮汉手持半导体微型扩音器，嗓音低沉地叫着。

人群中依次传出了高高低低、大大小小、粗粗细细的回答声：

“北京四中。”

“北京清华大学附中。”

“北京大学附中。”

“北京师大女附中。”

“天津南开大学附中。”

“重庆三女中。”

“上海复旦大学附中。”

“昆明市一中。”

“广州市二十七中。”

“西安市交大附中。”

“哈尔滨二中。”

“济南市一中。”

……

那个手持扩音器的男人眼睛眯起了些，又将声音从喇叭中传了出来：“请再报一下插过队的地方。”

“陕西省延安地区。”

“内蒙古生产建设兵团。”

“吉林省白城子地区。”

“新疆生产建设兵团。”

“河北省白洋淀。”

“云南生产建设兵团。”

“云南省西双版纳。”

“黑龙江生产建设兵团。”

“安徽省淮南地区。”

“山东省沂蒙地区。”

“四川省大巴山。”

“中国海南岛。”

“雷州半岛。”

“贵州省茅台县。”

……

“最后一条，请报一下现在所持护照的国家名。”扩音器中的声音有些兴奋。

“美国。”

“美国。”

“美国。”

“英国。”

“德国。”

“法国。”

“加拿大。”

“瑞士。”

“意大利。”

“澳大利亚。”

“新西兰。”

“泰国。”

“哥伦比亚。”

“南非。”

“汤加。”

“匈牙利。”

……

这是一群有着知青经历的中年男女在聚会，他们不是纪念什么伟大的节日，也不是祭奠什么值得记忆的人物，更不是要举行什么壮烈的仪式，他们只是准备庄严宣告：占领地球！

这绝不是一个好天气，上百万辆汽车喷出的烟雾和太阳黑子增多而带来的连续阴霾使哈得逊河口一带广阔的地域灰暗而混浊，但这并不影响一百二十八个黄皮肤、黑眼睛的人从地球的各个角落飞抵这里。

这里是美利坚合众国东海岸的纽约市，假如矗立在市南端自由岛上的自由女神会回眸一望的话，就能发现这些被黄河文明熏陶出来的一群人正汇集在曼哈顿岛的东河之滨，那里有着一块七万余平方米的土地，高耸着四座宏伟建筑，广场上飘扬着近二百个国家的旗帜。

这正是举世闻名的“联合国城”!

联合国是第二次世界大战刚刚结束之后宣布成立的。一九四五年十二月十日美国国会通过决议，邀请联合国到美国设立永久总部。一九四六年二月十四日，在英国首府伦敦举行会议的联合国大会同意接受美国邀请，并用美国石油大亨洛克菲勒赠送的八百五十万美元巨款购买下东河滨一块地皮，当时的纽约市政府也免费划出邻近的一些土地，让其成片，同时给予海岸权和通行权。一九四七年，美国与联合国签署特权和豁免协定，承认“国际领土”的特殊地位。一九五一年，联合国的几幢主要建筑全部竣工。

联合国城虽然有不属于任何国家编制的联合警察守卫，但任何人都可以买门票入内参观，每年游客高达百万人。游客除了可以旁听各种国际会议外，更可以看到各成员国馈赠的纪念品。其中有中华人民共和国于二十世纪七十年代恢复其在联合国的合法地位后赠送的壁毯《万里长城》，前苏联赠送的第一颗人造卫星模型，日本赠送的佛塔，英国赠送的家具，埃及赠送的古文物，叙利亚赠送的女神像等。

联合国的大会堂里经常举行各种辩论，以决定一些世界规模的事件的发生或结束，一九九〇年的伊科冲突便是因联合国的巨大努力而使其没变为第三次世界大战的导火索，而柬埔寨问题的和平解决也是联合国的功绩之一，以至于联合国维持和平部队曾获得过诺贝尔和平奖。

在联合国大厦外的广场上，则是各种国籍、各色人种常常举行各种示威游行与和平聚会的地方，他们为各种目的而来，一般情况下都达不到基本目的而去。其实，他们更多地只是显示了一下他们的存在。

那么，这一百二十多个有过知青经历的中国男女以一百二十多个国家公民的身份聚集于联合国大厦前的广场上，耸人听闻地宣告“占领地球”又有什么结果呢？

同样不会有什么结果。

他们那“红卫兵时代”的狂热在他们身上甚至连一点痕迹都没有留下，留下的只有岁月的烙印和中年人的成熟，他们所想展示的是一种东方人的情感和力量，是想告诉地球上所有民族：经受过知青磨难的一代中国人不会在世界上任何一个太阳照得到或照不到的地方毁灭！

这同样是一种对存在的自我认定。

鲁迅先生对“黄祸”有过极其尖刻和中肯的评说，我们并不需要班门弄斧，在今天再有什么不合时宜的议论。当人类潮流越来越趋向于和平、民主、进步的时候，狭隘的民族主义倾向和地域观念也越发显得可笑与渺小。因而，中国的新移民在联合国大厦前举臂呐喊，也不是要用黄色文明替代蓝色文明，就如同蓝色文明永远也替代不了黄色文明一样！

他们只想说明一点：有过知青经历的人不懂得什么叫安分，他们的灵魂永远在躁动着，一种创造的欲望时时像大海一样在喧嚣，因为他们是知青！

那个留络腮胡子的人在整装待发了……

2

这不是小说，不是拍政治幻想电影，当然更不是新闻报道，上一节的情节并不存在，只不过是笔者为了突出此书的内容和主题而随意杜撰出来的。

但知青确实存在过，在上百个国家都能找到有过知青经历的中国人这一事实并不需要虚构，因而笔者才能在众多类型的启示录中去认真地勾画出他们的形象。

知识青年这个词出现的历史几乎与二十世纪一样漫长，但其作为今天我们概念中的一种形象最早起源于延安的二十世纪四十年代。现代史中一个不凡的人物毛泽东提出了“知识分子走与工农相结合的道路”的理论，并首先付诸实践，将自己的大儿子毛岸英送到农村去，拜一个农民大爷为师。

而后，在一九五二年，一批云南省昆明市的青年学生，在政府部门的号召下，自动组织起来，进入西双版纳的热带雨林，在如今的橄榄坝地区成立了农场，种植热带经济作物，开创了一种与以往截然不同的生活，成为中国的第一批知青群体。

一部反映这段历史的长篇小说《边疆晓歌》标志着新中国文学史中的一个新门类——知青文学的诞生。尽管它的涵盖面狭窄，对人生的思考带着那个时代的明显局限性，艺术上还欠锤炼，但尊重历史事实的学者都不应当否认它是今后曾一度掀起狂潮的知青文学热的最早实践，或称为起点。

当一大批上海青年奔赴新疆，充实到生产建设兵团的队伍中时，知识青年还没有作为一个社会性定义被普及开来，它依然处在待成熟阶段，但其影响却正如钱塘江大潮的第一个峰头，让人看到了波澜壮阔之势。

为此现象，著名诗人贺敬之留下了豪迈的诗篇《西去列车的窗口》，电影艺术家拍摄出了影片《青年一代》，小说家写出了长篇小说《军队的女儿》，这些作品在当时的轰动程度绝不亚于后来的《天云山传奇》、《班主任》、《人到中年》等作品。这些作品的流行及被广为宣扬为二十世纪六十年代末期的知青大潮做好了舆论和心理准备，成为其不可阻挡的态势的先导、前奏曲。

知识青年在中国成为正式称呼，也就是在一个特定历史年代被确认为一个特定阶层是在一九六三年至一九六四年期间，一批北京和天津的品学兼优的中学生作为带头人来到了河北与山西的贫困农村。邢燕子、侯隽等少女成为其中代表人物，被广为传诵。

其时，国家主席刘少奇针对这种壮举发表了后被批判为“下乡镀金论”的著名谈话，他指出知识青年有文化，到农村锻炼一个时期可以到县里担任领导工作，“还可到省里和中央去嘛”。

这本是培养一代熟悉人民并能为人民利益而奋斗的革命接班人的理论，在不正常年代中则被指责为不正常言论，上山下乡知识青年几乎无一未参加过对“下乡镀金论”的猛烈批判。

历史就是这样奇怪，继毛泽东之后，作为领袖人物的刘少奇的理论又一次在自己儿子身上得到了实践。其子刘源在农村与农民生活了很长时间后，被选拔到县里工作，后来又到了市里，在一次全省人民代表大会上，他以绝对多数被人民代表推举为河南省副省长！

这时，刘少奇已经冤死十多年之久，他停止呼吸之地，也正是华夏中原之地——河南省。

一九六八年十二月，在中华人民共和国的土地上，那场震惊世界的“史无前例的无产阶级文化大革命”正进入到一个“新的阶段”，各地曾处于半瘫痪状态的政权，在当时毛泽东一句“还是叫革命委员会好”的指示下，以上海市为先导，纷纷用革命委员会的名义恢复起来。《人民日报》、《解放军报》和《红旗》杂志不停地推出题目壮阔的社论，如《芙蓉国里尽朝晖》、《西南的曙光》等。

在这场曾使中华民族经历十年浩劫的运动中充当马前卒、起着“先锋和桥梁”作用的广大中学生们，此时已经无法实现“复课闹革命”的设想了，因为正常秩序还远远不能恢复。

一九六六年春末，北京清华附中的学生以秘密串联方式，成立了“红卫兵”，其宗旨为：捍卫马克思列宁主义，捍卫毛泽东思想，捍卫无产阶级专政。

他们用毛泽东的推论，认为中国已经处于“修正主义”边缘，尤其在教育领域，资产阶级已经专了无产阶级的政！

于是，他们造反了，“舍得一身剐，敢把皇帝拉下马”的口号声顷刻间响彻长城内外、大河上下。

揪斗教师、校长、教育局长，以至于杀上社会后，大破“四旧”、砸墓碑、焚古刹、换路标、抄“黑五类分子”的家，大串联的队伍遍布全国，他们支持当地受压造反派，围攻省委、省政府，甚至最终包围中南海，除毛泽东等极少数人外，从生产队长至国家主席，几乎很少有“当权派”逃脱过被揪斗、被批判的灾难。

这一切，并非本篇叙述的内容，它将在笔者另一部著作《知青文化丛书之三：从红卫兵到知识青年》中作全面介绍。

一九六八年的情况是：中学生们在这场运动中的使命已告结束，

而年轻人的骚动心态又绝不可能平息；最小一届（六八届）学生到了升学的年龄，而最高一届学生则到了要参加工作或考大学的岁数，不解决这以千万计的人的出路是不行了。

其实，一些有创造欲望和政治头脑敏锐的精英们已经注意到中国的农村地区。“农村是一个广阔的天地，那里是大有作为的。”世界级别的伟人毛泽东以农村为根据地，包围城市，最终夺取了全国政权，丰富和发展了马克思主义的暴力思想，并试图将此实践上升为普遍性的真理，延伸至中国这个农民国家的全面建设之中去。

那些以“解放全人类”为己任的中学生领袖们，通过“大串联”，已经多少知道了些农村的贫困与落后，他们愕然了，继而萌发出要去那些地方大干一场，改天换地，以将自己锤炼成真正的无产阶级革命事业接班人的想法。

当然，这其中也有年轻人的理想主义色彩的浪漫主义本性在起作用，还有前面所提到的文艺作品潜移默化的影响。

早在一九六七年，云南西双版纳地区的国营农场就接收了五十五名北京中学生，他们获得了周恩来总理的批示。北京中国人民大学附中“红旗战斗队”曾派专人至北大荒友谊农场考察，准备在那里成立一所半农半读的“共产主义战校”。一队以“长征”形式步行串联至延安地区的红卫兵，没有再掉头回来，而是留在了宝塔山下。

这些地方，后来都成为知识青年比较集中的地域，并诞生出一些知识青年中的杰出人物。

在这种形势下，毛泽东终于在一九六八年十二月发出了当时被称为“最新最高指示”的战略性言论：“知识青年到农村去，接受贫下中农的再教育，很有必要。”

他没有讲知识青年对落后贫困农村所起的传播文明与文化的作用，而仅仅强调“接受贫下中农的再教育”，这并非他忽视了这点，而是有着更为深远的考虑。（此论述也于《知青文化丛书之三：从红卫兵到知识青年》中出现）

一声号令，势如破竹。在那个寒冷的冬夜，全国几乎所有的高音喇叭都响了起来，几乎所有的大中学生都受到了鼓舞，他们立即准备行装，奔赴农村。这种号召力恐怕在本世纪内再也不会出现了。

北京、上海、天津、重庆及各个大中小城市的火车站、汽车站、码头（只是没有机场）在一段时间内挤满了上山下乡的知识青年和送行的亲朋好友，锣鼓喧天、口号不断、慷慨激昂、气势如虹，绝没有后来一些文艺作品所描写的悲悲切切、惨不忍睹。

这场二十世纪以来最大的一次人口迁徙运动至今也统计不出一个详尽的数字，以标明多少家庭被牵动，多少青年学生投身进去。但据笔者了解，能称为有知青经历的一代人应不少于六千万（包括乡镇知青）。

当时，凡是家中有学生青年的，绝少不被波及，不要说普通百姓之家，就是高级领导干部也无一不按毛泽东的指示，将子女送到农村去。

老一辈无产阶级革命家刘少奇、周恩来、邓小平、董必武等都有晚辈上山下乡，就连红极一时的陈伯达，也将儿子送到内蒙古草原。

至于部长、将军们的公子和千金更是在许多插队点出现，不足为奇，也绝用不着像今天一样以长篇报告文学加以宣扬。特权在轰轰烈烈的群众运动中丧失殆尽，何况这些人当时也没有了特权。

这场一波又一波的上山下乡运动随着社会秩序的逐渐安定而慢慢

平息，最后一个小小的浪花是由华国锋掀起的，他以当时中共中央主席的身份将中学毕业的女儿送到了北京市一个远郊县插队落户，为他那敦厚的外貌增添了朴实的一笔，也标志着知青运动的即将完结。

大规模知青返城浪潮是由云南省农垦系统的四川与北京知青掀起的，根据当时“拨乱反正”的决策，各地知青们都被允许回到故乡城市。

知识青年的历史作用也许要到下个世纪才能准确地给以评说，孰是孰非，功大还是过大现在草草定论无疑是轻率的、不科学的，但现代文明随着这些青年人进入农村地区而随之波及开来是毋庸置疑的，甚至可以说为中国广大农民率先进入改革行列多少打下了些文化基础。

笔者曾在云南插队，刚进入亚热带雨林时，发现那里一个自称沙族的部落群的女人不知胸罩与内裤为何物，不懂得往水田中施肥能高产的道理，而一年之后，沙族女人们都戴上了胸罩，穿上了内裤，水田经施肥后亩产翻了一番。

在更多的山区里，孩子们是经过知青传播才知道了飞机、火车、电话，知道了打篮球，打乒乓球，踢足球。

当然，从长远来看，获益更多的是知识青年本身。上山下乡的人生经历注定使这一代人身上充斥着民族责任感和义务感，把其对祖国的苦恋升华为对人类的挚爱，他们的生存能力和适应社会的能力大大加强，远非后来的知识分子所能比拟，他们将理想与现实相结合，从不停息创造生活的欲念和行为，成为中华民族的栋梁之材。

在恢复高考制度以后，一大批知识青年进入高校学习，被称为“老”大学生，以区别于刚出中学之门的“小”大学生。教育界一致认定，二十世纪七十年代末至八十年代初是大学校园内学习风气最浓郁的黄金时代，而后随着知青大学生的消失，便每况愈下。

在分配工作时，有过知青经历的大学生则被抢先接受，并在工作之中获得好评，这同样证明上面论点的可信程度。

知识青年们回城以后，进入到各行各业，为新时期的繁荣昌盛增添了不可估量的活力，其中涌现出不少社会名流，如演员刘晓庆、潘虹、姜昆，导演田壮壮、陈凯歌、张艺谋，作家张承志、王安忆、史铁生等。还有众多的企业家、改革者、科学家、学者。

像刘源一样进入各级领导岗位的也不在少数，以处一级为多，在轰动一时的“北大荒知青回顾展”中有人调查，北大荒知青中担任职务最高的“荒友”为国务院某局副局长。

不知从何时起，有过知青经历的一代人悄悄辐射向地球的各个地方，不是用现代化信息传递其思想，而是以个体存在的方式出现在众多的国度之中，其间到达最远点——南极的有北大荒知青出身的记者兼作家陈可雄。可谓世界上任何一个角落都留下了知青的足迹。

有人将历时至今仍不衰弱的出国现象称为“世界大串联”，有人叫“洋插队”，不管哪一种说法，都与这一代人中前期的行为联系起来，说明这一代人的影响力的经久不衰。

笔者则称之为“后知青现象”。

这是有过知青经历的一代人原动力发动之后的惯性所为，他们总在力图创造一种对他们来说是全新的生活，这种生活对他们有着永不消失的魅力，足以吸引他们义无反顾地去追求和获取。

还可以理解为：这是对生命意识的破译，对青春无悔的一种延伸解读，对自身价值的阐释，简单讲，是对一代人的自我认定和尊重历史的碑铭。

全部青春消失在知青运动之中，因而不希望知青在岁月的长河中消失，如同红军老战士讲长征，八路军老战士讲南泥湾，解放军老战士讲三大战役一样，老知青永远在讲着上山下乡。

任何成功者绝不以成绩来炫耀其伟大和辉煌，这由别人去赞颂，而自己总是讲艰辛、磨难、奋斗的过程。

这便是本文全部意义所在！

笔者不寻求任何理解，寻求理解是弱者无可奈何的叹息。

笔者之所以叙述几十个有过知青经历的男女的现代故事，无非只是想让人知道一个人的一生是不可分割的，这些出国之人的生活与其上山下乡岁月紧密相连，这便是所谓“后知青现象”。

由于某种个人原因，真实故事中的所有人名都是虚拟的，这同样不需要读者理解。还有一点要注明的是，本文与时髦的“留学生文学”无缘。

第二章　灵魂启示录

雅加达，他面对险恶尘世却能以平静心态忍受全部灾难；科伦坡，她冷视巨大诱惑认为自己有能力战胜一切人性弱点。

1

董云浩被人称作幸运儿。这是按照世俗观念所得出的结论，因为他继承了伯父在印度尼西亚的遗产，交完遗产税后，按美元计算还有六百万。

他出国一点都不艰难，用不着变卖家产、东拉西借，也用不着去考托福、找担保，更用不着因为签证问题而去外国大使馆忍受审讯般的屈辱，他唯一要做的就是到公证处证明他的确是他伯父的侄子。

中国人对于同胞去外国接受遗产有一种占了外国人便宜的感觉，此类心态和中国女人被外国人娶了或干了就有国人受辱的感觉一样不太正常，但也正是这种心态使董云浩的公证办得格外顺利，各种公证一应俱全。

由于一九八四年中华人民共和国与印度尼西亚共和国邦交还没有恢复，所以他也无需为签证奔波，而是他伯父的代理律师已经在第三国为他办好了一切入境手续，甚至连机票都预定好了，他所剩下的就是按约定日期从罗湖桥出关，转道香港飞往雅加达。

对于印度尼西亚，他不能说没有一点了解，不仅仅是在地理课中听老师介绍过，更多的是由于一九六五年那个地方在大肆反华、排华而使他的父亲逃回了祖国。

他父亲是一九四八年离开中国到印度尼西亚投奔经营橡胶园的哥哥去的，那时他还在母亲的子宫中孕育，他出生后四个月，随着那一声浓郁的湖南口音“中华人民共和国中央人民政府今天成立了”的响起，一面五星红旗在北京天安门广场上冉冉升起。

因为种种原因，他父亲没有在那个时刻回来，而且一呆就是十六个年头，当他父亲设在万隆的一家商店被砸烂，本人也被打得遍体鳞伤，不得不扔下一个同居的巴厘女人回到故土时，他已经是北京××中学高中一年级的共青团总支书记了。

不到一年，他父亲因内伤久治不愈，终于死在了协和医院，唯一因祸得福、不幸中之万幸的是这位印尼华侨躲避掉了那场即将来临的“文化大革命”的暴风骤雨，谁都可以预料，那对于一个从国外回来的人将是多大的灾难！

无法想象，近二十年之后，董云浩又踏上“千岛和火山之国”。他还记得地理课上对那里的介绍：位于亚洲东南部，地跨赤道，由太平洋和印度洋之间一万三千余个大小岛屿所组成，除加里曼丹岛外，各岛均有活火山，地震频繁。

他之所以能记住这些，是因为当时他从未见过的父亲在那里，少年时的记忆一生难以忘怀。

他离开北京时，前去北京机场送行的有近百人之多，除去他年迈的母亲、已经毫无魅力的妻子、可爱的女儿之外，其他都是所谓亲朋好友。其中有当年领着“红卫兵”抄他家的居委会主任，有插队时以阴谋诡计顶替了他上大学名额的中学同学，有现在单位中一直不给他评中级职称的领导，有宁肯给他做情妇也要让他帮忙办出国的电视台播音员……

对这些人，他说不出有一种什么样的心情，他不知道，假如他没有那六百万美金的遗产，是否会有这么多人前来送行。他还清楚记得一九六九年去陕西省延长县插队时，只有母亲一个人站在北京站的站台上，麻木地捧着一本《毛主席语录》，送他上了火车。

钱真有这么大诱惑力和吸引力吗？

可这六百万美元是渗透血泪的呀！一九六五年的一个深夜，他伯父的两个与印尼共产党有关系的儿子被用火烧死，一个如花似玉的女儿被当众凌辱，而后下落不明，中国血统的妻子上吊自杀，伯父被驱赶出家园，放逐到东爪哇一个荒凉的小岛上，直到十几年以后才归还他全部财产。橡胶园刚刚复兴，老人便与世长辞了。

老人没有遗嘱，根据印尼法律，董云浩成为了第一继承人。其实，他们董家上一代只有兄弟俩，而这一代只有他这一根独苗。

飞机降落于广州机场之后，他没有在市区停留，倒不是他时间紧迫，而是觉得这座刚刚开放不久的城市里骗子太多，近年他曾三次出差广州，没有一次不被欺骗的。一次为妻子买了一块手表，回到北京三天就不走了。一次给女儿买了一双皮鞋，只穿了一天底子就掉下来。还有一次为母亲买了一件婆婆衣，回去刚一穿线就开了一半。他对广州的印象太恶劣了，由此他经常想起插队时的一个同学。那个同学每每从北京带来一大堆每件只值几分钱的东西，然后以几角钱的价格卖给一年也挣不上几块钱的陕北老乡。有一次窑洞塌下来，把那家伙砸死在里面。

在香港，他也只逗留了一天，然后由伯父的代理律师陪同上了飞机，直抵雅加达。

雅加达的阳光似乎比北京明媚一些，这主要是环境污染没有北京那么厉害。国际机场上居然有几十个人在迎候他，除了两家华文报纸的记者外，其余的都自称是董云浩伯父的至交好友和同事，而且大部分是华人，说着些带潮汕味的普通话。

一连七天，他住五星级高级酒店，吃各种中西大菜，参观东南亚最大的博物馆雅加达博物馆及寻梦园和表现印尼各地风土人情的缩影公园。

他成了贵宾，将前半生所没有享受过的东西在几天之内全部补偿了回来。

可他确实还没有学会享受，或者说，他从不知享受为何物。他童年是清贫的，靠母亲一个人在街道办的纸盒厂糊纸盒挣钱度日。那时，每吃一次肉都会给他带来惊喜。上中学以后，只有每年春节他才有机会穿上一套新衣服。插队十年，他更是过着和陕北老乡一样清贫的日子，吃小米，喝盐水汤，一年洗两次澡，久而久之，连外形和语言都向农民转化了，以至于有一次在北京街上骑自行车违章闯了红灯，交通警察吼住他，训着："老乡，这不是麦子地，可以横冲直撞！"

他一九七八年才将户口转回北京，由于没有关系，只有到母亲所在的街道工厂以顶替的方式接了班，虽然工种不是糊纸盒，但也好不到哪儿去，只不过是改成钉纸箱，工资二十六元，刚好饿不死。

即使以后他在北京某大学读了五年夜大，毕业后调入区轻工业局当技术员，穷困也几乎没离开过他，直到他去印尼接收伯父的遗产时，家中都还没有一台彩色电视机。

作为一个普通人，董云浩没有更大的奢望和欲求，每当他想起陕北的老乡，就有一种踏踏实实的知足感。他看了著名作家史铁生创作的短篇小说《我的遥远的清平湾》之后，感动得热泪盈眶，不顾新婚妻子的反对，将五百斤全国粮票寄给了陕西省延长县他曾插队的那个小村落。

在印度尼西亚过贵族式的生活使他产生了一种受不了的感觉，他向律师提出来“该干点正事了”。

律师点点头：“当然。”然后取出了一系列文件，这些文件都是以英语和印尼语两种文字打印出来的。

董云浩粗通英语，他看了一遍，无非是律师的费用而已，他提笔在上面签了字。这样，他六百万美元的遗产中就少去了百分之三十，共一百八十万。

第二天，他作为印尼昌龙橡胶制品股份有限公司的董事长来到芝利翁河东岸一座四层的白色建筑里，在全部用大理石装饰起来的宽大办公室内，开始熟悉业务，行使职权。

他很快发现，对于商业上的一套，自己几乎一窍不通，尽管他作为区轻工业局的技术员也曾到中国各大城市推销过产品，与各种商人打过交道，可相比之下，那不过是小孩“过家家”，纯属儿戏。

他不知道其他去国外接受遗产的中国人是如何应付局面的，但听起来似乎都很快有了大亨派头。比如英美烟草公司一家分公司的董事长去世后，就由其抗日时期与一个中国女人生的儿子继承了遗产，那个儿子一直在天津生活，也属普通人行列，可一接手后，立刻频繁出访各国，还要在中国最大的烟草基地云南设立分支机构，甚至想与昆明卷烟厂合作。

而他似乎没有这个本事。此外，他难以与女秘书和谐起来。那个总想服务到他床上去的印尼姑娘由于他对她的冷漠而故意处处使他为难，许多文件借口找不到而不拿给他看；有些客户找上门来被她拒绝掉，而一些使他进入印尼商界社会的机会又被她将请柬扔进了碎纸机，使他失去了机会。

他不明白自己洁身自好、不以权势占女秘书便宜有什么不对头的地方，当然他更不知道，女秘书由于不能与董事长有特殊关系而每月的收入少了许多，她就是因此而心怀不满。

至于一直自称为他伯父忠实部下的总经理黄先生表面上对他唯唯诺诺，非常敬重，而实际上却在做亏本生意，从中捞取大笔回扣，打入个人账户，其他一些职员同样暗中行事，只是将他一个人蒙在鼓里。他们甚至用公司的钱为自己上了巨额保险，还每人购置了一套公寓，以办公用具报损的方式销账，房子则转移到了自己名下。

两年之后，董云浩多少了解了一些印尼商界情况，也能讲印尼语了，这才发现自己所继承的六百万美元已经所剩无几，他公司的股票更是分文不值，而这些股票百分之八十都在他名下，是总经理花言巧语劝说他为了更好地垄断公司而买下来的。

董云浩终于明白他从一踏上印尼的土地就在别人的圈套里了。他更为愕然的是，坑害他的几乎全是他伯父的所谓至朋亲友，一色的中国侨民！

小鱼分食了他这条大鱼！

他又一次体验到人心之险恶。插队时他就开始领略到这种人性中的阴暗、低劣和无耻了。有一次延安地区要从知识青年中招一批中学教师，这对于当时前途无望的知识青年来说是一次人生的机遇，由于他老老实实，颇受贫下中农好评，公社招干办公室已经内定了录取他。然而，在公布名单前夕，他的窑洞门口突然出现了一条与他字迹相近的“反革命标语”，这在阶级斗争观念强烈到一棵小树被折断都要有侦破组出现的时代，无疑是一桩重大案件。作为第一个被怀疑对象，他的名字被从录取名单上划掉了，一个女生替代了他。几年后，这个女生因失恋而引发出精神病，在神志不清时说出那条“反革命标语”完全是她一手炮制的。

还有一次，他被生产队推荐为“工农兵大学生”，他的另一个竞争者以最贴心的朋友的身份告诫他：在这种时刻他必须更要强烈地表示出扎根农村干一辈子革命的决心才能被公社批准上大学。于是，他到公社张贴了决心书，而结果是他被评为县一级知青先进人物，他那个朋友却上了陕西师范大学。

他没有过多地记恨他们，甚至多少宽容了他们，这倒不是什么高尚与博大，只不过是一种善良，他觉得身边那些农民能够生存下去，他也用不着有什么更多的欲求。

在印度尼西亚，他发现公司濒于破产边缘时，也同样萌生着一种念头：既然那六百万美元本不是自己挣来的，失去了它也就并没有什么可惜的。

他用所剩不多的现金以股面原值购回了流散于社会的百分之二十的股票，他不愿意让人指着脊梁骨骂大街，对于购买零星股票的普通人家分文无收也于心不忍，虽然他已经领悟了无商不奸、无奸不商的真谛，懂得善良对于商界来说是致命缺点，但他还是无法使自己的天性泯灭。

那幢四层办公楼成为了别人的财产，连同里面的一切，包括女秘书。不过，他还有一个去处，那就是伯父围在椰树墙中的一千亩橡胶园，这个橡胶园在印尼最长河流梭罗河的边上。

他犹豫再三，没有把橡胶园卖掉，携款回国，而是决定留下来，将妻子、女儿、老母亲接到印尼，让她们享受田园生活。橡胶园终究是父辈们赖以起家的事业，他不能做不肖子孙，将其从自己手中丢失。

他觉得，回不回国并不说明爱不爱国，在世界任何一个角落，你其实都是一个中国人，而且你也很难能忘掉这个事实，因为你的黑眼睛，因为你的黄皮肤，因为你的无法磨灭的黄河文明的文化背景。

在去接亲人们出国之前，他没让任何人陪同，只身去万隆参观了周恩来总理曾出席过的万隆会议旧址，然后又游览了世界著名的覆舟火山，泡了万隆温泉。

在暖洋洋的温泉中，他想起了从前一无所有的时候，他过得很愉快，也想起了今后，他是否一定要像进入炼狱一样忍受痛苦的煎熬呢？他无法得出结论。

但有一点他很自信，由于有过当知识青年的经历，他一定可以承受一切。他能和人打交道，也完全能和鬼打交道，反正人生的经历多一些不是坏事。

不远处，火山口青烟缭绕，火山堆宛如一叶倾覆的小舟，永远停泊在那里，不会远航，却一点不令人为之惆怅。

两年之后，中华人民共和国和印度尼西亚共和国恢复邦交，而董云浩的橡胶园却由于他经营不善，又面临破产边缘。但他相信，一切磨难他都能应付过去。

2

在那个被僧伽罗语称为“乐土”或“光明富饶的土地”的国度里遭遇抢劫，是吴娜所始料未及的。据说按当地人的土著语言也可以称为“辉煌之岛”，可她的确看不出什么辉煌，也许是泰米尔伊拉姆猛虎组织袭击政府军，引起全国大战乱时才显出点那么与众不同。

不过，当吴娜知道此国原名锡兰，梵文是“狮子”之意时，她也就不那么激怒了，和狮子打交道当然会有损失。

其实，为了办理那张中国古书和佛经上称为狮子国或执狮子国的斯里兰卡护照，她已经损失了六万元人民币，这是她在上海一家外贸公司辛苦十年的全部积蓄，当然不仅仅是每月二百元的工资，还有每做成一笔生意的回扣及陪外商和港客跳舞、听歌时的酬劳。

简单说，她是花了一万二千美元才由一个中华人民共和国居民变为斯里兰卡民主社会主义共和国公民的。严格地说，她的中国居民身份证和因私出国护照还在，不管承认不承认，她都是一个具有双重国籍的人。

到达科伦坡后，她曾查询过斯里兰卡移民机构，她的护照是真的，被绝对认可，只不过有人私下告诉她，当地警方和移民机构只各收一千美元就能办理一个移民手续，而帮她办护照的那个北京人指天发誓说一分钱也不赚她的，否则出门让汽车撞死。

那人没让汽车撞死，后来在斯里兰卡办赌场时发生内讧，被人用酒瓶子砸死了，吴娜还为他送了葬。不管怎么说，她命运的转折、人生的变化他是出了力的。他本来是对她有肉欲之求，被她严厉拒绝后才赚了她的钱，在商品时代，也不算太过分。何况，他可能真有几分爱她，起码出国之事是他主动提出的。

吴娜被抢是在一个叫亚当峰的地方，那是斯里兰卡的圣山，也叫圣足山，离科伦坡不太远，乘车一小时足矣。佛教徒、印度教徒、伊斯兰教徒、天主教徒均以此山为顶礼膜拜之地。山顶庙中的岩石上有一个长一点五米，宽零点七五米的如同人足的凹坑，佛教徒传说为释迦牟尼为斯里兰卡佛教护法神沙曼说法时所留；印度教徒称其为湿婆足迹；伊斯兰教徒则说是先知穆罕默德的脚印；天主教徒认为是亚当从伊甸园回到人间在此单足站立一千年所留。每年十二月中旬至次年二月，进香朝圣之人络绎不绝，虽比不上耶路撒冷那么如海如潮，可也如水如流，热闹非凡。

吴娜的姥姥是一个虔诚的天主教徒，即使在文化大革命中，也把圣母马利亚的纯金小雕像挂在胸口，这多少给了她些宗教气氛的感染。后来吴娜又对佛教产生了些兴趣，大有逢庙必烧香、见佛就磕头的趋势。

其实，她倒无所谓信或不信，更谈不上什么坚定的信仰，她所喜欢的是人们在其间所享受的宁静。生活得太苦太累了，需要有心灵的片刻安谧，但她绝不会去当尼姑或修女，她觉得人应该有充分表现价值和能力的权利，也会寻找到这样的机会。遁于世俗之外无非是一个弱者的无可奈何。

她从不把自己看成是弱者！

在刚刚抵达斯里兰卡的浮躁之中，她需要去宗教氛围中寻找一点安宁，因而她乘坐老式英国公共汽车，到了亚当峰下。

她没有注意到几个黑人青年对她投来不怀好意的目光，或者说，由于她有着过分高耸的乳峰、纤细的腰肢、笔直的大腿和风韵犹存的面容，使她对男人的神情早就习以为常，她像在上海的大马路一样，傲慢地、目不斜视地向前走去。

抢劫在这一瞬间发生了。

一个黑人将她推倒在地，另一个黑人一刀割断她挎包的皮带，扬手一扔，第三个黑人接过挎包后，不到一秒钟就消失在杂乱无章的建筑物后面。

她本能地用汉语喊着："抓强盗，抓……"看到人们奇怪的神情，她立刻又改成英语呼唤警察相助。

然而，和在上海没什么两样，人们都无动于衷，磕头的还在磕头，祈祷的依然祈祷，神灵和它的信徒都置身于世俗之外，不管人间不平事。

当她爬起来时，甚至没对抢劫她的人留下一些印象，她觉得，似乎所有的黑人青年都长得一模一样。

到头来，她还需感谢神灵保佑，因为那挎包中虽然有她维持生活的一万卢比，但她的护照却放在了西装外衣的口袋里，中间还夹着她最后的一百美元。

"破财免灾"，这是什么人对她说过的老话，假如她要被几个黑人劫持到一个什么无人地带，轮奸并杀害的话，大概也同样没有人会关注她，她就会无声无息地消失在异国他乡。她认真地给那宽大足印磕了一个头，又在胸前画了个十字，下决心天黑以后，绝不走出住房一步。

然而，她白天必须为生存而奔忙了。

她承认，她是在只要能出国，到哪个国家去都无所谓的念头驱使下来到斯里兰卡的，如同当年的插队，分到哪个省都一样。当然，也有质的不同，二十年前是为了响应伟大领袖毛主席的号召，是听从最高统帅的一声命令，而如今则是为了主动改变一种人生方式。

吴娜在上海生活得太无聊了，自从丈夫去了日本留学不归，并给她寄来一纸离婚协议书之后，她就感觉到情绪低落、灰暗，甚至万念俱灰，以往的朝气消失殆尽。

确实，她太爱丈夫了，为了这爱，她长期避孕，唯恐两个人中间产生的“第三者”影响她对他的情感。然而，痴心女子无不发生的悲剧必然地也落到了她身上，她始终琢磨不透一个男人怎么会把爱看得和一台彩电、一条领带一样可以轻易抛弃掉。

然而，她终究得承认现实，丈夫不会回来了。后来，她听说丈夫在变卖家产出国前就已经和复旦大学一个女大学生有了海誓山盟，并且悄悄地将那个姑娘也办出国去。

当她有一次浑浑噩噩在外滩行走，差点被一辆飞驶而来的桑塔纳牌汽车撞上时，吴娜害怕了，怕自己才三十五岁就衰老，怕自己竟毫无能力与命运抗争。不，她绝不是一个这样的女性！

也就是在此刻，她萌生了出国的念头。她还清楚地记得，在新疆生产建设兵团的大批知青因不能像其他兵团知青那样大返城而哀叹、咒骂时，她却以四百分之高分考入了新疆某大学外语系，在毕业分配时，又力战群儒，以上告自治区领导的方式逼使校方换掉一个新疆学生，使自己回到了上海。

过去了的事就让它过去吧，每个人都还会有明天。当然，对于一个三十五岁的女性来说，明天不是很多了，于是要格外抓紧。

她离了婚，也出了国。她不是要让前夫重新认识她的魅力和能力，她再也不想为别人而活着，她只想让自己的一生变得复杂些，变得辉煌些，离自我认定的价值更近一些。

到斯里兰卡来干什么，她不是没有设想过，甚至她最坏的打算是去农村耕种一块土地，以她插队十年的经历，是可以伺候好一片庄稼的，不过，还不至于到那种程度。

帮她办护照的那个北京人还没有放弃对她的死死追求，听说她急于找工作，便将她带到了市中心处一家中国人开的赌馆内。

开赌馆的中国人是一批北京东城区的“哥儿们”，据说都有过蹲大狱的经历，有一个对新疆还不陌生，因为在那里劳改过。这批人曾经“练过摊”、“切过汇”，后来可能犯了事，不知找什么关系，一个个飞到了这里，成为这里的永久性居民。

在科伦坡，他们也曾炸过油条、春卷，开过小饭馆，可发现不如经营赌场发得快。为此，他们专门去澳门取过经，回来之后便租下房子，买来设备，以东方人的形式，放鞭炮、耍狮子、挂红灯，开了张。

斯里兰卡居民以往只有些民间小赌术，很快便被现代化赌馆所吸引，他们纷纷前来打“老虎机”、掷骰子、玩转盘，赌馆生意兴隆，当然利润也可观了。

有着仗义传统的北京“哥儿们”为了吸引赌客，凡进赌馆者一律免费招待一顿正餐，并奉送一盒万宝路香烟，曾经有不少一时没有工作的中国当代移民到那里去虚度终日。

吴娜被介绍到赌馆并非是为一顿饭和一包烟，介绍她去的人也不是这个意思。他们为了吸引更多本地赌客，一直在招聘一些姿色上乘的中国女性，以三点式泳装着身作为服务小姐周旋于豪赌者身边。

“包吃，包住，月薪一千美元，套住大款还可以抽头，至于再有特种服务，所得全部归己。”赌馆老板一眼就看中了吴娜。也许是斯里兰卡姑娘对他更有诱惑，说此话时他绝没有一点香港老板那种色色的感觉。

然而，吴娜走了。用此种方式生存她连想都没想过，其实她若愿意，也不会到了第三世界，一个持有加拿大护照的香港老头，早就用移居加拿大和一套别墅诱惑过她。

她能抗拒这种诱惑，在人生最艰难的岁月中，她都没有用肉体和人格去换得命运的转机。

也许不少女知青都有过她这样的经历。在新疆生产建设兵团的连队里，她被公认为是几十个女知青中的公主，心术不正的连长向她发起了进攻，所给予的许诺几乎全部是当时知识青年们做梦都渴望的：入党、提干、招工、上大学。

但是，她没有出卖自己，不是因为贞操观念在她心目中有多么重要，其实，对于她所爱的几个男人，她几乎都是在一感觉到这种爱时就委身于对方。她所忍受不了的是丧失尊严，是乘人之危。

她拒绝连长的后果是被派到离连队最远的一块农田中放水，那是连男知青都难以承受的工作。一百多斤重的四道闸门靠人力搬上搬下，距离连队驻地二十多华里，有时还有孤狼出没。

她坚持下来了，当她和一双贪婪凶恶的狼眼对峙长达十个小时之久时，她感到了生命的全部意义所在和怎样去完善自己并不漫长的生命。

每当她想起这段知青生活时，她就觉得生活中再不会有什么更使她感到困惑和艰难的事了，她自信能战胜一切人性的弱点！

她不愿意从卖中国饺子、替服装商踩缝纫机开始生活的又一篇章，她有着在中国上海一家大外贸公司工作的经验，熟悉经营国际间贸易的准则和诀窍，她所缺少的只是机会。

她用口袋里唯一的一百美元为自己寻找到了一个机会，那是从一个商店老板那里得知的信息：斯里兰卡需要大量的中国廉价电池。

她付出了一百美元后，那个老板将她引荐给了一位英国籍的商人。

英国商人以传统的英国绅士风度在办公室里会见了她，并给她端上了立顿红茶。不过，他很客气地表示只能给她十分钟时间：“实在对不起，我不喜欢东方式的清谈。”

她没有清谈，她用纯正的英语一口气讲出了她所熟悉的中国电池市场的情况，并报出一个基本价格。

英国商人点点头：“那么，吴小姐，你到我这里来是打算为我做商业秘书了?”

吴娜果断地摇摇头：“不，我想做业务经理，亲自飞往上海去做成一笔电池生意。”

英国商人笑了：“我曾经与贵国打过一次交道，除了损失一万英镑的差旅费外，一无所成。”他耸耸肩膀，摊开双手，用生硬的中国话说：“研究研究。”

吴娜知道孤注一掷往往是成功前的最后冲刺，她平淡地说：“我不花你任何差旅费，自己花钱回上海，你只需开列出货单，交给我一些必要的资料和文件就行了。”

英国商人由于不会受任何损失，当然愿意试上一试。其实，他内心很想在中国寻找到一个提供廉价商品的基地，他知道中国改革开放以后，由于放开外贸权限，各省为争取外汇竞相削价，在外贸中大打内战。

吴娜将金项链和钻戒抵押给一个中国人，借了一笔钱，飞回上海。她若失败，恐怕就很难再回斯里兰卡了。

幸好，她英国公司的招牌使不少急于销货的老板受宠若惊，她施展了十年魅力的外贸公司更是她最好的贸易伙伴，她以比英国商人要求低百分之十的价格拿到了价值一百万美元的货物，返回科伦坡的机票由供货单位购买，还送了不少中国土特产品。

英国商人聘用了她，任命她为中国部经理，年薪一万英镑，每次生意结算后，还可以从纯利润中提成百分之五。

在斯里兰卡，她有了房子，有了汽车，她感到了新生活的阳光。

英国老板曾经很绅士地向她表达了一个五十岁男人的爱，她拒绝了，并等着被辞退。然而，绅士毕竟是绅士，英国老板将工作与爱情分得一清二楚，不但没有开除她，而且从第二年起给她加薪百分之三十。

她不是不需要爱情，当生存问题解决之后，她作为一个开始走下坡路的女性特别渴望抓住每一次爱的机会。关键问题在于，她对外民族的男人，实在爱不起来，她也不相信其他嫁给西方人的中国女性的身心能与对方完全和谐。

她继续等待着，寻求着。

在她的卧室里，挂着一张被放大成二十四英寸的黑白照片，那是她十八岁时的倩影：身穿一身黄布军装，梳着两根短辫，扛着一把铁锹，站在漫漫无际的沙堆前。

她真想自己永远十八岁。

第三章　欲望启示录

曼谷，他的公文箱内放着带消音器的手枪和二千五百克四号海洛因；香港，她梦想进入亚洲小姐的决赛圈，却最终成为一个亿万富翁的第三十九任情妇。

1

很像是电影中的镜头或小说中的情节，一个男人提着鳄鱼皮的公文箱，漫不经心地在街上走着，其实整个身心都在注视着四周，唯恐有警方人员或什么黑社会杀手盯住他，因为他的公文箱内放着带消音器的手枪和二千五百克四号海洛因。这些毒品在美国市场上的批发价为二百多万美元。

这不是电影和小说，这是真实，他就走在泰国首都曼谷的大王宫附近，透过椰林的缝隙，可以看到林立的佛殿和浮屠。

泰国在泰语中为“自由之国”的意思，而曼谷将其泰文全称音译为拉丁文，则是世界上最长的首都名称：天使之城，伟大的都市，玉佛的宿处，坚不可摧的城市，被赠与九块宝石的世界大都会。

就在这河网交织、被称为“东方威尼斯”、满街都是黄袍加身的大小和尚的繁华闹市，他要将产于“金三角”的毒品转交给一个接货人。那个自称为香港客商的家伙则应该付给他二十五万美金的现款。而他这些质量上乘的俏货是花五万美金在清迈市郊一个小镇上与坤沙的部下私下交易而得到的。

这种买卖利润之高足以使一切想发财的人铤而走险，他只能算其中一个小角色而已，但他却是老手。

他是一个知识青年出身的毒贩子，祖籍在云南省昆明市。他十六岁响应伟大领袖毛主席的号召，离开故土，上山下乡，屈指算来，至今已经有二十二个年头，可谓漫长，但又觉得恍如昨日。

他很想回到他当年插队的那个地方，那里有一条叫作大盈江的清澈流水，他曾和傣家小伙子一块光着身子在里面洗澡，也偷偷地钻到芦苇丛中去窥视傣家“小卜哨”（傣语，小姑娘）在河湾处愉快地沐浴。

但是，他知道在很漫长的一段时间内他不能够回去，他一旦跨过国境线，就会被武装警察或公安人员逮捕归案，被通缉的他的照片早已发到中缅上千公里边境的各个关卡和边防检查站。

通缉名单上的他叫李罕，这是他进入泰国后为取得假身份证而用的一个死人名，他的真名叫李一飞，其实，已经十多年没有人这样呼唤过他了，他怀疑早晚有一天他自己也会不记得“李一飞”这三个字。

不过，他可以忘记自己的姓名，但绝不会忘记在云南省盈江县插队的经历，正是这种个人遭遇，才使得他一步一步陷入走私贩毒的泥潭。

他承认，当过知识青年并不一定要去犯罪，可他铤而走险是他选择的必然结果，何况，他有着充足的理由说明自己只能这样干！

他需要钱，或者说，他要用钱的多少来显示他成功的程度，更关键的是，他那种喜欢冒险的天性使他生活中不能缺少刺激，不能缺少以生命为赌注的人生游戏。

冒险，是他欲望组成中的主要部分。

很难说是不是插队的经历使他冒险的基因得到了萌发。本来，他在昆明市第××中学读书时是全班有名的胆小鬼，不敢从房顶上跳下来，也不敢从墙头翻出学校，不敢学骑自行车，也不敢下水练游泳。

到盈江县插队以后，为了表示他认真学习毛主席著作，刻苦改造思想，努力接受贫下中农再教育，他异乎寻常地将怯懦性格克服掉，像穷得太久了的人一旦有赚钱机会就大捞特捞一样，他自从发现这个世界上本没有什么可怕的事便比常人强烈一百倍地显示自己并不是一个胆小鬼。

他敢抓蛇，并且将蛇缠在腰里当裤带；他学会了游泳，有时一口气游上四个钟头；他敢烧土蜂窝，那是一种能将人蜇死的毒蜂；他听说山那边出现了狗熊，抓起一支老式猎枪就到山里转了三天三夜；他敢在百米陡崖边倒立，崖下是奔腾不息的江水和兀立出水面的礁石；他故意从牛棚中放出发情的公牛，然后再用绳子去穿牛的鼻环以制服它。

像吸毒一样，渐渐地他对冒险的举动上了瘾，他需要各种强烈刺激以使他心理平衡，使他忘记少年时被人称为胆小鬼的屈辱经历，而插队生活又给他提供了这样的机会。

一九七〇年盈江县发生巨大泥石流时，他竟然冒着被葬身泥水中的危险，冲进已经被淹没一半的茅草屋中，摘下一幅毛主席画像，而后爬到一棵大榕树上。待到天亮，泥石流停止滑动时，大榕树仅仅只露出几根树杈，他的双脚已经被泥浆死死粘住。

为此，他成为全县优秀知识青年。然而，在知青大械斗时，他又手挥长刀，冲在最前面，将一个上海知青的屁股砍下一半来，被公安局拘留了半个月。

一九七一年，他和一伙昆明知青越过边境去参加缅甸共产党的游击队，去干一场“轰轰烈烈的世界革命”。在此以前，他曾经多次跨过界碑，走私些东方牌手表，卖给没有胆量出国去的知青们。每块表他能赚五元钱，按当时的物价，他可以大吃大喝一顿了。

到缅共游击队，与其说是实现红卫兵战士的辉煌理想，倒不如说是战场上枪林弹雨的刺激使他受到了诱惑。

十年下来，他身穿橄榄绿军装，在热带丛林中直接参加了大小一百二十余次战斗，从一个战士升到了副营长，身上也留下了十五块伤痕。有一次头部中弹，他已经被装进了棺材，但一个中山医学院毕业的外科大夫又把他抬了出来，在手术台上工作了二十四个小时，才将他从地狱带回了人间。

跟他一同唱着《国际歌》跨过边境线的十男八女，有三个被炮弹炸得不知去向，五个死在手术台上，一个女的让老虎吃了，两个男的夜行军时掉进了山涧，剩下的除一个女的嫁给了呵叻市一个华人富商外，其余的都陆续返回云南，最终叶落归根，以各种方式在昆明成家立业了。

他也可以回到父母身边去，也可以娶个傣族姑娘当老婆，养上一儿一女，过一过安谧温馨的家庭生活。但是，他不愿意像在学校的操场上跑步一样，从起点出发，花了不少力气跑了一圈，那终点竟然还是起点。他要走一条直线的人生道路，尽管这条路艰难曲折，却可以使他有一个与起点完全不同的终点。

当中缅关系重新友好以后，缅共游击队的活动也日趋减少了，战斗成了往事，根据地竟缩至中缅边境一块狭窄的地段，军人像农民一样懒懒散散，无所事事。

他知道自己的军人生活应该结束了。他并不为未能实现红卫兵的梦想而灰心丧气，他只为生活重又平淡无奇、缺少强烈刺激而沮丧，他需要寻找新的使身心获得满足的人生方式。

他开始了走私生涯。

“走私”两个字本身就具有惊险传奇的意味。李一飞携带一支冲锋枪和一支五四式手枪离开了缅共游击队，此时他身上仅有价值一百五十元人民币的缅币和五两为应付亚热带常见病痛而由上级发给的鸦片烟。

从这五两鸦片烟起家，他成为了中缅边境线一带小有名气的贩毒分子！

他本可以像当知青时那样，从缅甸搞一些冒牌日本手表、法国香水、台湾布匹，雇用马帮运到云南瑞丽、畹町或打洛一带出售。这种传统的边境贸易两国政府基本不予干涉，甚至到一九九〇年以后，还非常鼓励。

但是，这种生意不能满足他的欲望，这不是冒险，只有长途跋涉的艰辛，何况利润并不高。他需要生与死的搏斗，需要野兽与猎人较量的疯狂，也需要钱，这才是他生活的乐趣所在，才是他人生意义所在。

他内心深处依然摆脱不掉儿时给他留下的胆小鬼的阴影！

他想发一笔财则是因为他想今后独自一人到地球上最危险的地方去探险。他要去南极、北极的冰天雪地，他要爬上正喷发岩浆的火山口，他要驾帆船环行世界，凡是被称为胆最大的人才能去的地方他都想领略一下那里的风情。这是他多年来最美妙也最瑰丽的梦。

五两鸦片很容易出手，五公斤鸦片也交易成功，他决定再进一步，从事鸦片的提纯物海洛因的生意。

在泰国、缅甸、柬埔寨三国交界处约七十多万平方公里的世称“金三角”的地区，每年生产着六十吨至一百吨海洛因，起码有一半以上被走私到欧洲、香港、北美洲和澳大利亚、新西兰等地，八十年代以后，中国也开始逐步出现了毒品市场。

在“金三角”地区购买第一手毒品，价格每公斤不到两万美元，但是，李一飞很难买到这种价格的货物，一般情况下，他是以每公斤四万至五万美元在毒品大王坤沙驻地满星叠地区外围进行收购。

实际上，像他这种毫无国际背景和军事实力的散客能如此深入“金三角”地区，已经非常令人惊奇了。他靠的就是知识青年生活时练就的大胆和缅共游击队生活时积累的丛林作战经验。

在那终年不见阳光的原始热带雨林中，没有公路，只有曾经是野兽走而后是小股马帮穿行的小径，上面是密密实实的枝叶，下面是网一样缠绕的葛藤，踩的是没过脚面的腐叶，吸血的旱蚂蟥成群，能咬死人的蚊虫铺天遮日，相比之下，孤独的孟加拉虎，愤怒起来能扫倒几十亩竹林的亚洲象和攻击任何生物的沼泽地里的鳄鱼倒显得不那么可怕了。

作为一个单身毒品走私犯，他主要防备的倒还不是毒虫猛兽，而是一些不愿花钱靠抢劫为手段的毒品贩子。

在满星叠地区，抢劫毒品是被严格禁止的，一旦被坤沙的私人警卫部队发现，即处以极刑，所谓“盗亦有道”，维持一种毒品王国的秩序和信誉是他们的职责所在，即使其他也进行毒品生意的集团，如掸帮独立军、国民党军队残部、老苏贩毒组织等也都不允许在自己统治地域内有做无本生意的情况存在。

李一飞面临的最大危险是在出售毒品时。他曾经有过三次误入陷阱的经历，两次是他战胜敌手，死里逃生，保住了毒品；另一次他身中数弹，三公斤海洛因被抢走，使他几年的辛苦化为流水，一切又从头开始。

在中缅边境，他也有过一次险遇，与他进行交易的是瑞丽县公安局的“线人”，他刚刚渡过瑞丽河，就发现十几名公安人员包围上来，他开枪拒捕，然后又跳回河水中，以他插队时常在水中泡几个小时的技艺，在水下潜游出一里多地，才算逃脱了被送上法庭的厄运。

当他知道国内毒贩子购买毒品不是借道云南卖至香港，而是以国内新生的一代吸毒者为销售对象时，他停止了在中缅边境的活动，但他的名字已经在中国警方挂了号。

他知道染上毒瘾的人的悲惨后果，因而他不愿意自己的同胞吸食这种强致幻剂，这是他血液中永不会消失的爱国主义信念。在一次血液检查时，他得知有一百多边民因重复使用一次性注射器而导致艾滋病毒侵入的消息后，曾开枪打死了一个向中国境内出售毒品的华裔缅甸人。

他把毒品交易场所挪到了曼谷。对于向外国人出售毒品，他良心上没有什么负担。他一直认为，外国吸毒者没什么好人，一般来说都是男盗女娼，毒品只不过是对这些罪恶深重的人们一种法律之外的惩罚而已。

当然，由于美国缉毒署的强大压力和全面介入，曼谷毒品市场曾一度绝迹，大部分毒贩子北移开辟云南境内的黑色走廊。不过，后来又以更隐秘的方式萌生，这其中就有李一飞在活跃着。

危险度确实比以前增加了数倍，但他所获得的刺激和利润也成正比例提高，使他的欲望有了空前的满足。

他以假结婚的形式取得了泰国的永久居住证。这种方式在泰国颇为流行，一个中间人为想移居泰国的人找一个泰国农村姑娘，办理真正的结婚手续，登记为夫妻，再取一个泰国名字，就可以定居泰国了。这项“业务”一般费用为五千美元，大约合十几万泰铢，其中两千美元给女方，一千美元给警方，中间人得到两千美元。

其实，李一飞从没有见过新娘是什么模样，他也知道这个新娘以后照样可以嫁人，只不过不再办理正式婚姻登记而已。

李一飞的身份证更为保险，他不但办了结婚手续，而且连身份都使用一个因溺水而死亡的泰国青年的，若将他的身份证输入电脑，则会显示出他一九六〇年出生于南邦府碧扎村，祖上是教书人，他从事日用百货批发生意。为此，他多付出五千美元，因为警方连档案中的照片都换成了他的，可以说万无一失。一个结了婚的泰国人当然处处要受到泰国法律保护的。

他常年来往于曼谷和“金三角”地区之间，以批发日用百货为名从事毒品走私，他每次贩卖毒品从不超过五公斤，也不低于两公斤，算一个不大不小的毒贩子。

对于“金三角”的热带雨林，他熟悉得就像他插队时的盈江山水，对于曼谷，他则熟悉得像在故乡昆明。

无聊之时，他参观过曼谷每一座寺庙，大概有四百之多，也到占地二十多公顷的大王宫欣赏过玉佛，到卧佛寺膜拜过长达四十多米的卧佛，到金佛寺瞻仰过重五点五吨的纯金大佛。他逛过妓院，在无上装餐馆吃过饭，和人妖交过朋友，乘坐木舟在蛛网般的河道上领略曼谷夜景，甚至还去拥有三十二个成员国的佛教徒联谊会总部捐过一万铢泰币。

不过，这些生活只能使他过冒险生活的欲望更强烈，使他想更早点赚足一百万美元，趁着还年富力强，去实现他到世界各地探险的辉煌理想。

他也有过爱情。一个昆明某大学的女大学生，单身跨过边境，以卖淫为谋生手段，经缅甸前往曼谷，途中与他偶然相遇。一夜风流过后，他发现他爱上了她。

但是，这爱情太短暂了，当他把她带到曼谷并为她买了一张假护照之后，她不辞而别，飞到法国去留学了。他发现，新一代大陆青年已经没有他们这些插过队的一代人的情谊感了，他们有的只是自私和利用。

当他在大王宫附近准备交接二千五百克四号海洛因和二十五万美元现款时，他知道这是他最后一次毒品买卖了，这笔钱收回来他的银行账户上将会出现第七位数。

他警惕地观察着四周，像一只即将扑食的猛虎，也如同一只随时逃窜的狡兔。

阳光明媚，一切都很正常，游客熙攘，僧侣纷杂，香烟袅袅，脆钟阵阵，接货人正在故作轻松地走过来。

依然不像电影和小说的结尾，没有警车突鸣，也没有一阵枪弹射来，但他的心跳在交货的一瞬间达到了一百二十以上，全身剧烈膨胀着，人生的快感达到极致，那种强刺激不是任何东西所能替代的。

结束了，如同男女做爱高潮之后，他长长地叹息一声，提着装有二十五万美元现钞的公文箱，向远处走去。

他人生的路还长。

2

一九八六年的亚洲小姐决赛在香港如期举行，一群如花似玉的姑娘身穿泳装，腰肢轻摆，款款走上台来，接受观众和评委们尖刻、挑剔的评判。

据说此时香港车少人稀，往日热闹非凡的戏院、影院、酒吧、舞厅都是门可罗雀，连小偷强盗亦不出动，守在电视机前一睹美女风采。

上海迁港姑娘利智以评委称“毕生以来从未见过的美女”和对美的出语惊人，一举夺冠，先获“美态小姐”之名，再折“亚洲小姐”之桂，一夜之间，名利双收。不久之后，她又在亚洲太平洋小姐竞选中大出风头，一身慈禧服饰，一曲《天涯歌女》，使她在三十三个国家和地区的美女角逐中，连取“最佳民族服装”、“最上镜小姐”、“和平小姐”三奖，可谓为祖国争了光，为民族争了气，当然，丰厚的奖金别人也望尘莫及。

胡萍关上了录像机，放下遥控器，伸手从镀金烟罐中抽出一支香烟，那烟罐配有自动装置，在抽出香烟时，自动点火器的喷嘴上冒出一股黄色的火焰。

胡萍探身点燃了香烟，呆呆地透过青雾看着挂在墙上的大屏幕液晶显示电视机，神情有些凄楚、苍凉。

她已经看过十几遍利智获得亚洲小姐头衔的选美录像带了，对这个身高一米六五，体重四十七点五公斤，胸脯高耸而又绝不过分的上海姑娘半怀羡慕，半带嫉妒。

其实，凡是香港举行的选美活动，诸如什么香港小姐竞选、电视小姐竞选、亚洲小姐竞选、亚太小姐竞选、健美小姐竞选，她都不惜高价购票前去欣赏，而且用录像机录下转播实况，以备日后慢慢品味。至于世界级别的选美大赛，她虽无缘亲赴竞技场观看，但电视前她总会耐心坐着，从头看到尾。

她之所以对选美活动如此兴趣十足，倒绝非一般香港居民那样茶余饭后为满足某种低文化层次的心理状态而寻求感官刺激，她是在这种观赏之中使自己的一种梦想得到延续，使自己即谢的青春留步。

她也曾参加过选美啊！

胡萍是广东省×县人，一九七四年初中毕业，因家中无权无势，不能留在城里工作，只得不心甘情愿地到了罗浮山边缘地区上山下乡，接受贫下中农再教育去了。

她长得很美，按广东话说叫很靓。一般人看上去绝不认为她是广东籍人，因为广东姑娘大都黑而瘦，肤色缺少光泽，脸又太向里凹，胸脯过于平坦。她却有着江浙女子的苗条，皮肤白皙，眉清目秀，又有着北国姑娘的挺拔，丰乳圆臀，大眼高鼻，尤其那一头自然卷曲的黑发，为她更增添着妩媚。

由于这种美貌，使她免去了通常上山下乡的知识青年们的必受之苦，她被调进了公社毛泽东思想宣传队，唱“革命样板戏”，唱“文化大革命就是好”的歌曲，跳“抓革命，促生产”的舞蹈。

由于当时正在严厉打击迫害知识青年的坏分子，以她“全公社第一美人”的姿色居然没有被某些横行霸道的公社干部侮辱，这算是她人生中一大幸运，也是唯一的幸运。

也就是在插队的时候，她认识到了人长得漂亮是上帝赋予的一大生存本领这个道理。

省里某剧团的一个导演兼革命委员会副主任来她所插队的地方观摩毛泽东思想宣传队的汇演，自认为火眼识真金，一下子看中了她的外貌，据说还有“气质”与广东人惯有的小家子气和狡诈不同，便将她招进了省某剧团，去演革命样板戏《红灯记》的女主角李铁梅。

按当时的观念，她一下子跳出“苦海”，由地狱进入了天堂，从“老插”变成一个省城里的上等公民。即便是在九十年代，这都是无数小县城里的少女永不能实现的梦。

在剧团这个以美为主要角逐条件的人生竞争舞台上，她毫无顾忌地显示自己的天姿，以使生活更加瑰丽。她发现，近两年的插队生活并未虚度，在那靠人本能才得以繁衍和延续生命的贫困农村，她学会了如何运用一笑一扭来使有权有势者满足她哪怕最微小的愿望。

她没下过田插秧、收稻，没上过山砍竹、伐木，没进过厨房淘米、做饭，没养过猪、放过牛，没脱过坯、盖过房，没挑过水、打过井，没挖过地、种过菜，她在农村干过的最繁重劳动是坐在晒谷场边看着稻谷，以免被成群的鸡鸭吃掉。

这都是因为她的美，因为当权者大都是男人，因为这些男人受不了美的诱惑。当中国进入商品时代时，应运而生的公关小姐们运用的就是这种原理，不管人们愿意不愿意承认，在每做成一笔生意中，除了利润的吸引之外，那些公关小姐的美（其中包括主动奉献）起了不可忽视的作用。事实确实如此，很多男人办不成的事，若是由女人，尤其是漂亮女人出马，往往马到成功。

胡萍在剧团里还要凭借美来达到出人头地的目的。因为她不甘于只做一个B角，因为她认识到自己的美的价值不仅仅是做一个三流演员。

然而，在美女如云的剧团里，只凭一笑一扭的方式是解决不了实质问题的，需要用实质性行为才能使有权者体验她的美，她经过认真考虑，知道这种付出在所难免，于是便在炎热的夏夜，在化妆室的一个角落，她让招她进团的导演领略了她处女全部的“美”。

她成功了，由B角转为A角，而那个A角则被派到韶关农村去“演革命戏、先做革命人”去了。

可惜，美妙的时光并不长久，似乎是在一夜之间，“革命样板戏”成了众矢之的，在全国范围内都停演了，一部部反映新时代、新人物、新心态的剧本被作家们写了出来，还有一些被湮没了十年的老剧目又重新搬上舞台，她陷入了困境。

倒不是她反对打倒“四人帮”，也不是她对十年动乱有什么怀恋，主要是她除了李铁梅之外竟然演不了什么别的角色。演李铁梅她可以尽情模仿“样板团”，可一些她听都没听过的剧目使她无从适应。

尽管她还是那么美，尽管她起码已经向三个导演全方位奉献过这种“美”，但导演们让她试了几个小品之后，几乎异口同声地说她属于那类俏得标致傻得可爱的女人，用他们拿得出来的话，就是：文化素质低，艺术细胞太少，生活经历不足，表演技艺拙劣，简单讲，没感觉。

她一点都不明白为什么说她没有感觉，导演们让她上床的暗示她一眼就懂了呀。她很失望，可又无可奈何。

当一个人知道了自己美却又不能让更多的人领略时，她会发疯，这和一个发明家有了成果却不被社会认可而会愤怒一样。以她的文化层次，她认为一个年轻女演员的全部魅力就在于美，不美的年轻女演员不会为广大观众所接受，所欣赏。

可她上不了舞台，这种美怎么能得到众人的审视和评价呢?

她以上帝配给她的本钱寻找过不少能给予她机会的地方。她去北京考电影学院表演系，主考官委婉地告诉她更适合去当一个模特(在表演艺术家们眼中，模特是活木偶的代名词)；她去电视台应聘过节目主持人，招聘者很不客气地请她先练三年普通话再来；她还到一个电影摄制组去毛遂自荐，要求演女主人公，可后来凭着和副导演一夜风流的关系，只演了一个有三句台词的大群众。

她只能骂一句“中国人都瞎了眼”!

其实，也不能说都瞎了眼，她几乎每次上街都会遇到“马路求爱者”，而托人向她求爱的各种身份的男士不计其数。

她曾暗暗发下誓言：只要谁能将她的美推向全社会，她就嫁给谁!

然而，能满足她这个条件的人太少了。因而，那个偶然的机会才使她投向一个香港人的怀抱，随即跟着他去了香港。

那次她陪一个来广州挑演员的电影导演参加舞会，当时舞厅还是凤毛麟角，除了几家涉外饭店以及有大客厅的权贵人家，其他地方根本不可能有，当然工厂的食堂、学校的球场每到周末也组织年轻人跳舞，不过那只能算群众娱乐，不属高雅场所，胡萍不会带电影导演去那种丢人现眼的地方。

他们去的是某大饭店的舞厅，跳舞者以外国人和港澳同胞为主，女士们则大都是有本事混迹于上流社会的贵妇、千金和文艺团体的演员们。

她和电影导演只跳了两个曲子，一位西装革履、风度非凡的中年矮男人便来到她面前，非常有礼貌地请她跳一圈慢三步。

“你是今晚舞会的公主。”那个男人刚刚搂住她，便在她耳畔轻轻说道。

她微微笑了一下，这一类的语言在她耳朵里响得太多，以至于都生了茧子。然而，后面的话她却不能不注意听了。

“你应该去香港参加选美，不但有可能当选亚洲小姐，还可以去角逐世界小姐和环球小姐。”那个男人步履轻捷，但又极其绅士，绝不像有些色心毕露的男人一上来就把她搂得紧紧的，将乳峰都压低两分。

这是她第一次听说“选美”这个词汇和这种活动。她兴趣盎然，忘记了电影导演，一曲又一曲地和这个自称为香港某公司经理的男人跳了下去。

这个男人给她讲了许多个选美的故事，每个故事都和她的梦产生共鸣，以至于她不能不问出来：“我怎样才能去香港参加选美呢?”

那个男人淡淡地说：“这包在我身上。能推荐胡小姐这样的大陆美女去参加选美，也是我的荣幸。”

以后的一切都有点像现代神话了，先是她脖子上出现了一根当时少有的精美金项链，而后她一个崭新的皮箱中塞满了高档连衣裙，再后来她小县城的家中摆上了一台方圆十里罕见的十八英寸彩色电视机，最后她手持一张赴香港探亲（她家祖宗八辈没一个人离开那个小县城）的护照跨过了罗湖海关。

到香港以后，她住进了名叫翟文的那个男人在半山区的豪华别墅，此时，她才知道这位翟先生是一个有着一亿元港币以上财产的大亨，除了一幢二十二层的办公大楼外，光别墅就有三座。

翟先生没有食言，当他也像导演们一样在床上审视了她的美之后，就开始为她参加一九八二年的亚洲小姐竞选作准备了。

首先他为她花巨资办下来香港永久居民身份证，否则不能报名，而后专门为她请了形体训练教师使她三围更加和谐，最后是利用新闻媒介暗示她有压倒群芳的一切先决条件。

此时，她多少了解了一些香港选美的情况。条件并不苛刻，只要年龄相当，品德上无可挑剔，即可参加。而一旦夺冠，不仅奖品丰厚，名扬海外，更会被演艺圈争夺，成为影视界的红星。

所有这些结果，都正是她梦寐以求、渴望已久的。她没有理由不感谢翟先生，也没有理由不把自己的美任他在何时何地尽情欣赏和享受。

在一千余众的初赛中，她顺利过关，进入了复试。当她泳装一穿，在评委面前稍作娇态，立时将看惯了香港本土少女瘦骨嶙峋或短腿粗腰的审美权威人士看得目瞪口呆，马上决定她可以进入准决赛圈。

准决赛有三十名艳女参加，再经一番竞技之后，只能有一半人参加决赛，争夺亚洲小姐的桂冠。但是，不少评委已私下认定此届大赛最佳头衔非她莫属了。

她也认为人生中最辉煌的时刻即将来临了，她甚至已经打电话给广州的一些朋友，请他们在决赛时收看香港电视。在广州，只要支上鱼骨天线，就能清晰地收到香港电视节目。虽然有关部门因意识形态问题屡屡查禁，但香港电视节目确实娱乐性颇强，查禁只是治标不治本，所以一到晚上，又会有鱼骨天线伸向半空。

然而，亚洲小姐决赛时胡萍并没有露面，原来她连准决赛圈都未能进入，公开原因是因为她年龄已经超过，她一九五八年出生，其时刚好超过标准一岁。可是，她报名时居然没有人指出这一点。

还是翟先生解释了其中奥妙，她报名时是由翟先生部下一手操办的，报名处根本未查验身份证，她的职业则是某公司的女职员，其实她连这个公司在什么地方都不知道。

她绝望了，觉得前途一片黑暗，又是翟先生安慰了她，并请人专门为她写了一个剧本，投资拍了一部电影，由她出演主角。此电影拍出来后毫无影响，被评为当年最不上座的十部港片之一。

她沉默了，好长一段时间心灰意冷，心甘情愿地给翟先生当情妇，并为他养育了一个可爱的女儿。慢慢地，她知道翟先生在她之前还有过不少女人，但她是他最满意的一个，甚至想离婚而娶她，只不过他妻子的娘家是颇有势力的贵族，对男人搞情妇持容忍态度，但若离婚则认为有辱门风，万万不许。

后来，她也听说，香港真正最漂亮的女人一般情况下都很难参加选美的最后角逐，她们在刚一被人发现后，就立刻被大亨们利用各种手段占有，金屋藏娇，霸为己有，不许她们再抛头露面，以免鸡飞蛋打。获得选美桂冠的少女大都是二流角色。

这些情况，对她的心理平衡多少起了些作用，但是，一旦闲下来时，她那想使自己的美被社会认可的欲望就会泛起，使她心境难以真正平衡。

由于有钱，由于有时间，她参加各种健美训练，一周两次进行长时间的美容医疗，尽管现在她已三十出头，但无论从哪个方面看，她都比刚来香港时还年轻漂亮，这也是翟先生这么多年还依然对她感兴趣的最根本因素。

每当浴后站在宽阔的镜子前，看着自己如脂如玉的肌肤、曲线诱人的身体，她总会生起一种愤愤不平的感觉，也会想起她在插队时以美而省去了许多磨难的经历。

难道她就这样平淡无奇地过下去？难道她的美就这样被岁月的流水冲刷掉？

是的，她的美使她绝无生存问题，带游泳池的别墅已划归她名下，她私人存折上的美元数超过百万，她拥有奔驰牌轿车，随时可以去世界各地旅游，但她那最触动灵魂的欲望却不能获得满足。

就冲这一点，她死都不能瞑目。

她依然在寻找机会，她相信还会有机会。

她下决心筹备一次环球夫人大赛，不惜掏出自己的全部积蓄。欲望总是会使人产生不可遏制的冲动的。这就是她的人生。

第四章　拼搏启示录

巴黎，他以中国少林武功和武当剑术开了华夏武馆并成为第一代掌门人；仰光，她的傣族孔雀舞使她不仅仅在酒吧而且在歌舞剧院的舞台上出现。

1

在法国首都巴黎，他叫东方如龙。

在中国时，他的居民身份证上标明他姓王名楠，这是一九五〇年他从母亲腹中降临于世时就已经被定好的名字，即便他没被上帝安排成男人，也要以这个名字来到人间。

他改名倒不仅仅是因为中国起码有十万个叫王楠的，也不仅仅因为用以标志一个人一生的那个符号竟然不能体现个人意志，他之所以用东方如龙重新命名自己，更为关键的就是要表达这四个字所显现的意思——东方如龙！

他的强烈个性及他的民族自尊心不能不时时、事事、处处都强烈捍卫着作为一个中国人的尊严，尽管他已经定居在距中国上万公里之遥的法国。

他插过队，也就是当过知识青年，他血液中的民族主义基因在当知青时得到了萌发和挥扬。

他是从天津市南开中学以一个初中三年级学生的身份到吉林省吉林市附近一个农村去插队的。本来他可以到东北生产建设兵团去多少吃一点皇粮，但他体弱多病的母亲为响应“我们也有两只手，不在城里吃闲饭”的号召，去了吉林省吉林市附近的那个人民公社，为了照料母亲，他也到了那里。

据一个进入学校革命委员会的同窗好友向他透露，他已经被分配到一个砖瓦厂去当工人，可因为他父亲的历史问题和文化大革命初期自杀的现行问题，又取消了他这个资格。

于是，他突然醒悟到了一点：留城市和下农村原来也是显示一个人地位的标准，人和人之间依然是不平等的，他从本能上最痛恨的这个社会癌症根本没因为轰轰烈烈的文化大革命而得到改善。

他只有承认现实，谁让他父亲在新中国成立前曾做过某家银行的保镖，以身家性命去维护资本家的利益呢？又谁让他父亲一生耿直，受不得半点人格屈辱而在被一群街道老娘们批判后便上吊身亡呢？

他的两个姐姐已经出嫁，一个嫁给一个海军军官，一个嫁给一个空军军官，她们倒不是不愿意收留老母，而是整天“斗私批修”的大环境使她们不能将有着这种“问题”的妈妈放在身边，否则会影响丈夫的前程，自然也就会影响她们做军官太太的前程。

他似乎不会再有什么辉煌的人生，出于孝道和做儿子的义务，决定陪伴母亲去忍受苦难和煎熬。

在那个叫苇子坑的小村里，他们其实也没有受到更多的不公平待遇，因为在中国，到了农村本身就说明已经到了最底层，不会有什么比那里更恶劣的环境了，当然劳改农场除外，因为那里面的人已经不享受公民待遇了。

他只身一人北上到当时震惊世界的珍宝岛前线是在母亲去世之后。他知道，若是在天津市，能够有大医院治疗，他母亲的糖尿病也许能够治好，起码能够使生命多延续几年，但是，在苇子坑村，他最多只能把母亲送到几十里外的吉林市，何况他变卖了母亲带来的所有东西钱也仅刚够住进一个小医院。那个小医院也算尽了力，使他母亲在昏迷三天后才离开了人世间。

他不想抱怨什么，苇子坑的贫下中农们常常连吉林市都到不了，只能病死在自己家的炕头上，“赤脚医生”和病人一家除了唉声叹气外，一筹莫展。

他是在吉林市火葬母亲时得知苏联人攻打中国的消息的。“老毛子们又开仗了！”这是老东北人的说法。

在东北插队，使他早就知道了当地人管苏联人叫“老毛子”，也使他知道当年“老毛子”和“小鬼子”欺侮中国人的惨痛历史，在吉林市，就有不少“老毛子”和“小鬼子”奸污中国妇女而留下的孽种，一些中国妇女说起“老毛子”和“小鬼子”就会面带惨状。

“老毛子”居然又敢来中国挑衅了，他也说不清是受了当时报纸上正义的宣传，还是受了苇子坑老人们打“老毛子”和“小鬼子”故事的影响，反正母亲后事料理完，他买了一张硬座票，直奔黑龙江边而去。

当然，他并没有捞到打“老毛子”的机会，充其量他只听到了枪声，看到了一些伤员，而后便被黑龙江生产建设兵团的战士当作

"阶级敌人"抓了起来，痛打一顿，关了半个月，搞清楚他的身份后，押送回苇子坑。

原来打"老毛子"同样要讲身份！他多少有些沮丧，觉得心里憋得慌，这才使他去和村子里的小伙子们一同习武练功，以发泄一肚子怒火。

苇子坑村里有几个老"响马"，祖籍在天津，据说和津门大侠霍元甲还有点什么上辈子亲戚关系，因父辈当过义和团，失败后纷纷四逃，他们就躲到了关外，有过一段杀富济贫、灭赃官、除恶霸的经历，因而也有一身上好的武功。

东北漫长的冬天无所事事，老人们又耐不得寂寞，不想把一身武艺带到棺材里去，便在冬闲之时向晚辈传授功夫，几十年来代代相传，形成习惯。

他插队十年，光棍一个，天天五点钟起来练功，不仅从老人那里学得了一身少林拳术，武当剑法，而且还使强烈的民族感在心灵深处扎下了根。

一九七八年，他的两个姐姐想尽办法把他的户口办回了天津，并为他在一家机器制造厂找了一个当翻砂工的工作，也算两个姐姐因他照料了老母残生的报答。

很快，私房政策也得到了落实，他家在小王庄的一个院子又归属他名下，虽然因一九七六年唐山大地震而只剩一间还站立着的房子，但半亩大的空场正好给了他继续习武练功之地，他还保持着插队时的习惯，每天早晨五点钟起来打拳耍剑。

几年下来，他在那一带也小有名气，还收留了不少慕名前来的年轻男女为徒，在工厂里，他的好打抱不平也全厂皆知。为此，他招来不少麻烦。

在严厉打击刑事犯罪分子的时候，他差点被当成犯罪团伙的头子抓起来。在工厂里，他有一次一拳把一个调戏女工的车间主任打得在医院住了半个多月，挨了个处分。不过，这些事倒没闹出大乱子。

最终使他被开除厂籍的是他有一次把拳头打在了南开大学一个黑人留学生头上。那个黑人留学生喝醉了酒，居然在南大门口将一个陪他跳舞去的外语系女学生往树丛中拉，有两个男同学劝阻，那黑小子仗着会点西洋拳，将两个男同学都给打昏了过去。

正在这时，他上夜班路过，看见黑人居然也这样猖狂，上去就打，黑人抵抗了几下，根本不是对手，结果被打塌了鼻子，打飞了八颗牙，还断了一只胳膊。

黑人提出了抗议，说那女学生本来就是和他同居的女朋友，还要嫁给他出国，只不过是不愿意按黑人习俗，在外面野合而已，并非是什么流氓行径。那女学生也承认是事实。

他被开除了，只有这样才能让黑人学生平息下来。他只能骂一句："他妈的，老子不但打黑人，有一天还要打到白人世界去！"

这其实是他一时的气话，没想到两年之后竟成为现实。

他在家待业无事可做，又值中国已经开始了拳术、散打的比赛，他便成立了一个自发的拳击格斗协会，每天与人比赛，所有寻上门来之人，竟无一个对手。

有一天一个金发男子经人引见，来拜他为师。看着这外国人，他就想起那些在中国土地上趾高气扬的所谓上等人和一些假洋鬼子来，他不由分说，上去先是一顿痛打，直到那个叫马乐尔的家伙趴在灰尘中不断求饶为止。

没想到这个法国小伙子认为这是师傅在试他的功力，毫无怨言，依然跪在地上磕头叫师傅，并且送上了一千美元作为学费。

他的自尊心得到了空前满足，也就收留了这个自称全法国大学拳击赛冠军的小伙子。

半年之后，马乐尔回国了，不时和他有通信往来，终于有一天寄来一份邀请书，请他到法国巴黎去讲学，传授中国武功，并汇来全部路费。

他用了半年时间才算办理好出国手续，乘坐中国民航的波音飞机来到了三十多年来他只从地理书和新闻联播节目中知道的法兰西共和国。

马乐尔到机场去接他，并把他安排在自己家中居住，然后带他去参观巴黎的名胜古迹和风光。

对于凯旋门、巴黎圣母院等他并不觉得有什么新奇，在画册和电影中，他已经多次看到过这些建筑了，他甚至还知道卖埃菲尔铁塔的笑话。他只是奇怪有些浑身时髦打扮的艳装女郎为什么也会虔诚地面对那些发黄的壁画默默祈祷，他记得中国新潮少女到庙里去烧香从来都是嘻嘻哈哈的。

他在乘电梯上埃菲尔铁塔的时候，不像一般游客那样惊叹、感慨，而是向懂汉语的马乐尔滔滔不绝地讲起长城的雄伟；在凯旋门前，他又不停地夸耀天安门的壮丽；到了巴黎圣母院他则大肆宣扬秦始皇陵和兵马俑的古老，弄得马乐尔有点哭笑不得。

他感兴趣的只是教堂广场上的鸽子，他相信这些鸽子若是在天津的街头上出现，不出一天就会都成为人们炒菜锅里的被烹之物。而在巴黎，人们与鸽子相遇而安，互不惊扰，使这座城市充满着安宁气氛。

引他产生情感的倒是那条不为人关注的塞纳河，宽阔、清澈，漂荡着一艘艘游艇和小帆船。天津的海河却污浊、肮脏、令人厌恶。若是海河也能这般美丽，那该多么令人兴奋。

从第一天开始，只要他在巴黎，每天早晨必定要跑步到塞纳河边，然后沿长堤慢慢散步，走回家中再习武练功。

当然凡尔赛宫和卢浮宫他也参观了，好客的主人甚至还带他游览了一些文化名人的故居，现在当然叫博物馆，还陪他去瞻仰了著名的巴黎公社墙。

对这些，他基本上没有什么兴趣，他不知道巴尔扎克，不知道雨果，更不知道萨特。不过，他倒看过一篇报道，说一个中国学者经研究证明巴黎公社墙前面被枪杀的并非是巴黎公社战士，而是一些反对革命的人，因而他就更无需在那刻有浮雕的墙前面表示什么敬重，仅浏览一下而已。

他所迫不及待的倒是要开始讲学，向异族他邦之人传授中华技艺。他渴望那些蓝眼睛、高鼻子、黄头发、白皮肤的人一个个跪在他面前，齐呼他一声“师傅”，他要将这一场面拍摄下来，寄回家去，让那帮看见外国人就点头哈腰、毕恭毕敬，像个孙子的家伙们见识一下：中国人也他妈是爷爷！

他得到了这种满足，八十个法国男女青年排成八排，像中国人拜师一样，整齐地跪在马乐尔家门前的草坪上。在中国生活过一段时间的马乐尔居然还摆上了一个香案，上面放着香炉，香烟徐徐缭绕。

在磕头之前，马乐尔先上去朝每人踢了两脚，打了一拳，一时间几个小伙子趴在地上，两个姑娘“哇哇”大叫。马乐尔把当年在天津被师傅先打一顿的情节照搬到了巴黎，他怕师傅打八十个人太累，由自己代劳了。

这些场面不但被拍成照片，而且还由巴黎一家地方电视台摄制成一部电视新闻片，播放出去，东方如龙的名字被看过电视片的法国人认可了。

促使他留在法国并成立华夏武馆的倒不是因为一个浪漫的巴黎姑娘疯狂地爱上了他，并死死地要求嫁给他，而是他去戛纳参加了一次国际电影节之后才萌生的念头。

戛纳电影节是仅次于美国奥斯卡颁奖仪式的第二大国际电影节，这个电影节侧重于商业效果，每年至少有近百个国家和地区的影片到这里来角逐，中国也数次参加，但与奖无缘。不过，更多的制片商来这里还有一个更大的目的就是推销影片。

于是，每到电影节开幕之时，戛纳的游人如云，为这个不大的城市增加了可观的旅游收入。

东方如龙接受一个制片商邀请是为了看电影，看电影可以说是他的最大爱好，在当知青时，每当有新电影放映，他总是不惜走上几十里路去观看。在巴黎时，电影虽多，但他大都看不懂，听说电影节上有中国大陆、台湾、香港的新片子，他当然要去。

制片商之所以邀请他，是想让他参加一部影片的拍摄，在里面演一个中国绿林好汉，协助巴黎警方破获了一个中国黑社会的贩毒集团。

到了戛纳，他看了几部大陆和台湾影片后，觉得没什么意思，就专心地看起参展而不能被评比的香港功夫片来。他早就热爱上了香港功夫片，什么李小龙、成龙以及后来的李连杰都是他崇拜的偶像，他觉得这些演员在电影中为中国人大长了面子。

没想到，他无意中听到不少人在议论香港功夫片时说中国武术是花拳绣腿，充其量属于艺术体操，好看不好用，这使他愤怒，更可气的是一些中国人也奴颜婢膝地附和这些说法，吹嘘什么史泰龙之流才是真本事，得过世界健美冠军。

他找到请他来的制片商，要求在电影拍摄时玩真的，否则他不演，制片商当然不敢，打伤了人他可负担不起医疗费和赔偿费，他只好拒绝了这个片邀。

回到巴黎后，他不再与马乐尔续签合同，表示要自己单独成立一家华夏武馆，专门弘扬中华武功，接待各种各样的挑战者，看看是东方拳厉害，还是西方拳厉害。

马乐尔无可奈何，只好随他所愿。反正那个巴黎姑娘嫁给他后，他也就可以取得在法国的永久居住权，生计也不会有问题了。

其实，他愿意要一个美丽的法国女人同样是民族主义情绪在起作用。按照中国传统观念，中国女人嫁外国男人就是中国人吃亏了，而中国男人娶了外国女人，则是中国人占了便宜。为中国占便宜的事他当然干。

武馆挂牌之后，他果然还迎接了几个不服气的法国人，结果那些人被他以正宗少林拳打得狼狈不堪，还有一个日本人前来用刀术挑战，不到五分钟，便被他以武当剑法战败，俯首称臣，要拜他为师。

后来，果真有中国黑社会分子请他去充当杀手，报酬高得令他咋舌，但他还是没有接受。插队时他从那几个老“响马”那里所接受的武德熏陶，使他绝不愿以武扬恶，何况，他生性就刚直不阿，一九六六年参加“破四旧”抄家时，连资本家的水都不喝一口，宁肯跑到外面去喝自来水。

他知道，以他的武功在中国无非是三流水平，甚至连三流也不是，那些得全国冠军的充其量最多是二流。真正的一流高手都隐姓埋名，不愿出头露面，因为武德不允许他们四处争斗，图个虚名。

他挂出华夏武馆的牌子，只是为了以一个插过队的知青名义证明：东方如龙！华夏之邦不仅仅是拿破仑所说的睡狮。

他每天还沿着塞纳河跑步，每天也都怀念着天津那条肮脏不堪的海河。

2

肖萍在过泼水节，这是她人生经历中第二十次参加这种颇有意思的盛大民族节日了。

为此，她特意装扮了自己，一条墨绿色带有金线图饰的筒裙裹在下身，浅绿色的薄纱尼龙衫紧紧绷住上身，使整个女性曲线暴露无遗，平时披于肩头的长发盘了起来，用一支纯银发夹卡住，发夹上镶着的绿宝石闪闪发光，脸上薄施淡粉，唇上轻抹口红，眉毛用眉粉描过，耳上戴着镶钻耳坠。

站在宽大的穿衣镜前，她觉得自己还看不出已经是三十多岁的中年妇女，依然还有着二十多岁少妇的韵味。当然，说她是姑娘不会有人相信了，她浑圆的肩头和沉静的神情都标志着她已经永远结束了姑娘时代。

她轻盈地旋转了一下身躯，多年来坚持不懈的练功使她的舞姿依然楚楚动人，像一只欢跃的孔雀在亚热带雨林中嬉闹。

她确实是一只孔雀，起码一会儿在泼水节上她将扮演一只孔雀的角色，与无数姑娘们在一起翩翩起舞，引吭高歌，欢庆新的一年的开始。

她演出的地点在缅甸联邦首府仰光的大金塔前。此大金塔与印度尼西亚的“波罗浮屠”和柬埔寨的“吴哥窟”齐名，位于仰光市北面茵雅湖畔的圣山上，为该市最高点，据说塔内藏有释迦牟尼佛发，是佛教徒朝拜的圣地，也是举行盛典的吉祥之处。每年四月中旬是缅甸的新年，新年前三天的泼水节在全国各地都会举办，而属大金塔前的最为隆重热烈。政府首脑和社会名流及各国驻缅甸使节都将出席大金塔前的盛会。

她能在此处演出，是幸运的，因为她不是国家艺术团的演员，还因为她根本不是缅甸人，她只是侨居在异国他乡的中国人！而且，她原来不过是咖啡馆里的舞女而已。

她很希望在这次演出时，那个曾抛弃了她的男朋友能在场，她不是想炫耀什么，以她的年龄，她不可能再成为出色的舞蹈家，她只是希望那个嘲讽、鄙视过她的男人知道她并没有丧失一个女人的尊严，她自身的价值在另一个国度中得到了恰如其分的体现。

她真想好好地哭上一场啊！

她大概已经有六七年没有哭了，最后一次哭还是在男朋友离她而去的时候，她整整哭了三天，几乎想去死。但她没有死，她相信自己还会活得很好，起码要比那个把感情视同破烂的英俊男子活得好！

她对孔雀舞发生兴趣，继而爱好上舞蹈这门艺术应该是在到云南生产建设兵团当知识青年以后的事。

她应该算是湖南的知识青年。当时云南生产建设兵团的知青来源主要是北京、上海、四川和昆明等地，她本来没有机会到西双版纳的热带雨林中来，但她不愿意到湖南的农村去插队，便以投亲靠友的方式到了云南。

云南省为了开发边疆地区，曾在一九六二年前后从湖南大量移民，充实各个国营农场的劳动力队伍，她的一个叔叔就是那时候从湖南醴陵来到云南，到成立生产建设兵团时已经当上了副连长。她以长沙学生的名义参加边疆建设，当然很容易就办好了手续，当时是一九七〇年，她刚刚十六岁。

从昆明乘汽车到达西双版纳的第一天，她刚好赶上了傣族人民的盛大节日——泼水节。她一下汽车，就被一群热情的傣族姑娘用水盆浑身上下浇了个透湿。后来，她才知道缅甸人虽然自称缅族，可是习俗上和傣族基本没有什么两样。

对于泼水节她倒并不惊讶，她曾经看过周恩来总理在西双版纳参加泼水节的新闻纪录片，不过，那片子中介绍的是用手撩水，而她亲身体验的则是用脸盆浇，用水桶泼，甚至还出动了消防车喷洒。

看到所有人浑身都水淋淋的，而脸上充满着欣喜和开心的笑容，她也并不觉得自己有什么不愉快。何况，她很快便被空场上一群傣族青年男女的孔雀舞所吸引了。

从这一刻起，她幻想着要成为一个舞蹈演员，一个专门跳孔雀舞的女性。

她所在的连队与傣家寨子相邻，在那里，她学习到了最原始、最古朴、最动人的孔雀舞的各种舞姿，这些舞姿与云南著名舞蹈家刀美兰和后来的新秀杨丽萍在舞台上的表演远远不同，很难说哪一类更具有代表性和艺术性。

她开始为连队里的职工们表演了，缺少文化生活的山沟里当然欢迎她和其他一些知识青年们的文艺节目。后来，她很想调到团部的毛泽东思想文艺宣传队，成为一个半专业性的舞蹈演员。可那里不要她，说她没受过正规训练，其实那些人也不过是在少年宫的舞蹈训练班里待过几天罢了。

她只好依然在连队里面表演，充其量和附近傣族寨子联欢时再满足一下演出欲望，她几乎觉得自己的梦想永远只能是梦想了。

一九七五年省里一个文艺学校到取消了生产建设兵团番号的农场来招生，她叔叔由于抵制部队干部的错误管理路线有功，已经被提拔为分场领导，因而全分场唯一一个名额落到了她身上。她成为了省城某文艺学校舞蹈干部班的学员。

在昆明著名风景区西山脚下的那座校园中，她第一次谈了恋爱，也第一次委身于那个英俊刚健、风度翩翩的男人。

她以为自己人生的转折点来到了，无论生活和事业都将出现旭日般的辉煌，因为几年没有招新演员的省歌舞团将要从她这个班中招一批毕业生，也因为她的情人是那个歌舞团中的导演，他在招演员工作中作用举足轻重。

但是，她所期待的黎明并没有到来，迎接她的只是一场暴风骤雨，或者按橡胶农场工人的话说，是低温降临。

她没有被分配到省歌舞团当演员，而是又回到农场去当文艺干事，负责农场的业余文艺生活。更令她震惊的是她的情人对她的评价：平足，不可能成为优秀的舞蹈演员，而且过于丰满，在舞台上太性感。当然在床上还是令人满意的。

她去找情人，而情人避而不见，最后干脆出差到北京去了。她不能不按时回农场报到，否则会被取消分配资格，也就是说有被开除公职的危险。

这大概是她二十三年生涯中遭到的最沉重打击，她把自己关在宿舍里嚎啕大哭，后来又爬上西山龙门，想一跃而下，以死来获得对痛苦的解脱。

然而，她没有死，倒不是她缺乏勇气，而是另一个念头又占据了她的灵魂：她为什么不能好好活着并活出个样子来呢？这才应该是对痛苦真正的解脱！

她回到了农场，继续她知识青年的生活，也继续做着她成为专业演员的梦。这种梦不是没有一点可能实现，起码西双版纳州每年过泼水节的时候，她已经可以在专用的舞台上演出她的孔雀舞了，而且总能赢得阵阵热烈掌声。

她出国到缅甸去是在一九七九年知青大返城之后，由于四川知青和北京知青大规模地请愿、上访，中央政府一声令下，像当初知青上山下乡的大潮涌来一样，被憋久了的这股潮水又退回原地，农场骤然间冷清起来。

因为她不属于成批被分配来的知青，因而想办手续回湖南长沙极为困难，或者说若不嫁给一个长沙人，几乎就没有再落户回去的可能。而她第一次爱情留给她的疮疤使她根本不敢再想和男人打交道，那么，她只有孤寂地留在农场了。

一个北京女知青挑起了她到缅甸去的念头。这个北京女知青的男朋友越过边境线去当缅共游击队队员，后来在德林达依省的一个城市中开了一个咖啡店，已经定居下来，他很想找几个中国人当帮手，这个北京女知青之所以没回北京就是想去缅甸与男朋友相聚。

一种想改变生活的冲动使她答应了北京女知青的邀请，而且此时她已经知道缅甸的风俗与傣族相近，那里同样是孔雀舞的故乡，她可以在那里学到更多的东西，有朝一日再回国来演出，以中国人的普遍崇洋心理，她一定会被承认。

在西双版纳的打洛镇，三个女知青打扮成傣家妇女的模样，轻而易举地渡过打洛河，穿过一个小村寨，便进入了缅甸领土。

由于北京女知青的男朋友前来接应，一路上并没有碰到什么意外，他在缅共游击区内有熟人，自然能顺利通行，而进入政府军地域，有钱就能买通一切，更可以放心大胆地前进。只是有一次汽车险些掉入深谷，使他们虚惊一场。

到了德林达依省那座城市里的咖啡店之后，三个女知青很快便获得了缅甸的长期居住证，在政府官员极不廉政的东方社会中，贿赂一下移民局和警察局的官员并不是什么难事。当然，除了那个北京女知青因为是店老板的情人外，肖萍和另外一个女伴需要付出的代价是必须在这个名叫梦之乡的咖啡店干三年，而且第一年不发工资，用以偿还购买护照的费用。

其实，比起当知青时的开荒大会战、摸黑去割胶、顶着烈日下水田来说，在咖啡店当女招待应该是很轻松的，唯一使她心理上不太能接受的是当班时的服饰，不是穿色彩鲜艳的纱布，而是像土著民族女人的样子，仅在胸脯和下身围几片树叶遮体。当然树叶也是用上好布料制成的。

好在咖啡店并不经营色情行业，知青出身的店老板对当女招待的女知青也不苛刻，土著服饰也不过是为了展现一种风情和文化氛围，没有其他意思，所以她们也就无可非议了。

在咖啡厅中增加舞蹈节目是肖萍自己提出来的，为了能够吸引顾客，也为了能够不中断她对孔雀舞的苦苦追求。

梦之乡咖啡店正值扩大门面之时，老板很欢迎她这个提议，并提出了一些设想，让她三天之后开始演出。

三天之后，咖啡店门口竖起了巨大广告牌，上面写着：东方美女的东方之梦，孔雀之乡的孔雀之谜。

晚上九点钟不到，咖啡厅一百多个座位和十个包厢全部坐满了来宾，几位女招待穿梭般地忙碌着，美酒、咖啡、西点、瓜果不断地摆到客人面前。

九点整，本来就昏暗的灯光突然熄灭，然后中间一块不大的玻璃钢地面下亮起了淡绿的光斑，肖萍以一只孔雀的卧姿展现在众人面前。猛然，她昂起头，手臂举起，手指做出孔雀啼叫的姿态，慢慢地，她挺胸而立。

立时，一阵掌声响起。

她下身围绕的是一圈真正的孔雀长翎，上身只着淡绿的胸罩，头上竖起孔雀的花冠，两眼放射着激动的光辉。

她的舞整整跳了半个小时，忽而舒展温情，忽而激荡热烈，忽而昂首伫立，忽而长卧不起，确实令观众如痴如醉。

她获得了成功，她的平足并不影响她的民族舞跳法，她的白皙丰满使当地看惯了黑黄扁瘦的女性的人们享受到了真正女性体态和曲线之美。其他咖啡店和酒吧里，舞女大都是陪客人跳舞，或以半裸之躯诱惑客人，而她的高雅艺术使人们真正感到了咖啡厅的温馨和文化氛围，梦之乡咖啡厅一举成为当地一个著名娱乐场所，而她也在当地小有名气，甚至有一些重要客人来访，当地政府也邀请她去酒会上一显舞姿。

三年之后，她略有了些积蓄，与梦之乡咖啡店的合同已满，谢绝了老板加薪续约的请求，她单身一人到了仰光。

她是沿伊洛瓦底江旅行的，伊洛瓦底江的上游在中国境内，她插队时有两个女知青在一次洪水中被卷进山谷，据说就被冲进了伊洛瓦底江，再也不见踪影。

当她第一眼看见伊洛瓦底江时，跪了下来，把准备好的几炷香点燃，摘下路边的罂粟花撒进江水，以祭奠死去的同伴，也祭奠自己在知青岁月中逝去的青春。

缅甸是个佛教国度，不少男孩子十五岁以前都举行隆重的出家仪式，进入寺庙过静修生活，和尚在国内到处受人尊重，男人不当一段和尚，不能结婚。此种风俗，多少使肖萍受到佛教教义的感染，因此才会以烧香磕头来怀念过去，祝福未来。

到达仰光之后，她本想入艺术学院深造，无奈年龄已过，只好仍然以当舞女为职业，在一家大型夜总会工作。但她绝不进行色情活动，而且不陪客人跳舞，专门表演孔雀舞。

好在她在德林达依省已经小有名气，她随身带有一些介绍资料，这家夜总会又以外国观光客人为服务对象，需要像她这样展示缅甸民族艺术的演员，以增加夜总会的文化气氛，她被高薪聘用了。

随着她生理、心理和技艺的日趋成熟，她的知名度也日益提高，终于在一次民间舞蹈大奖赛时进入了缅甸国家剧院，登上了缅甸国一流的舞台。

她将西双版纳傣族孔雀舞的精华与缅甸孔雀舞的优点结合起来，充分表现这种舞蹈的原始、古朴、奔放、刚烈特征，显示大自然给予她的灵性，一扫以往此种舞的阴柔、华美和矫揉造作，获得了极大成功。

但是，她毕竟年华已逝，人过三十，青春的气息不复存在了，因而也不可能再有更大的发展，专业艺术团体不能聘用她，只有一个演出商与她签订了合同，每年几次商业性演出时请她参加。一个艺术团体的老板很惋惜地问她：“你十年前为什么不来一试身手呢？”

而十年前，正是她被那个当导演的情人断定为毫无前途的时候，对此问题，她只能苦笑一下。

象脚鼓敲响了，这预示着泼水节即将开始，她从巨大的穿衣镜前挪开身子，关上了回忆的闸门，走出她那套虽不大，但完全属于自己也颇为舒适的家，随着人流，向仰光大金塔的方向走去，她将在那里再一次展现优美动人的舞姿。

她知道，在离开祖国的一大批知识青年中，她算不上什么出类拔萃之辈，更算不上为祖国争得了多大的荣誉。她无非是在努力实现个人的梦想，在顽强地拼搏，以完善一个普通女性的全部人生。

为此，她觉得付出了很多，很多，她没有再谈恋爱，怕依附于一个男人而失去自我；她没有再回过家乡，怕父母的眼泪使她没有勇气离开他们而失去成功的机会。她孤寂地生活着，只有孔雀舞使她充实。她渴望着有朝一日能以一个孔雀舞演员的名义回国演出，与刀美兰、杨丽萍一决高低。

也许这永远是梦，可美好的梦总比噩梦强一百倍，一千倍！当过知青的人的梦大概大多是美好的。

第五章　荒蛮启示录

玻利维亚，他在一间农舍里发现自己身处异国他乡却又一次开始了知青生活；澳大利亚，她在一群袋鼠中找到了自己生存的勇气和自由的空间。

1

他从没有认真研究过这个国家，也就是他现在栖身于此的玻利维亚。

这个国家与秘鲁交界处的喀喀湖是南美古文化的发祥地，它的一系列远古遗迹常常令现代人震撼；它还是矿物原料出口国，锡和钨的产量在世界上占有重要地位。还在七十年代，他正在中国的黑龙江省友谊农场开着拖拉机种麦子的时候，玻利维亚的锡产量就已经与世界第一产锡大国马来西亚抗衡了，它还拥有丰富的石油资源，热带雨林的面积占国土的百分之四十左右。

这些从初中地理课上学来的知识他基本上已经忘记了，而且在三十岁以前，他也绝没有想到过会去南美洲中部的一个内陆国家定居，那里的印第安人口占全国人口的百分之五十以上，以他的想象，印第安种族只代表原始和落后。

不过，当他下定决心，只要能出国，无论地球哪个角落都可以时，他忽然觉得玻利维亚还是他一个不错的选择，那里相对来讲不像去美国、欧洲、日本那么艰难，而且永久居住证的到手比较容易，据说找工作也很方便，由于生活水平低下，物价也就非常便宜。

然而，作为北京一所中学的教师，他忽视了一点，或者准确地说，他居然对玻利维亚人喝古柯茶或嚼古柯叶的习惯一无所知，以至于后来他大吃一惊，因为这些东西正是提炼毒品可卡因的上等原料。

对毒品他并不陌生，他插队的那个地方的老居民在新中国成立前就有种植罂粟的习俗，主要是取其种子治疗风湿和伤痛，也有人嚼着吃提神，至于熬成膏当烟抽的不多，在新中国成立以后就禁绝了。

他之所以要出国，实在是为了生存，倒不是在中国大陆没有他的饭吃，他无非是想过得好些，若按他的话说，是想让自己所付出的劳动得到符合一般规律的报酬，他觉得以往他并没有享受到按劳取酬的公平待遇。

他是在农场考上北京师范大学历史系的，以他的高考分数足以跨入北京大学的大门，可当时政策规定超过二十六岁的考生一律只准报考师范类院校，他也就只能屈尊了。

四年大学生活结束后，他研究历史的愿望并没能实现，而是被分配到一所中学当历史老师。他还算是幸运的，没有被分到外地去，这多少有赖于他插队时相爱的女朋友在一九七九年大返城时从黑龙江回到北京，并迅速跟他结了婚。

他不是一个有多大欲求的人，但也不是一个安分的人，他不想成为红色社会的新资产阶级，但中学教师的贫寒则让他难以忍受，眼见他的学生考不上大学，在校门口那条街上摆个烟摊、衣服摊，一个月的收入都是他的五倍以上，甚至校门口卖冰棍的文盲老太太一个月都赚得等于他和妻子的共同收入，他感到一种强烈的屈辱。

他不再上课了，而去要求承包学校办的小工厂，一方面为学校创收，给老师们多发些奖金，另一方面自己也能大幅度提高收入。

然而，三年下来，他除了穿上一身笔挺的西装，腰里别上了呼叫机外，他几乎没给学校赚到钱，自己也曾经几个月领不到工资。他以一个老师的心态走入商界，其悲剧结局是必然的。

他不服气，不相信自己的智慧在中国居然一文不值。他索性辞了职，加入到一个公司去当高参，专门从宏观上为这家公司出谋划策，他一个月的报酬居然达到了一千元。

可惜，好景不长，一九八八年底的经济整顿和收缩，使这家公司陷入困境，上千万贷款无法偿还，几百万元的货物积压在仓库里，大批客户逼债上门，总经理一溜了之，其他人也只有树倒猢狲散。

他成了无业游民，虽然每天还在奔忙，到处为人拉线做生意，以图从中吃点佣金，无奈这些生意都是“故事”，几乎没有一桩是真事。靠老婆一个人的工资养活连他和儿子在内的一家三口简直没有可能，一直温顺的老婆终于提出了强烈抗议，甚至离婚的话也开始挂在了嘴边。

他一点都不想离婚，这个老婆跟他有患难之交，在农场时，他因成立“马列主义小组”，学习马列原著，用以批判当时的一些极左思潮，曾经被开大会批斗，是他老婆自愿上台陪斗；他被发配到林子里去砍柴，每天是他老婆给他送饭，有一次他病倒了，还是他老婆三天三夜没睡觉，为他喂汤喂药；他承包工厂，辞职做生意，他老婆从没吭一声。这样好的妻子他当然要厮守一辈子，白头到老。

他向老婆发誓，一定要找到自谋生路的好方式，他在插队时就曾多次向老婆讲过天无绝人之路的道理！

他发现了出国无疑是一种不错的选择。他不是不爱祖国，不是有一首歌里唱道："无论我生在地球哪一个角落，都是中国人；无论我死在世界哪一块土地，都是中国魂。"在不在中国生活并不代表爱不爱国，历史上，也有不少在中国生活的人成为了可耻的汉奸卖国贼，这些例子在一个历史老师心中可以找出无数。

除了这个因素之外，似乎北京没有什么更多可以令他留恋的了，偌大一座城市，属于他的只有一间租来的八平方米的小屋，他老婆是一个集体所有制企业的会计，当然也没什么不能割舍的。

于是，他利用做生意时的关系，很快找到了出国途径，移民玻利维亚。为此，他变卖了家中一切可以变成钱的东西，又让父母及岳父母"赞助"了一些，在黑市上兑换了五千美元，其中四千用以支付移民费用，剩下一千留着到玻利维亚的创业生活费。至于飞机票钱，只有找一些朋友去借。

当时中国移居南美洲的人还很少，所以费用不多，而且以骗钱为目的的人贩子还未涉足其领域，因而受骗上当的事也没有发生。

他把快要上小学的儿子留在父母身边，和妻子一同转道东京，飞到那座海拔三千六百多公尺的高原城市拉巴斯。

由于是中国移民，行李又格外简单，玻利维亚海关检查得并不严格，他靠着在大学时学的一点英语，在这个以西班牙语为国语的国家首都勉强摸到了移民局。

办手续并不复杂，但他和妻子看到了移民局一条他在国内时没有被告知的规定：新移民需要到边远地区参加五年的开发工作，才能回到大城市就业，当然有高学历的专家和艺术家除外。

他和妻子既不是专家，也不是艺术家，因而只有在离开农业生涯近十年之后重新又成为外国的农民，因为他并不想为这条规定就打道回府。这条规定起码有年头限制，而他插队之时是作了“扎根农村一辈子”的打算。

他和妻子乘坐移民局的长途客车，被送到了玻利维亚西部的亚马逊河冲积平原，那里是一望无际的亚热带雨林。

他本来想和妻子在拉巴斯开一个中国小吃店，专门出售饺子、面条、春卷、锅贴之类的快餐食品，然后逐步发展成一个中国餐馆，甚至中国酒店。他们这个理想只好放到五年以后去实现了。

在一个位于维塔的移民区，他和妻子下车，由当地移民管理机构划给了他们十公顷荒地，并分配了一间带有厨房和卫生间的铁皮顶木屋，这一切都免费使用，每年照章交税即可。五年之后，由这个机构盖章，他们便可以离去，到大城市去谋生。到那时，也可以申请加入玻利维亚国籍了。

住下来之后他才了解到，周围那些星星点点的铁皮屋内的不少居民已经住了十几年之久，他们喜欢上了这块土地，不愿意再搬到大城市里去了。

他倒是相信，一旦到了五年，他肯定会和妻子搬走，他不愿意当一辈子农民！

维塔移民点有一个机械站，里面拥有全套农业机械，只要向机械站申请，并付很少的钱，就可以使用那里的器具，不过要是自己不会使用，雇人来驾驶、操作，费用就会高出很多。

幸好他插队时使用过拖拉机等农业机械，现在只不过再重新熟悉一下而已。当他又开着拖拉机犁开一片肥沃的土地时，说不出是一种什么心情，但有一点是肯定的：他人生中又一次新的生活被犁出来了。

使他难以置信的是这一百五十亩土地居然属于他所有，无论在上面种植什么，那收获也属于他所有。而十多年前他插队时只是在为国家而干，无论干多干少，丰年灾年，他都只能一个月收入三十二元人民币而已。

他理所当然地精耕细作，他要为五年后进入城市创业打下越多越好的经济基础。

邻居们并不敌视外国人，而且还带着葡萄酒和烤肉来到他的新居向他们祝贺，虽然语言不通，但从手势和表情上可以知道邻居们的热情。

他以为会在异国他乡过上五年平和宁静的田园生活了，然而，他错了，一天夜里激烈的枪声使他大吃一惊，几颗流弹从他屋顶上划过，吓得妻子缩在他怀中好久不敢吭声。

天亮以后，他看到几具尸体摆在了移民管理机构前的空场上，他还以为原始森林中活动着反政府游击队或是土匪之类的人。

和粗通英语的管理人员一交谈，他才知道是政府缉毒组织昨天夜里袭击了一个地下毒品加工厂，由于遭到反抗，所以发生了枪战，几个贩毒分子被击毙，并缴获了上百公斤可卡因，地下加工厂被洒上汽油烧毁。他还知道了玻利维亚政府虽然引进了一些移民，开垦出大面积的荒地，但同时也为移民中的不法分子大规模种植古柯类植物埋下了祸根。

种植古柯类植物的收入远远高于种植粮食作物，即使种植热带水果等经济作物也无法与种植毒品原料的收入相比，移居玻利维亚来种地的人大都是处于长期贫困地步的人们，一旦有大笔金钱的诱惑，当然很难抗拒，于是一些逃避本国法律制裁的罪犯来到这块政府难于管理的地域，又重操旧业，制毒贩毒，通过种种渠道，向美国及欧洲国家销售，牟取暴利。

此时，他才明白为什么有些居民愿意长期居住此地当农民了，并不仅仅是热爱土地，而是有利益关系。一个农民种植一百多亩古柯类植物的收入，比一个政府官员还高，而且还用不着纳税。

他想起了刚下飞机走出候机大楼时的情景，几个年轻人凑上来用不标准的英语向他推销包在小包中的药粉，见他不予理睬，便用克丘亚语骂了一句什么。

又过了些日子，他才真正清楚了他所生活的土地无异于是一个毒品生产基地，在热带雨林深处的沼泽地中，他看见了大片的古柯类植物种植地。他的一些邻居，划着小木舟，穿过葛藤缠绕的雨林，冒着被巨蟒、鳄鱼、狮子等猛兽袭击的危险，到那里去管理和收割毒品原料。他也远远地张望了大毒枭居住的豪华别墅，那里周围是一片雷区，只有被警卫人员带领才不会被地雷炸死。

令他奇怪的倒不是人们还在种植古柯，而是政府无力制止毒品的泛滥，当地农民都知道古柯种植在哪里，却无人向政府告密，因为这涉及他们自身利益；也无人揭露那些毒贩子，这同样涉及他们自身利益。莫非政府在这中间也有什么利益？他实在想不通。

至于每年偶然有几次围剿，大都是在美国政府缉毒机构的压力下进行的，而且大毒贩子永远也抓不到。

他倒是从没有去种植古柯类植物，虽然他知道这能让他的收入成倍增加，但他不愿意干任何损害人类生存的事情，插队时他就反对过农场领导大规模砍伐树林，也反对过毁草种田，为此还挨过批斗。他是一个有良心的中国知青，若是没有良心，他其实在国内做生意时也早就发了财。

由于他不种植古柯，曾有一段时间遭受到邻居们的敌视，但他善于和周围的人搞好关系，而且绝不充当告密者。他当知青时也有过相同经历，一些老职工冒着被批判为“搞资本主义”的危险，在他砍柴的山林中悄悄养了些猪和鸡鸭，他就从没有向领导汇报过。此时，在异国他乡，他用同样的方式处之，慢慢赢得了邻居们的尊重和信任，为此，还有人向他赠送了一辆半新的小型卡车。

有着知青经历的他和妻子很快适应了这里的生活，除了有些因文化不同而产生的孤独感外，他们并不觉得有什么劳累之感，烈日、暴雨对于他们只是旧事重提，各种农活也不陌生，而且还有时间到亚热带雨林中去观赏在北京只能从动物园里才看得到的可爱的动物：成群的斑马、长颈鹿、野牛、懒洋洋的狮子、慢条斯理的河马，他们甚至还看过巨蟒和鳄鱼的搏斗。

他种植了大面积的玉米和小麦，还开了一块菜园和水果园，他那比在北京时大五倍的房子也布置得很舒适，唯一美中不足的是没有把儿子带来。不过，这里没有计划生育官员，他又让妻子怀了孕，十个月之后生出了一个女儿，这个女儿立即享有玻利维亚国籍。

他存折上的钱数已超过一千美元，从朋友那里借的债当然早就还清了。靠自己的劳动过上殷实生活的愿望居然是在祖国之外的地方实现，他不禁有些悲哀，他也理解了世界各地的华侨们一方面苦恋着祖国，另一方面又在异国奋斗的心绪，也理解了为什么那么多有着知青经历的人在人到中年时还愿意出国再来一次“洋插队”。

他们都是想有创造，而且有收获，无论这种创造是大是小。他很感慨玻利维亚中学教师的收入，他们的薪金远远高于一般政府官员，可以名副其实地列入中产阶级。若在国内也是这种情况，他大概也不会跑到异国他乡来。

他还有二三十年的时间用来创造，他要为孩子们到美国去上大学做好准备。并非中国的土壤上养育不出伟大学者，但目前中国的伟大学者大都有留学美欧的经历，这其间无需再作什么探讨了。

他发现，在辛勤耕耘了三年之后，他还真有点对这块洒下他汗水，而且给他带来收益的土地产生了感情，但他两年之后还是要毫不犹豫地离开，到拉巴斯去开始又一次新的生活。

2

她到澳大利亚去留学，仅仅是为了更换一下环境，她觉得在广州的日子过得太令人窒息，使她喘不过气来。

从一般人的角度看，她应该知足而乐了，很难想象她还有什么可抱怨的。她有着一个完全“妻管严”的丈夫，对家务事全面承包，还有一个可爱的儿子。她自己在一家发行量不小的刊物当摄影记者，发表的照片数以百计，在行业内也算小有名气了。一套两室一厅的房子虽不算宽敞，可按平方米计也达到东京人的居住水平了，室内装修得颇有点艺术家味道，家用电器一应俱全，甚至客厅兼餐厅内还装上了一部松下空调机。

以一个三十多岁、相貌平平的女人来说，有这样的家这样的业，还有什么可不满足的呢？

恰恰是她对家对业都觉得远不尽如人意。

这个名叫李依红的女人看不上丈夫缺少男人气，只会唯唯诺诺，乐乐呵呵，甘居平庸，一个男人，居然还会织毛衣、裁裤子。谈恋爱时她把这当成温情和安分守己，可共同生活了十年，她则把这当成男人的没出息。

不过，和丈夫在一起已经习惯了，无论她怎样不满意，那个工厂宣传科的小科长总是笑脸相迎，笑脸相送，他觉得有本事的女人脾气大点是正常的。

她最难以忍受的是事业上的痛苦，外人只看到她每年发表多少摄影作品，得了什么大奖和金奖，而对于她真正下了心血拍出的照片不能发表的苦衷却毫不了解。为此，她和社长兼总编几乎每一天都要吵架，指责那个胖老头不懂什么叫艺术，不懂什么叫社会性新闻图片。

主编总是很有涵养地一笑，表示一有时机一定给她发表。可她看得出来，只要这位主编在位，那时机永远不会到来。她郑重其事地写出请调报告，想转到另一家刊物去。

但是，她是本刊的骨干力量，总编又绝不让她产生一点能调走的希望。于是，一气之下，在那股赴澳大利亚留学热的中国人名单中，出现了李依红三个字。

主编没有理由阻拦她，因为她已经辞了职。而丈夫也没有阻拦她，对于她的一切行为，丈夫都俯首称臣，由她而去。看着丈夫那张渴望她留下却又强作笑容的脸，她真想大喊一声“我跟你离婚”！然而，她又知道为了可爱的儿子她不能离婚，像自己丈夫这样全心全意为妻子和孩子的男人这个时代的确太少了。她必须承认，每个男人在一般情况下只具有一种优点，别像小姑娘那样再自欺欺人地寻找十全十美的男人吧。

她走了，没有想还回来不回来的事，在一个陌生的国度里，她对今后还没有那么明确的打算，甚至在飞机上她也什么都没有想。

澳大利亚首都堪培拉清洁而宁静，与肮脏、拥挤的广州不可同日而语，她觉得从资料上看到的说堪培拉是个“花园城市”并非吹牛，到处是树、草坪和鲜花，见不到一点灰尘，这种规模的绿化她在中国连想都不敢想。

在异国他乡的第一天她就整整照了三卷胶卷。这是她的职业习惯和已经融汇于她全部生命的事业本能，无论走到哪里，她都会带着她心爱的三部照相机和两个随时可换的镜头，各种令她产生兴趣的社会画面和人生画面都会被她迅速地摄入镜头，留在底片上。

她所上的语言学校离格里芬湖不远，这个长八公里的人工湖将堪培拉分成两个部分。由于没有工业污染，湖水清澈见底，湖中高达一百多米的喷泉颇为壮观，远看像是一座擎天而立的白色玉树，湖的两头各建有一座大桥，连接南北两岸。

湖的南面是国会山，白色的议会大厦、政府机关、最高法院、国家图书馆、联邦科学院都设在这里，再远些就是她所读书的那座仿维多利亚建筑的学校。

学校里以亚洲学生为主，大都是中国人，然而一个月之后，她就很少看见中国人来这里上课了。

这并不奇怪，真正想来澳大利亚进修语言然后再去考大学的中国人寥寥无几，这些人出国怀有各种各样的目的，就是没有一个是想真心攻读什么专业的，真正想当硕士、博士的人都到欧美国家去了。

其实，在澳大利亚办语言学校的人也根本不是为了培养能上大学的人才，说穿了是为了挣亚洲想出国的人的钱，所以校方对于学生来不来上课也并不放在心上。

这些来澳大利亚上语言学校的学生们一个个八仙过海各显神通，绞尽脑汁去想挣钱的路子去了。

跟李依红租了一套公寓房的八个中国同伴中的一个买了台缝纫机，从批发商那儿批来衣料和图样，做起了衣服；一个在门外开了个炒货摊，支一口油锅，专门卖炸油饼之类的小吃；一个年轻貌美的迅速找了一个老华侨，嫁与他为妻；还有一个和校方老板串通起来，专门向中国各地发售入学通知书；其他几个白天睡觉，夜晚不归，也不知在干什么。

李依红倒也并不想认真学习英语，她的英语程度早已和英语系的大学毕业生不相上下，但她也不想单纯为了挣钱就什么都可以干。她不是二十多岁的小姑娘，而是一个各方面都早已成熟的妇人了。严格地说，她能够进行创造性生活的岁月已经不多了，她之所以离开故土，不就因为想使自己的才能有机会充分展示一下吗?

而澳大利亚确实给了她这样的机会，她第一批拍摄的堪培拉风光照片国内几家旅游报刊给她发表了。几张反映留学生生活的照片更是受到一些青年刊物的欢迎，他们甚至发来急电，让她尽量多地摄取这一类镜头。

她有些疑惑，反映国内大学生生活的一些照片，如大学生酗酒醉倒街头、大学生成为瘾君子而走上犯罪道路的社会新闻照片无人发表，说是揭露阴暗面，而中国人到国外留学陷入困境去干些下贱事情的照片却很抢手，似乎这就说明了外国没有中国好。

她不以为然。她觉得以她的良心所在应该多反映中国人在外国成功的典型，用以说明中华民族是个优秀的民族，无论在哪块土地上都能扎根、开花、结果。

然而，这需要时间，起码眼下还没有这样的例子。对此，她倒不十分悲哀，她相信她这一代人会证明这个真理的。

于是，她更多地去拍摄异国风情，这同样能够吸引她，她认为也能吸引祖国的同胞们。

她也和同伴们一样离开了学校，开始了她澳大利亚的流浪生活，这其实也是她寻觅可以摄入镜头的画面的生活。

这是一种危险而又有乐趣的生活。澳大利亚地广人稀，随时都可能发生各种各样意想不到的灾难，甚至死亡。

不过，她并不怕死，她早已经面临过死亡的威胁了。那是她在海南岛插队的时候，为了在一条小溪上架设一座木桥，使孩子们能够到对岸山坡上的学校去上学，全连队一百多人都在每天割完胶之后投入到这个工程里。

木桥快完工时，正好赶上连阴雨，橡胶树皮水淋以后不能割胶，于是所有人就集中精力不分白天黑夜抢建木桥。

一天黄昏，雨点骤然猛烈起来，有老职工判断很快会有山洪来临，但连长并没有估计到它的危险性，而是号召大家发扬“一不怕苦，二不怕死”的革命精神，与天奋斗，大雨大干，争取在夜里十二点将桥面合龙。

知识青年们在毛主席语录激励下，自然不会将雨水放在心上，大都冲在了河中心，递料、挡水。不幸的是，两个小时以后，因大规模毁林开荒而起不到蓄水作用的山岭，将大量洪水倾泻下来，平时只有一米多深的溪流一下子变成了水深四五米的汪洋，水浪如墙一般横推过来，卷着泥沙、枯枝和兽尸滚滚奔腾。

木料堆首先坍塌了，李依红和一些知青本来听到怒涛声已经躲到高处，但一见辛辛苦苦伐来的木料被冲走，又跳进水中去捞取木料。未到河心，她就无法再与洪水搏击，只能顺水而游，几次被浪头打入水底，很快便神志不清，昏迷过去。

当她醒来时，正躺在连长的怀抱中。原来是打着手电筒的连长发现她被冲到下游，追了三里多地，才将她捞上来，为她压出已经灌满肚子的水，又做了人工呼吸，才使她从死神那里回到人间。

不过，并非所有人都这样幸运，另有三名女知青在茫茫黑夜中失踪了，沿河打着火把寻找了一整夜，也没有见到人影。三天之后，洪水退下去，才发现这三个平均年龄不到十八岁的少女被卡在了桥墩缝中，尸体已经泡胀了。

在和平年代里，李依红太早就懂得了死亡是怎么回事。她自认为她已经死过了一次，不会再惧怕死亡了。从那时她对死就奠定了这样一种信念：死无所谓，人都是要死的，只要你在生的时候是心甘情愿干一项自认为有意义的事情，就死得值得。

为了爱，为了事业，为了一种情趣，为了使这个世界哪怕有一丝一毫的进步而死，就都不是平庸的，都值得立一座碑。

那三名女知青被埋在连队最高的山峰上，那里竖起了一座碑。她结婚时，蜜月旅行没有去什么名山大川，而是和丈夫一同来到插过队的地方，住在她当知青时住过的那间小房中，每大早都会去三个女伴的坟墓边，陪伴她们。白天则到橡胶林中，一棵树一棵树地查看、欣赏。最后又和丈夫走进了亚热带原始雨林，踩着她曾经伐过木的小径，一直攀登到峰顶。在那里，她又看到了三座女知青的墓，夕阳正好笼罩在三堆红色土包上，如同大地在淌血。

有过这种经历的女人，一般不会再胆怯，她所怕的只有一点，那就是无法完善自己的人生，无法干成功一桩她认为是有意义的事业。

在澳大利亚，她像西方到中国旅游的那些大学生一样，把头发剪短，只穿一件男式大背心和一条肥大的短裤，背着一个足有二十多个口袋的旅行袋，里面放着她全部财产，行走在漫长的道路上。

她并不想赚钱发大财，因而也就没有缺钱花的苦恼，当然，她从国内带来的一点生活费不足以令她随心所欲地流浪，何况买胶卷和冲洗照片也是一笔不小的开销。不过，这不会难倒她。

一路上，她不放弃任何一个打零工的机会，修理草坪、擦汽车、打扫房间、替人遛狗、刷碗、洗盘子，她都干过，这些收入足以使她补充足够生存的卡路里。至于胶卷和冲洗费她则从一家华文报纸的老板那里支取，她随身携带了一些她在国内报刊发表的照片资料，她将这些照片资料和中国摄影家协会的会员证交给那个老板看了以后，老板立即与她签订了合同，每个月向她提供三十个胶卷及这些胶卷的冲洗费，而她每个月向老板提供十张以上可使用的艺术照片。

其实，这个合同的签订已经是她在澳大利亚成功的开始。

她有时拦车搭乘，在澳大利亚，不会有人拒绝一个女士搭车的请求。有时是步行，这一般是她对周围的环境产生了兴趣。她到了悉尼，亲眼目睹了悉尼歌剧院的风采，也到了墨尔本，游览了唐人街，还在李先念主席访澳时吃过饭的餐馆里吃了一顿北京烤鸭。正巧她赶上了在那里举办的蒙巴节，那倾城出动的狂欢使她一口气拍摄了五卷胶卷，最后自己也被卷入狂潮之中。

当她的摄影旅行进入到澳大利亚北部草原地区以后，她的节奏放慢了。并非因为疲劳，而是那里有什么东西吸引了她。

首先是袋鼠。那些在大草原上无拘无束地跳跃，在公路上悠闲张望的袋鼠突然使她感觉到了自由的可贵，任何一种创造性劳动的前提就是身心的自由。她想起了乘坐澳洲航空公司的飞机从香港飞往堪培拉时，那机身上就印有一只红色的袋鼠。

她不是袋鼠，她是人，但她比袋鼠更渴望自由，因为她更渴望创造性劳动。她之所以跑到澳大利亚来，不就是想能够全身心地投入到摄影这门将成为她一生的艺术生活中去吗？

同样诱惑她的还有那毫无遮拦、清澈透明的瑰丽的大自然，站在这里，似乎她的想象再无任何障碍，可以通向无限深远的空间，以至漫漫无际的宇宙。

她停下了长途跋涉的脚步，决定暂时居住到一个以放牧为生的人的农舍中去。

这是草原中间一座尖顶的白色小楼，周围有十几排牛羊圈和饲料房，主人菲利普先生是英格兰人的后代，他们祖上是被流放于此的英国犯人。他饲养着几千只羊和奶牛，很乐于有一个壮年人来给他打工。据他讲，大学放假期间，常有男女学生来到这里打短工，挣一笔学费再回城去上学。

她决定像一些西方人一样，以研究某一种动物为乐趣。她的对象当然是袋鼠，她将坚持不懈地把袋鼠在大草原上的一切生活习性拍摄下来，从出生、繁衍一直到死亡的全过程，她相信一定会有出版商感兴趣，为她出一本精美的画册。出画册是她梦寐以求的愿望，但她知道在中国她很难实现这一愿望，因为她出不起印刷费，也承受不了自己推销自己的画册的困窘。

她觉得到澳大利亚来留学是对的，她终于摆脱了以往的困惑，摆脱了那种不能进行创造性劳动，或者说创造性劳动不被认可的窒息感。

她现在所摄的照片不仅在国内受到欢迎，而且也被澳大利亚的几家报刊接受，香港、台湾、日本的一些杂志开始谨慎地向她约稿，她出画册、办个人影展的日子不会太远了。

她决定在有了长期居住证以后，把丈夫和儿子都接来，他们终究是她的亲人。作为一个女人，她需要男人的爱，也需要给儿子以爱。

远远地，她能望见维多利亚河的流水，那水将流向大海，她觉得她的生命也像那水一样在欢畅地流动，于是，她又想起了当知青架桥时的洪水，那水也在流动，却吞没了本来也可以嫁给男人、生儿育女的少女的生命。

世界是很难理解的，只要能理解自己就是幸运的。

第六章　生存启示录

东京，他背着一具老妇的僵尸疲惫不堪地从第十四层楼的楼梯上滚了下来；汉堡，她为了获得诺贝尔文学奖而充当了一个名副其实的洗衣妇。

1

他站到了那具死尸旁。

那是一个青年女性，身穿一件华丽的日本和服，脸上抹着厚厚的脂粉，装扮艳美地死去了，没有留下任何遗嘱，也没有留下任何财产，只是一笔数目不大也不小的人身保险费等待她的家人来取。

法医早已验过尸体，证明是喝了含有氰化物的饮料导致身亡，生前没有遭受过性侵犯，但胸脯、大腿内侧等女性特殊部位留有长期被虐待而产生的伤痕，证明她有过与变态男人同居的历史。

没有外人进入和强迫等可疑迹象，结论是自杀。

由于是元旦时刻，颇为迷信的日本人不愿意从楼上将尸体搬下去，送到火葬场，因而打电话把他这个自称冈村一郎的中国人叫来背尸。

他不能拒绝，因为这是他自找的职业，还在报纸上登了广告。他也不想拒绝，因为这意味着将有一万多日元的收入。

然而，他绝没有想到这个死去的人竟然是与他一同东渡扶桑的女朋友，他理所当然地目瞪口呆。

也就在此时，他从那间五点五平方米的住房中醒了过来，刚才的一切都是梦，一场令人不愿回想的噩梦。外面，子夜钟刚刚敲完一百零八下，他在古称江户的日本首都东京××区××街的一间小储藏室内迎来了一九九〇年元旦。

那个梦做得并不突如其来，前天他在报纸上看到一则中国女留学生在东京地铁某车站卧轨自杀的消息后，已经连续两天梦见那个名叫白燕的女朋友暴死的情景了。

是的，他痛恨她抛弃了自己，投身到一个日本公子哥的怀抱，可他绝不希望她死，绝不希望她有什么悲惨的结局。

他从狭窄的草席上爬起来，拉亮房灯，打开冰箱，取出一罐因过期而和一块水果糖一样价格的啤酒，拉开封口，痛饮起来，以解除口干舌燥的感觉。

在这间小房间内，生活设施并不缺乏，衣柜、书桌、冰箱、电炉、彩电等一应俱全，甚至房东还特意隔出一个刚好可以转开身的淋浴室，当然二十四小时都可以洗热水澡，可房价也因此高达九万日元。

对于住，他已经很满意了，起码比他在浙江杭州那个家强了许多。那个家是有上百年历史的老式木结构建筑，全家人平均下来，每人只享有二点八平方米的居住面积。

而对于背尸体的工作，他也没有像国内一些小报上所宣传的那样感到耻辱，这些事情总要有人干，何况背尸时他付出的只是体力，并不是思想和情感，对方还回来的是金钱，也不是鄙视和嘲弄。他每背一次尸体，起码还能听到十声以上的谢谢，接受十个以上的鞠躬。他在杭州扫大街时，一年也听不到一声谢谢，只会看到同胞和老乡们多少有点厌恶的神情和突然加快的脚步。

其实，早在内蒙古兵团插队的时候，他就已经背过尸体了。

先是一个无儿无女的孤老头，一天夜里，喝多了酒，然后躺在干燥的草原上，再也没有起来，只有一匹和他一样枯瘦的老马陪伴着这个把全部生命都用来与酒和牲口打交道的老人。

他放马时看到了这具尸体，本来他可以将老人放到马背上，但不知为什么，他却将老人背回了蒙古包。老人并不粗壮，可没有了生命后却格外沉重，因而，他在松软的草地上留下了一串深深的印迹。

他和老人素昧平生，甚至连酒都没有对饮过，但他善良的天性使他不能让一个热爱生活的人曝尸荒野。这也许就是他到日本之后没有什么犹豫就选择了背尸这个行业的原始动力吧。

后来，抢救一场荒火时，他所在连队的三女二男五个知青被烈焰无情吞噬，身体被烧成一团黑炭，不仅面目全非，甚至男女难辨。也是他，拒绝用汽车运送，第一个背起一具战友的尸体，一直走到墓地。

十年插队生活给他留下了难以磨灭的记忆，他不会讲青春无悔这样的壮烈之词，但他绝不会忘怀大草原给他人生打下的烙印。他觉得，有了插队的经历，一切对他都再也无所谓了。

他到日本来，没有什么宏伟志愿，他的贫寒卑贱的家庭，也没让他受过这方面的教育。他飘洋过海只为一个简单的目的：挣钱！

他的家太穷了，他本人也太穷了！

在他一九七九年从内蒙古回到杭州时，因为没有一技之长，因为没有关系“走后门”，因为拿不出二百元钱来买烟酒送到一个管分配工作的人家里去，他被分配到了清洁队，每天骑着辆三轮车去扫大街。

其实，他并不觉得扫大街有什么不好，他只是不明白为什么有权有势有钱人家的孩子不来扫大街，虽然环卫局的领导总讲扫大街光荣，可领导的孩子们却没有一个来领略这种光荣。

扫大街自然不能让他发财，就像插队当知青不能让他发财一样。可他做梦都想改变自己的穷困面貌，想让家里能花钱买上一套二室一厅的房子，能买上一台彩色电视机，能有一台洗衣机而使老母亲不再用手去揉搓肮脏的工作服。

为此，他下了班去卖冰棍，去仓库卸麻袋，利用星期天去给人家盖房，但是，这都不足以令他达到目的，充其量不过是补贴一下物价飞涨的生活而已。

他也想过辞职去当个体户，可他最终发现自己太善良，黑不下心去欺骗顾客，就绝了这个念头。他母亲曾告诫过他：“无奸不商，无商不奸，咱们就是每天喝白开水，也不能干损人的事情。”

在内蒙古大草原上，那些粗犷的牧民们也是用这种东方传统道德感染着他，使他根本学不会占别人便宜。

有一次扫大街时，他捡到了一串镶钻石的纯金项链，他居然就站在那个地方等了整整四个小时，直到一个日本老太太不带任何希望地回来寻找时，才交还给了她。据日本老太太讲，这串项链价值一千万日元，也就是几十万元人民币。

他只是笑了笑，一点没觉得遗憾，甚至日本老太太给他一千美元的感谢费他都没有收，反而觉得受到了侮辱。

也就是这个日本老太太，为了报答他，从东京来信，主动提出要帮他办手续到日本去留学，因为几乎所有的日本人都知道：中国的年轻人把能去外国留学当成比娶个好媳妇还要美妙的梦想。

不过，日本老太太信中讲得很清楚，她只负责替他办好出国留学手续，到日本后的一切费用自理，她也相信他有能力在异国他乡生存下去。

此时，正值不少上海青年因为去不了日本而在日本国驻上海领事馆门前静坐示威，还有更多的人不顾一切，不惜倾家荡产也要到日本国去当留学生。

他知道，这些上海人到日本去的更大愿望是挣钱，听说在日本的餐馆里刷一天盘子的收入就等于在中国的国营大工厂干一个月的工资，这无疑是一种巨大的诱惑。

他同样被诱惑了。因为在八十年代末期，穷成了他最大的屈辱，虽然他不想也不会靠坑蒙拐骗来发财，但他自信在插队时练下的力气应该能让他过上比现在更好些的生活，无非是缺少机遇而已。

出国无疑是一种机遇，他接受了日本老太太的邀请。

得知他能出国留学，而且不用像其他人那样到处借债，到处求爷爷告奶奶地去找关系办手续，一直对他冷眼相看的姑娘们像是发现了出土的珍珠一样对他青睐起来。因为穷而一直连媳妇都娶不上的他，忽然有了一群如花似玉的追求者，言谈话语之间当然都提出了一个先决条件：将她办到日本去。

无论从生理到心理，他都需要一个女性，而且，由于他太少和女性打交道，他也很容易被信誓旦旦的姑娘们所打动。何况，他愿意理解她们急切出国的愿望，女人们大概都是爱虚荣的吧。

他选择了那个叫白燕的姑娘。这是个并不妖艳的杭州女子，苗条、清秀，说话时略带羞涩，不像一些现代少女那样咄咄逼人，太多主见。

他给日本老太太去了封信，讲明还有一个女朋友要一起东渡日本，希望老人家能理解这种有些过分的要求。

日本老太太痛快地答应了他的请求，很快寄来了两份入学通知书和担保书，随信还附有两张日航的飞机票，并表示已经为他找好了住所还预付了一个月的房租，但希望这是她为他做的全部事情了。

他当然不会再去求老太太，他觉得一个年轻人什么事都依靠老人是一种最没出息的表现。他已经没出息一次了，绝不会再有下一次。

于是，他带着不多的几件衣服和一本日汉对照辞典，还有女朋友白燕，在一个明媚的秋日，飞向一个十分陌生的地方，他当时的感觉和当年奔赴内蒙古大草原时有些相似。

“小海，能挣到钱就挣，挣不到钱就回来，家里虽挤，可总还有你一张床。”老母亲不算太难过地在分别前这样说。

大名叫王海的他点点头，颇为自信地回答：“妈，我保证每个月给您寄一千块钱回来，让您也过几天好日子！”

就冲这句话，他到了东京以后根本就没有到日本老太太给联系的语言学校去上学，而是第二天就找了一间餐馆，去当刷盘子的小工了。

他不想上大学，攻读硕士、博士，他没有当知识分子的细胞，也学不进那些对他生活毫无意义的学问。至于语言，他认为用不着进专门学校，只要在那个环境中，你不会也得会。插队时，连里让他到一个蒙古人聚集的地方学习配种的常识，三个月下来，他基本上能听懂蒙语，也会说些简单的生活用语了。

其实，在日本，你就是不懂日文也保证丢不了，因为那到处竖立的广告和路标，有一半字是汉文，大体上能琢磨出个相对准确的意思来。

日本老太太给他预付一个月房租的房子令他觉得像杭州西湖大酒店一样豪华，对于他来讲确实太奢侈了。但是，能和女朋友白燕在里面同居，也使他感到了蜜月般的幸福，使他在刷盘子时总是喜气洋洋的。

刷盘子的工资每小时六百日元，他一天干十二个小时，还有加班费，一个月算下来，竟然有近三十万日元收入，折合人民币有一万元。当然，他还需坐车、吃饭、购买日用品，但他还是能剩一半多。

他一下子给家里寄去足够购买一台彩电的钱，让老母和弟妹们在八十年代末期也享受一下现代化是什么滋味。

然而，当日本老太太给他租的房子的房东来收第二个月的房租时，他吓坏了，他住的那套十五平方米的房间的月租是二十五万日元！

他不敢再住下去了，必须马上搬家，可房租不能不交，否则房东一张起诉书，他和女朋友就会被驱逐出日本国境。

在小饭店当女招待的白燕和他每人拿出了十二万五千元的积蓄，交完房租后，立即提着衣箱离开了公寓楼。后来他才知道，住公寓楼的都是日本的单身汉、有钱的外国留学生和日本半色情行业的女性。

穷留学生和打工汉是绝不敢问津的。

日本的房租之贵令他咋舌了，他先后搬过三次家，从十五万日元到十二万日元，最后住进了九万日元一个月的小储藏室。

为了多挣钱，他起码换过十个工作，刷盘子、烤面包、看仓库、扛木箱、挖电缆沟、修草坪、刷油漆、捡垃圾、打扫办公室，直到他发现背尸体是这些工作中最挣钱的为止。

日本人受汉文化影响，同样认为死人不吉利，尤其是住在高层公寓的人们，更不愿死尸通过电梯送下楼，所以背尸体下楼的职业应运而生。不过，这种活儿需要大体力，还要不迷信，一般的日本人不干，就是中国穷学生们也觉得太为下贱，应聘者绝少。于是，王海看中了这项干一次能挣六千日元的活儿。

一般情况下，一天他总能接到两三个请求背尸的电话，也就是说可以挣到一万二千到一万八千日元。一个月的收入可以和日本大公司的课长不相上下。

就在他计算着几年之后就能成为一个百万富翁的时候，他的女朋友白燕离他而去。她的理由和以往在国内和他谈一两次就吹的姑娘一样，嫌他穷。

在日本，他当然还是个穷光蛋！

他经过调查，发现当女招待的白燕被东京某个株式会社董事长的大公子勾引上了，他给她买了金项链、钻石戒指，送她一套公寓房和一辆汽车，另外每月三十万日元，将她养起来做了小妾。

他以中国人的方式打上门去，刚好堵住白燕和那罗圈腿的家伙在床上厮混，他用傻瓜照相机拍下现场情况，并上去一顿臭揍。

日本鬼子害怕了，倒不是怕一个中国留学生，而是怕照片被登在报纸上，这将严重影响他的前途，他正在竞选一个县的议员，这种丑闻公布于世无疑会使他的愿望破灭。

那家伙拿出五十万日元，消财免灾，后来又增加到一百万。

王海收下了，他本不是来敲诈钱财，而是想使白燕回心转意。但看到她满不在乎甚至鄙视他的神情，他不想再废什么口舌，拿了一百万元，甩下傻瓜相机扬长而去。

这种不干净的钱他绝不会寄给母亲。他走进了银座的咖啡厅，大杯大杯地喝着外国酒，和女招待肆意调情，后来又进了夜总会，疯狂发泄，最终领走一个日本女人，到情人旅馆开了个房间，把对日本男人的恨拼命报复在日本女人身上。

一连三天都是如此，一百万日元花了个精光。

他不是第一次失恋了。在内蒙古生产建设兵团插队时，他曾和一个上海女知青相爱过，但那个女知青有一次探亲回家，找了一个在上海当兵的排长，嫁给了那个人，就再也没有回过内蒙古。后来，她的丈夫在一九七九年中越边境战争中阵亡了，她曾给他写过信，对当时的做法感到内疚和忏悔，但他没有原谅她。或者说，他早就原谅了，但对她再也不会产生什么感情，最多只会有同情。

浑浑噩噩中，元旦到了，这一天在日本众多节日中是最热闹的，无论大家小户，家家都以青松插在门旁，门框上挂着稻草绳、纸条、黄柚子，据说这些可以代表神灵驱邪扫恶，刚才响的一百零八下钟声，则是要消除一百零八个魔鬼。

他一直不明白，只有梁山泊的好汉才是一百零八个，怎么魔鬼也是一百零八个呢？这些日本鬼子真他妈扯淡！娘希匹！

他站起来，透过窗子看着东京的寒冷夜空，到处是霓虹灯在闪烁，一些大公司在放着礼花，万紫千红。他的家乡此刻一定也是鞭炮齐鸣吧。

元旦，应该是不夜的。

电话铃响了，他拿起来。这不再是梦境，而是一个日本老妇在子夜钟声敲响时与世长辞了，她住在二十八层公寓上，需要他去背尸。

背尸，是他一九九〇年元旦之夜的真实。

他穿好衣服，从专为他出入的后门走上街道，骑上摩托车飞驰而去。

程序并不复杂，他学日本人的样子，双手合十，向死者致意，然后在家人扶助下，背上尸体，一口气奔下楼去即可，门口自有灵车在等候。而在这元旦夜，他会按惯例收到双份酬劳。

这个死者是个肥胖的老太太，有一百八十斤左右。本来，按他的体力是可以坚持走完二十八层楼六百多级台阶的，但是，失恋后不正常的心态和放荡生活使他感到疲惫不堪，浑身发软，终于，在第十四层楼拐角处，他一个失足，摔倒在地，滚了下去。

由于是冬天，他只是头部蹭破了皮，其他地方并没有伤着。他爬起来，费尽九牛二虎之力，重新背起一百八十斤重的死肉，艰难地、小心翼翼地向下走去。

他不会像一些胸怀壮志的人那样产生悲壮感，用以掩饰自卑心理，他只是以惯有的心理驱使自己必须完成这件工作。这工作绝不会有什么乐趣，而在杭州扫大街也没有什么乐趣，但所得的报酬却有天壤之别。

他走到了门口，将死尸放上灵车，随即收到一万两千日元的报酬。他欣慰了，因为他能证明：靠自己的力量是可以改变命运的，他以往的命运是穷光蛋，而若干年以后他则是百万富翁！

谁也不能否认，挣钱的多少同样是实现自身价值的一种标准。

黎明前，他又接到一个电话……起码又有一万多日元的收入……

2

她掏出一个马克，递给快餐店的伙计，然后接过一个热腾腾的汉堡包。在德意志联邦共和国东北角这个港口城市汉堡，她捧着的这个汉堡包是她今天中午的全部午餐。这点热量基本可以维持生命的延续。

对于三十五岁的于敏娜来说，少吃可以说是一举两得，一是可以节约生活费用，以使她精心盘算的一天十个马克的日子能够尽量延长；二是顺应中年妇女减肥的世界性潮流，保持她东方型的苗条体态。

到汉堡一年多了，她对这座城市可以说像是对故乡四川成都一样熟悉，偶然有中国朋友来访，她能当一个很称职的导游。当然，是收费的。

这是座花园城市，尽管飞机场频繁起落着飞机，港口穿梭似的进出巨轮，但遍地的草坪、林立的树木、四季不断的鲜花、成群的和平鸽却使这有着百万人口的城市显得格外安谧、宁静、优雅、清新。

人们平和地行走着，似乎已经忘记了多年前希特勒给这里带来的灾难，也似乎忘记了被法西斯杀害的著名工人运动领袖恩斯特·台尔曼就是汉堡的码头工人，生存对于这座城市的大多数人来说，并非人生的最大难题了，他们更加关心的是东西德将要合并后带来的欧洲中心的新格局。

但是，对于中国人于敏娜，生存却成为她在异国他乡的第一要求。

她承认，这是她自找的，寻求痛苦和磨难，是她到达理想彼岸的必然经历。她愿意看到人生的辉煌顶点，可也绝不放弃享受人生复杂际遇的过程。

通过在人类社会的外部遭遇来探寻个人的心灵世界并用文字展现出来，使人类本身受到撞击而产生共鸣是她自认为从事这一职业的高尚、伟大和乐趣之所在。

是的，她是一个作家，一个在中国大陆某省还有点名气的女才子！

她认为她应当成为作家，她那当文学编辑的父母从小用世界名著对她的陶冶，她个人生活的不幸和挫折，她基因中所包含的文学天赋，都应当使她在文坛有个恰当的位置。要知道她一直不懈努力的方向绝不仅仅是被人称为作家，而是要摘取诺贝尔文学奖的桂冠。

她曾宣布："当我登上诺贝尔文学奖领奖台的那天，也就是我结束生命的日子，因为那就是我人生的终极，再活下去则成为毫无意义的虚度。"

要不是文化大革命，她确实有可能成为像刘绍棠那样的文学神童。她十岁的时候，就已经可以模仿莎士比亚写出流畅的十四行诗，也可以写出很带个人心灵色彩的优美散文，可惜，她很长一段时间的文学天才都用到了"革命大批判"上，在成都武斗的战火中常常可以看到她的诗文在传单和小报上飘荡。

一九七一年，她随大批成都中学生雄赳赳、气昂昂地登上成昆线上的列车，到了云南生产建设兵团×师×团插队落户，成为一名兵团战士。

插队的生活，并没有使她放弃攻读世界文学名著和进行文学创作，在没日没夜开荒会战、大肆砍伐亚热带雨林的日子里，她都会抽出所有短暂休息的时间去读书和做笔记。有一次夜里点着蜡烛写散文，不小心碰倒蜡烛，酿成一场火灾，险些丧命于烈焰之中。幸亏她说是在看毛泽东的著作，才没被戴上阶级敌人的帽子。

为了能够有比较多的时间去实现自己的理想，她主动申请到连队的托儿所去工作。十几岁的女知青们什么脏活、累活、苦活都可以干，但绝没有人愿意去带孩子。

她去了，居然还被评上了五好战士、先进知青，据说是因为她打破了传统观念，破除了当地姑娘不带孩子的陋习；还据说她为了看好孩子，居然以姑娘的乳房去给哭闹得太厉害的孩子哺乳。

她承认是有过这样的经历，只不过那是为了能安心看书而突发奇想，随意所为罢了，其实这种办法也是从一本中国小说中看来的。当然她没有乳可哺，无非是堵住孩子的嘴而已。

这个情节在全国知青中引起轰动，有人认为她是出风头，有人认为她精神不太正常，不过大多数人认为她精神可嘉，值得学习。

这一切若是比起她一九八九年带着一个德国老头到成都九眼桥附近的家中举行婚礼来那则是小巫见大巫了。

她当时三十四岁，那个身高一米九〇、体重九十公斤的男人六十五岁，比她父亲整整大了十岁，应该是她父亲的兄长，却做了她的丈夫。

婚礼上，她很坦然，因为起码有不少人认为她很聪明，而绝没有人再把她当成精神病患者，是人们的观念进步了呢，还是道德沦丧、世风日下呢？

那个参加过第二次世界大战、当过冲锋队员的德国老头没有像亲邻好友们希望的那样用汽车拉来全套家用电器，而只是捧来一束鲜花。对此，他没有什么不好意思，因为大摆酒宴是女方家中提出来的，他当然用不着花费。这倒不是他小气，他送给新娘的白金钻戒价值五万元人民币以上，在成都首饰店里，他掏钱时眼睛都没有眨一下。谁请客谁花钱是德国人的传统观念而已，何况，他娶的是于敏娜本人，而不是她的全家。

于敏娜的父母对这门亲事并不满意，但又无可奈何，因为他们管不了固执的女儿，虽然他们很希望女儿和一个叫沙叶的诗人兼报告文学家结婚。

沙叶是她的第三任男朋友，也是她同居时间最长的一个男朋友，她爱他，甚至在和德国老头结婚时也还没有忘情于他。但是，他没有能力使她更好、更无所顾忌地生存，也不能使她有机会领略世界上的多种文化，所以只好忍痛与他分手。

她清楚地认识到，在现代社会，想成为一个世界级别的作家，必须站在人类的高度，对最先进和最落后地区的生存方式有全面、深刻、透彻的了解，加以比较，才能产生震撼，突发灵感，写出轰动之作。比如哥伦比亚的马尔克斯，他创作的《百年孤独》使南美风情和人生如同一幅印象派油画那样浓郁、惨淡，读起来使人惊叹，这恰恰是由于他深谙南美生活，又在欧洲长期居住、学习，才得以写出如此广阔、深奥、神秘的作品，并获得诺贝尔文学奖。

她是在第一个男朋友抛弃她之后才悟出这个真谛的。那时她在四川某大学中文系里已经被公认为文坛新星了。

她是恢复高考制度后的第一批大学生，坐在教室里之后，她才发现老师讲的课那么索然无味，对她毫无启迪，不仅仅老师讲的教材她几乎已经在当知青时全部读过，没有新意，而且老师的培养目标也绝不是作家，而她恰恰是不想当一个秘书或什么干事。于是，她躲进图书馆，如饥似渴地去阅读以往她没机会也没条件去读的各种经典著作。

她第一个男朋友便是在图书馆认识的。

她曾经认为他很博学，因而对他很崇拜，他的生活经历之复杂也令她认为他很深刻，她把自己每一部作品的草稿先拿给他看，请他指点批改，然后再送出去发表。有几篇产生了反响，评论家叫好之处，恰恰是他让修改的那些部分。有一段时间，她对他佩服得五体投地，当然也不惜委身于他，以求获得更高的心灵融汇。

但是，慢慢地她不满足了，因为他对她所有的帮助归于一点，就是能够将小说发表并迎合某些评论家的口味，因为他也是个评论家，而她需要的似乎不仅仅是这些。

学术上的分歧、争吵，导致了感情的裂痕，他疏远了她，又去用才气和爱扶植另外一个比她漂亮，也更有希望获全国奖的女文学青年。

她痛苦过，痛苦之余对世界级作家和文学作品的产生下了结论，也为自己的人生定出了宏伟的目标。

为了这目标，大学毕业，她没参加分配工作，而是背起旅行包，回到云南的亚热带雨林中，去重温，去再一次深刻体验那里的近乎原始、带有宗教和神秘色彩的部落文明。

在这里她又有了第二次爱，一个前来采风的画家和她朝夕相处，共同出入景颇、纳西、哈尼人的寨子，共同领略中甸草原、怒江大峡谷、高黎贡山的奇特风光，寻找着远古人类文明的遗迹。

可惜的是，那个画家已经有了老婆，一个誓死也不会离婚的坚强女人，于敏娜充其量只能做一个在中国社会并不光彩的情妇，俗称“第三者”。

她很珍惜这段爱，也很珍惜在云南近两年的流浪生活。在她插过队的地方她又居住了近三个月，不再以被教育者的身份，而以一个女作家的面貌出现在那里。当年她看管过的孩子已经上学了，那个吸吮过她乳峰的孩子被州乒乓球队选拔进少年集训队。人们依然像十年前一样埋怨，可人们也依然像那时一样对未来有着希望。

知青生活给她最大的收益就是这一点：对生活永不会灰心丧气，永不会绝望！

而此种观念又恰恰是获得诺贝尔文学奖的作家们的共性，是发明炸药的那个瑞典人对颁发此奖的一个原则。

离开那个画家，离开云南，她又混迹于北京，在一个作家们的沙龙中，结识了那个同样以“文坛个体户”自居的沙叶，两个无业游民以闪电般的速度结合到了一起。

假如在八十年代初期，她父母的工资还能有富余养活她的话，那么到了八十年代中后期，两个老文学编辑的工资只能维持老两口自己的生活了。也就是说，父母不能再接济她，她必须凭稿费生存下去。

关键在于，她不仅仅想有饭吃，而且还想有一大笔积蓄，到现代文明最发达的欧洲和北美去考察、学习，或叫作“深入生活”。她觉得只有这样，才能使她真正认识到红土高原和四川盆地的人类生活的实质。

然而，中国的稿费制度不足以实现她的梦，沙叶在北京一些文化部门走马灯似的当临时工也满足不了她的要求。他们租借的清华大学附近的一间民房也时刻有被退租的危险，不是交不起一百五十元的月租，而是没有北京户口的人政策上不允许长期在京逗留。

她没有时间再等待了，她能忍受艰难，她却抗拒不了岁月的飞快流逝、生命的迅速衰老，当女人一过三十岁生日，那种必然而来的恐惧便会降临。

她不是那种为了爱而和男人活着的女性，那种女性的最高成就不过是一堆现代言情小说而已。不，她不想当琼瑶、岑凯伦，也不想当三毛。她的偶像和榜样是马尔克斯、海明威、昆德拉，起码也是赛珍珠！

她开始寻找捷径，这种捷径相对的会使她生命延长，而在北京这个中国政治文化的中心，她这种寻找并不困难。

她还有些资本：说不上漂亮但东方人特点鲜明的相貌，苗条而不失四川人丰满的体态，高层次文化人的气质，一直在学习而渐趋纯熟的英语，以及大胆泼辣被称为富有浪漫意味的性格。

这些曾使不少文人青睐过，她相信也会使外国人感兴趣。

确实有几个外国人同时和她交上了朋友，她并不以“性解放”者自居，也不想从外国人手中骗几个小钱花花，所以她需要选择，其实整个人生都是不停选择的过程。

她先排除了一个美国小伙子，这个在北大读汉语专业的小伙子以一周换个中国女孩子为乐，虽然他对她很尊重。她也放弃了那个总是绅士派头十足的中年英国人，这个北京外国语学院的外籍教师在伦敦有一个太太，他找中国女性无非是生理需要而已。

就这样，几经筛选，她才和那个来中国考察和旅游的曼斯老头建立了良好的关系，他热爱中国文化，又是孤身一人，在德国汉堡有一处房产和价值上百万马克的债券，不存在为生活过于操劳的问题，唯一的缺陷是年龄大了些。但是，对于她来讲也可能是好事。

假如这个老头几年后死去，她还正值中年，那么，则可以寻找一次以爱情为基础的婚姻机会。假如沙叶能理解她，还等着她，她会让他成为丈夫的。

曼斯老头对她颇为满意，在她带他去西安参观兵马俑的当天就向她求了婚。于是，在大半个中国的周游中，她都以未婚妻名义和这个上一辈人同居，以至于遭到过几次警方的查询。

回到北京后，他们办理了婚姻登记，并应她父母的要求，到成都举行婚礼。

作为一个持有德国永久居住证的中国人，她和新婚丈夫乘坐波音747飞机抵达了汉堡。

汉堡比她想象的还要美丽，尤其是那纵横交错的水网和建筑风格各不相同的桥梁，简直迷住了她，据说比意大利的威尼斯还要多。还有市中心的阿尔斯特湖，栖身于湖畔，看着五颜六色的风帆、成群的天鹅和水鸟，笼罩于千年参天古树之下，根本无法让人相信这是在一座闹市之中，只会令她想起云南西北角落人烟稀少、野兽出没的碧塔海。

更让她激动的是德国第一家歌剧院坐落于此，那是十七世纪的建筑，十几家博物馆令她大开眼界，在汉堡大学她听了一次关于古日尔曼人的讲座，回到曼斯老头那座别墅式住宅她就写了一篇散文，寄回中国，很快发表在故乡一家报纸的副刊上。

几个月之后，她才平静下来，认为可以在暑假结束后，去汉堡大学进修。她计划学习两年，攻读人类文化学，每个假期则去北欧各国旅行。

然而，曼斯老头却要和她离婚了。这是东西方文化差异而带来的冲突，也是不同人种无法协调所带来的破裂。

婚姻是爱情的坟墓大概在任何一个国度都是真理。

首先是生理上的不一致，六十五岁的曼斯老头居然体壮如牛，每天一早一晚要和妻子做爱一次。在中国时，大概由于经常长途跋涉，使他体力下降，性要求还不十分强烈，于敏娜尚能忍受，而到了汉堡，她实在无法接受这种频繁的做爱。她觉得再这样下去，身体会被撕裂了。

另外，日常生活中的分歧也越来越多，从饮食习惯到卫生习惯，从社交到起居，他们都无法取得统一。

曼斯老头很抱歉地告诉她："咱们之间的关系可以结束了。"

她也并不想勉强，反正婚姻结束并不意味着她德国护照的失效，她依然可以留在德国，从这一点出发，她应该感谢曼斯老头，何况她并不爱他。

她没有分到他什么财产，因为他的财产都是婚前所得。她唯一的被判决下来的好处是每个月六百马克的赡养费，比大量涌来的越南和非洲难民多二百马克。当然，她的是由曼斯老头支付，而后者则是由德国政府支付。

她又开始了独立生活，也又开始为生存而奋斗。

她以每月三百马克的租金租下了一间二十多平米的顶楼，一切生活设施齐全。由于汉堡市平均两人就有一套舒适住宅，每人居住面积超过三十平方米，所以房租并不高昂，也不存在几平方米的"鸽子笼"出租给人居住。

她剩下的三百马克平均每天可以花掉十个。那么，她打工的收入则全部用来交纳学费和假期旅游使用。

对于一个还不通德语的中国人来说，在汉堡找工作不是很容易的，而且整个西欧国家对于大批外国难民拥入而抢去不少本国人就业机会已经有所行动了，甚至有反对党以此向执政党提出抗议，致使执政党不得不对使用黑工现象采取措施。

当然，她不属于难民行列，可在这种形势下也遭到不少招聘者的拒绝。但是，不打工她就赚不到钱，赚不到钱她则无法按计划生存下去。她出国绝不是为了仅仅有饭吃和有房住，而是通过了解人类各种不同的文化而最终使她能写出以她插过队的那片红土高原为背景的震撼人心的长篇巨著！

没有办法，她又求到了曼斯先生门下。

曼斯先生对她并没有仇恨，而且德意志民族也没有落井下石的传统，他帮助了她，为她找到一桩轮流给几个孤寡老人洗衣物的差事，她可以从每个人身上挣到一百到二百马克。

她很感激曼斯，在国内出版了她第一本小说集时，首先送给了曼斯先生一本。

充当洗衣妇没有使她产生屈辱和羞愧之感，和当年她插队时到托儿所看孩子一样很坦然和平静，只要想着今后那辉煌的目标，她相信她必能生存下去。

所以，她一顿午餐只消费一个马克心理上也没有什么痛苦和压抑。坐在路边的长椅上，她甚至还掰下一点面包屑，扔给可爱的咕咕叫着的鸽子。

鸽子围在她的身旁，她觉得自己像天使。

第七章　文明启示录

撒哈拉沙漠，他在白骨之丘成为一个流浪部族首领的佳婿；埃塞俄比亚，她在抢救无数骨瘦如柴的孩子时成为一名虔诚的基督徒。

1

欧阳健发现，他人生中最悲惨、最难熬和最壮丽、最辉煌的岁月都是在沙漠中经历的。他认定，他的生命将与大漠结下不解之缘，甚至可以说，他的有生之年将会全部留给大漠，这也正是他冥冥之中所渴求和期待的。

他的青春是在中国西北的沙漠上度过的，当他步入中年时又行走在世界著名的撒哈拉大沙漠之中。假如说他少年时期的命运多少有些勉强和无可奈何的成分，那么，作为一个成熟男人的他，则是在主动地寻觅着未来的生活。其实，即使在少年时代，他的挣扎也绝不是徒劳的，甚至不完全是被动的。

他是在一九六八年的十二月三十一日，以十八岁之龄离开了故乡北京，高唱着《抬头望见北斗星》的歌曲，朗诵着《西去列车的窗口》，登上火车，直奔青海省一个处在沙漠边缘的军马场。虽然他和同伴们都领到了一套没有领章帽徽的军装，但他们的身份依然是上山下乡的知识青年。

在稀稀疏疏的草原上，他只放牧了一年马群，便被强制性地赶进了沙漠，去看守那里的几眼水井，因为他忍受不了军马场军阀式的管理，忍受不了那些本来是劳改犯出身的队长们把知识青年也当成劳改犯来对待。

到沙漠中看守水井当然是一种惩罚，可这种惩罚却使他享受到了无拘无束的自由，练就了在极其恶劣环境下生存的能力。

他知道了什么情况下风暴会在静如处子的沙漠中骤然而起，像魔鬼一样铺天盖地而来；他也知道了在几棵几近干枯的沙柳下面一定会有甘泉；他能在烈日曝晒下行进整整一天，也能在严寒的夜晚依偎在马肚子下酣然入睡；他可以赤手空拳捉住孤单的野马，也可以用石块命中几十米外黄羊的脑袋。他曾经以一匹马、一袋水带着一个被打成反革命的知青穿越过大沙漠，逃入西北地区的山林；也曾孤身一人在大沙漠中周游了半个月，还寻找到一处丝绸之路的古迹，这古迹近二十年后被中央电视台《望长城》摄制组摄入了镜头，那些编导和节目主持人还以为是独家发现呢。

他学会了忍受孤独和寂寞，只要能自由自在，他可以拒绝一切诱惑。

十年，整整十年的知青生活，他似乎已经忘记了外面的世界，忘记了地球上还有数不清的人在为各种琐事烦恼。

假如不是父亲去世，不是身患重病的母亲遥远的哀求，他可能还会在大沙漠中像野人一样生活着。但再冷酷的男人也无法拒绝母亲垂死前的呼唤，他回到了北京，顶替父亲当了一名建筑工人，照料着因他回到身边而又在世上多活了一年的母亲。

在母亲去世前的一个月，为了让母亲能够瞑目，他娶了邻居家的一个女孩子，像所有普通人一样，热热闹闹地办了婚礼。

他知道，那比他小八岁的妻子不是处女，而且上中学时就有劣迹，但他也早就不是童男，在大沙漠中，以传宗接代为目的的游牧人，在他看守的水井边过夜时，几乎都会将自己的女儿、妹妹甚至妻子打发到他的土坯房中来。生存繁衍的需要使这些游牧人的道德观念绝不同于城里人。

他觉得他和妻子间不存在谁对不起谁的问题，他们之间也没有什么爱情，只是他为了不让母亲难过，而她为了不让亲朋好友再议论。其实中国大多数家庭大概都是这样组合的，为了别人活着，慢慢失去自我。

一九八四年，他所在的建筑公司输出一批劳务人员，到非洲的马里共和国去修建一座发电站，他去了。

他之所以离开祖国，倒不是想去发财，也不是因为妻子和他过得没意思，完全是他个人想换个环境。

他觉得大都市的生活太单调，以至于极其枯燥乏味，大沙漠间那种随心所欲的生活给他灵魂打下了太深的烙印。

他孤身一人，毫无牵挂，父母都已去世，妻子由于少女时的放纵，终身失去了孕育后代的能力，他也没有孩子成为累赘。至于北京，似乎更没有给他的生活增添过什么色彩，那两小间九平方米的碎砖小屋从婴儿时起，留给他的就是夏天漏水、冬天透风的不良印象。

他只要还住下去，这两间小屋将会陪伴他到死。

北京的其他东西跟他联系不多了，五星级饭店，国家级艺术团体，满街的日本汽车，炫目的进口电器，那都是给别人准备的，他离开这里，绝不会使他失去什么。

是的，从一踏上远洋轮船，他就没准备再回来。

对于马里，他没有什么认识，上学时学的地理几乎忘干净了，临行前他还是翻阅了一下宣传材料，才知道那里是非洲大陆中间的一个国家，原属法国殖民地，以农牧业为主。

令他心里怦然一动的是地图上所标明的撒哈拉沙漠，那是世界上最最著名的大沙漠，尽管他从没有看过台湾作家三毛的《撒哈拉的故事》，他还是觉得那里有什么神秘的东西在吸引着他。

他在塞内加尔的达喀尔港下船，然后再乘坐火车抵达马里的首都巴马科。

巴马科是热带草原中一个很清秀的城市，尼日尔河从边上淌过，灌溉着两岸的土地。这里没有大都市的繁华，因而也没有那里的躁乱，尖顶的法式建筑和竹木结构的热带房屋混于一处，使人能从中感觉出两种文化的交融。街上行人中时时可见的黑白混血人也能使人联想起这个国家屈辱的历史。

欧阳健不是学者，对人类文化和民族问题不生好奇，倒是对绝不比汽车少的骆驼、马匹、牛和羊产生着兴趣。可惜，他语言不通，无法与被他们戏称为“黑子”的人交流。

在马里的首都只住了两天，他和全体劳务人员便被送到了一百多公里外的建筑工地，住进了如同蒸笼一般的临时建筑内，并被告知最少要在里面住三年。

对于在大沙漠中当过十年知青的欧阳健来讲，他并不畏惧艰苦，他所忍受不了的是束缚。一系列纪律规定了他和同胞们不能离开被铁丝网包围的发电站建筑工地半步，不能和当地人接触，一个月才能到一百多公里外的城市去，购买日用品一次，太阳落山以前必须坐车赶回来，而且一切活动只能集体进行。

他真正感到了被囚禁般的痛苦。他常常站在铁丝网边，看着落日余晖将平坦的草原和农田染成金色，在余晖中放牧人在策马奔驰，水渠里少年男女裸露着身体在嬉戏闹水，成排的骆驼迈着沉稳的步伐向北行进，那边是比中国西北沙漠大几十倍的撒哈拉沙漠。

假如没有和工头打架这个契机，他相信自己也会跑掉，实际上已经有三个同伴在去巴马科散心时溜掉了。他们利用有效护照，返回海港城市达喀尔，再搭乘货轮抵达摩洛哥的卡萨布兰卡。这座城市并非因世界电影史上那部经典作品《卡萨布兰卡》而扬名全球，从第一次世界大战起，这里就是从欧洲逃往美洲，或从非洲逃往欧洲的难民转运点。

他那三个同伴在卡萨布兰卡花一千美金便可以买到足以以假乱真的欧美各国的护照，然后进入到这些国家，开始一种或上天堂或下地狱的新生活。

他们承建的发电站工程是法国人承包的，土建部分又转包给中国一个建筑公司，因而工头都是法国人。而法国人的管理方式和中国人截然不同，对工程质量要求苛刻自不必说，而且对中国工人态度蛮横，毫无人情味。也许是法国人对这块土地上的人奴役惯了，对中国人依然如此。

本来中国人自己订的规矩就使欧阳健觉得有被囚禁的感觉，法国工头的态度更使他觉得像在对劳改犯。一天施工时，由于长时间没送饮用水来，两个同伴中了暑，而那个法国工头为了赶工期依然逼着其他人浇筑水泥，欧阳健带头不干了。

其实他完全可以忍受这种干渴，当知青时他曾七天不饮水，达到生命中不饮水的时间极限。但此时，他不是为了自己，而是为了同伴，同时是为了向法国工头抗议。

法国工头来训斥他，他置之不理，法国工头觉得伤了尊严，居然用测试棍来捅他，他一把夺过测试棍，右脚踢了上去，将法国工头的肋骨当场踢断两根。

这个祸闯大了，法方代表强烈要求中方领导惩处欧阳健。中方领导的最严厉手段就是打发欧阳健回国。

在得到消息的当天晚上，欧阳健跑了。他去的方向不是巴马科，所以中方领导派人在火车站拦截毫无意义。他走向的是人烟逐渐稀疏的北方，那里有令他神往的撒哈拉大沙漠。

在马里一年多时间，他多少学会了几句法语，法语作为官方语言在各地都能通用，他也能听懂一些当地人所用的班巴拉语，因而生存没有太大的障碍。

按照地图标志，他沿着尼日尔河平坦的河岸向东北部行进，然后在一片广阔的湖泊地区，完全折向北方，那里有一条曲曲弯弯、尘土飞扬的土路通向撒哈拉沙漠深处。

他碰上一群流浪部族的人员是在一个叫达古贝尔泉的地方，在这之前，他已经在沙漠地区行走了三个月。他不是赶路，因而走得很慢，孤零零地踏着柔软、温暖的沙子，看着时而出现的海市蜃楼，灵魂似乎和大自然融为一体，遂再也感觉不到身心被束缚的痛苦，当知青时的无拘无束仿佛又被重新呼唤回来。

他身上有一笔不大不小的财产，是他当劳工一年多的血汗钱，约有一万法郎，足以使他应付生活。其实，即使没有钱他在大沙漠中也能活下去。因为在沙漠之中人们相互之间的关系如同共在地狱或共在天堂，无需金钱来维系。

近一百天的时间中，他曾经碰到过牵着孤独骆驼的黑人，碰见过只身探险的白种金发女郎，也曾碰到过押运商队的红种人。他和他们都友好往来，互相接济，丝毫没有大都市中的尔虞我诈，人性中的善良在荒漠之中复苏为人类的本性。

他遭遇过铺天盖地而来的沙暴，也陷入过五天没有水喝的困境，还被一群野狗包围过，但他都凭当年插队时所积累的丰富经验脱了险，而且还从搏斗中享受到无穷的乐趣。

又一个日落黄昏时分，他接近了有着一汪晶亮湖泊的达古贝尔泉，那湖泊在沙漠中长年不会干枯，如同中国敦煌地区鸣沙山下的月牙湖。

沙漠在夕阳余晖的照耀下那么壮丽，那么辉煌，又那么安宁，那么静谧。面对着这一切，他绵绵不断的少年回忆和现实融为一体，使他感到了一种归宿在即的温馨和热望。

就在此时，他昏倒了。

他早就觉得不舒服了，不是由于饥渴，而是疾病缠身。三天前他在一片沼泽地住了一晚，和几个台湾男女大学生昏天黑地地厮混了大半夜，然后沉沉地睡去。他忘了燃草熏蚊，结果被咬得够呛，从第二天下午起，他就有点不自在了。

他先是以为身体疲乏，遂早早地睡下，但第三天醒来更觉不适，浑身发烫。显然是正在发高烧，他这才认定自己是病人了，可他无法判定是疟疾还是可怕的黄热病。他多少后悔和那几个裸着身子穿越大沙漠的台湾年轻人群居一夜的荒唐经历了。他们都是台湾女作家三毛的崇拜者，可又没有三毛那种东方传统道德观念的约束，而他由于长时期的生理压抑，也一时放纵了自己。

孤身一人在茫茫无垠的荒漠中最感可怕的便是生病，这里不可能有医院和医生，而他随身带的常用药也只能用来治治感冒，止住拉肚子，那么，他所能抗拒疾病的只剩下意志和冥冥之中命运给他的安排了。

他不敢停下，虽然躺在暖融融的沙子上非常惬意，但一旦躺下后，他将再也没有可能爬起来。

他不想死，他觉得一种新生活还没有开始，或者说，留住他青春的全部记忆才刚刚复苏，他还没有好好重温，他应该活下去。为此，他艰难地挣扎着，向前行进，希望能碰上人影，望到炊烟。

但是，他终于倒下了，倒在撒哈拉沙漠深处。

欧阳健是幸运的，他没有死，当他又睁开眼时，朦胧中看到一群人影在晃动，如同正午时灼热的气浪在沙面起伏，还隐约听到缓缓荡来的低吼和如泣如诉的歌声。

他睁大了眼，认定不是地狱的幻影，而是一群由几百名半裸身躯的男女组成的实实在在的群体，他们围住他，半弓着腰，在疯狂地跳跃，狂烈地嘶嚎。

这不是一群纯粹的黑人，他们的皮肤是褐色的，似乎是黑种人和什么别的民族杂交而产生的一群后代，因而，他们的头发也不是黑人那样短而卷曲，无论男女，都像原始人一样披着过肩的长发，不看正面，很难从结实的脊背辨出男女。

严格地说，这些沙漠土著人不是在狂欢，以欧阳健的常识而言，部族人狂欢大都是在月亮升起以后，生起巨大的篝火，围绕火堆载歌载舞，而在夕阳欲落之时的聚会却常常是某种宗教仪式的进行。

认真观察，他们确实是在向苍天或神灵祈祷，每个人眼中都流露出乞求，而神情却那般庄严，那般虔诚。人群之中，两名少女赤身裸体地跪在那里，脑袋低垂，长发遮面，看不出她们的神情，一堆干草和枯树根包围住她们，很显然她们将成为火祭的牺牲品。

欧阳健不明白这个部族碰到了什么灾难，竟要用这种原始的方式来使部族从中得到解脱。他实在不愿意默默地观看现代文明社会中难以见到的一幕，不愿意在太阳落入地平线的一刹那间，一把大火使两名少女化为一团灰烬。这对于他，有点过于残酷了。于是，他大声呼叫起来，用手势去制止对方。

这一瞬间，他发现自己虽然还有点虚弱，竟然不再有病态，冷热交加的感觉消失了，体温恢复到了正常，站起来也不天旋地转了。

一个酋长模样的中年汉子走了过来，抱住他认真看了看，然后高喊了几句什么，部族人一下子兴奋起来，双手向天高举，那动作与形态和原始岩画上刻画的几乎一模一样。两个本来要成为祭品的少女点燃了草堆，围着熊熊燃起的火焰跳起了欢快的舞蹈。

欧阳健通过所知不多的土语和手势交织在一起，知道了这个部族自称“东方来的沙漠人”，因为发现他带着疾病走进了部族，认为是鬼魂附体，怕给部族带来灾难，因而举行祭天仪式，又给他全身抹了些他们认为能医百病的香料，若太阳落山前他还不能好转，就要以火祭的方式，让两名少女的肉体将鬼魂带走，以免使整个部族受到牵连。

看到他好转过来，火祭自然不需要了，于是改为一场向神灵感恩的狂欢。

对于部族人的狂欢，欧阳健并不陌生，当知青时他在沙漠中看见过西部少数民族通宵达旦地喝酒吃肉，载歌载舞。来到马里后，也见过黑人们环绕火堆，发疯地敲着鼓，跳跃不停，进入撒哈拉沙漠，起码也有三次参加过当地土著的原始庆典。

现在，“东方来的沙漠人”为他的复生而狂欢，他当然要与之同乐。

狂欢一直持续了大半夜，除了歌舞之外，还有一只在火堆上被烤熟的骆驼，这是沙漠地区最美的佳肴。

欧阳健累了，在锣鼓和巨大耳环发出的声响中，倒在一张羊皮上睡去了。

当他再醒来时，发现身边依偎着一个少女，这少女正是本来要被火祭的一个，她浑身如同缎子一样发着光泽，脸上一片渴望之情，眼睛睁得大大的，乞求地望着他。

他知道沙漠中的部族在道德观念上与城市人迥然不同，昨晚狂欢时的一些景象在他脑海中也历历在目，可当他去拥抱这少女时，却听到了一些令他吃惊的话。

原来这少女并不仅仅是要和他满足欲望，而是要正式嫁给他。

那少女是酋长的女儿，但由于她被定为火祭的牺牲品，虽然没有投身火海，可按部族的习俗却再也不能嫁人，除非一个外来人愿意娶她，否则她将终生成为巫女，不能生儿育女，不能和男人亲热。而她不愿意成为巫女，她要享受正常人的生活。

不知出于一种什么心理，但绝不仅仅是因为对她勇于被火祭的感激，他接受了她的请求，成为了一个沙漠酋长的女婿。

一年多以后，当他为部族设计了可随时拆卸的铁皮屋，购买了小型发电机给部族带来光明，得知“东方来的沙漠人”原来是成吉思汗的后代，潜心研究这个部族居然能用神秘方式驱病消邪后，他明白了自己为什么愿意要一个酋长的女儿为妻了。

因为他愿意将全部人生系于沙漠之中，因为他的全部青春是在沙漠中度过的，他不愿意让青春永远只成为回忆！

广阔无垠的沙漠每时每刻都会给他带来深远的联想和美好的梦幻，只有在沙漠中，他才觉得活得像一个人，知青生活给他铭刻下的印迹太深太深了。

2

在被称为‘非洲屋脊”的埃塞俄比亚生活了三年，尚小红终于为自己的后半生做出了决断：她要留下来，成为这个黑人国度的一个公民。

取得埃塞俄比亚的护照并不困难，只需要一千美元就可以打趴下这个穷得太久的国家里大肆贪污受贿的移民局官员和警察局官员，在中国“出国潮”方兴未艾的八十年代，不少中国人就是以这种方式变为“外国人”。

不过，尚小红并不需要以这种她自认为有损人格的方式来取得移民权，只要她有所表示，起码有三个组织愿意为她留在埃国而努力，而且都会成功，一个是埃国政府卫生部，一个是联合国难民救济总署非洲局，一个是埃国的基督教组织。

她并非什么大人物，也没有什么政治背景，她的身份只不过是中国援非医疗队中一个没有任何职称的普通医生。但在十万个人才能摊上三个正式医生的埃塞俄比亚，对于当地人来讲，她无异于一个神。

她不是七十年代初中国刚与埃塞俄比亚建交时到这里来的，那时她作为一个知识青年在海尔塞拉西皇帝访问中国时连在北京停留一下的权利都没有，会被街道委员会的老太太冠以闲散人员名义轰回她插队的地方白洋淀。

她是八十年代中期被所在医院派往东非的，那时能够出国的人员一听到埃塞俄比亚去，和要被送去劳动改造的感觉没有什么两样，一个个避之不及，而她则主动申请了。

并非要过什么出国瘾，而是她想要为自己换一个生活环境。在调动工作比找对象还难的地方，参加医疗队到非洲去无疑是一个改变命运的机会，也许是她唯一的选择。

对于前半生，她没有什么更多的抱怨，正所谓青春无悔吧。到白洋淀插队落户，她是心甘情愿的。除了当时上山下乡的大潮滚滚而来，使她必须投身进去以外，以她十八岁之龄，把少女的初恋献给了一个有着右派经历的中年男人也是她的原动力之一。

简单说，她是被那个男人丰富的学识和坎坷的经历所震撼，由崇拜升华为刻骨铭心的爱，进而将自己的一切都交付给了那个深沉得像海一样的男人。即使在八十年代、九十年代，这样的中年男人也会时时吸引着不图浮华的女孩子们的。

白洋淀地区并不缺少劳动力，那里急需的只是文化。于是，被赶到那里接受贫下中农监督改造的中年男人成了小学教师，而她则在短训了一个月之后成为了“赤脚医生”。

本来，她和他决定就在白洋淀生活一辈子了，这块民风古朴、民心善良的地方使他们有一种空灵感，有一种安宁和静谧的轻松，然而，那个中年男人却突如其来被打成了“反革命分子”，由于有右派前科，被罪加一等，判处了无期徒刑，两年之后，病死在监狱之中。

他的罪行是“宗教特务”，而实际上他只不过是在研究《圣经》，也就是在解析基督教教义，这无非是一门人类文化的学科，他甚至还谈不上信仰。

尚小红几乎觉得自己的生命也同时毫无意义可言了，她再不会笑，也再没有了青春气息，只是面对病人时，她才感觉到自己还活着，她感到有一种什么灵物注入到她本能之中，使她自觉自愿地去救死扶伤。

一九七八年，她成了最后一届“工农兵大学生”，跨入了北京医学院，毕业后被分配到一所市级医院，当上了内科医生。

当博士、硕士、学士们纷纷涌入这座名气不小的医院之后，她这个“工农兵”自然受到了冷遇，对此，她没有什么怨言，这是历史所造成的恶果，虽然这恶果是由一个个具体的、无辜的人来承担。

她努力追寻着在白洋淀地区一直存在的那种空灵，使自己的心境平和，使自己脱离世俗的纷扰。然而，这并不可能，长工资、评职称、分房子、进修、出国，这一切都不可避免地侵袭着她，还有她不想再婚、孤身一人度日的念头也成为使她不能安静的因素。

她始终认为真正的爱只有一次，当那个中年男人死去以后，她觉得今生今世的情爱在她身上也随之而逝了，那么，她只能将这爱化为一种博大之心，献给每一个患者。

她绝不丑陋，丰满的身躯，白皙的皮肤，略微斜视的眼睛和细细的眉毛都具有使成熟男人着迷之处，在她上大学时便有人追求她，工作之后，更是频频有人向她发起进攻，但她都谢绝了，由此也带来不少的议论。

她就是忍受不了这些，才愿意加入赴东非的医疗队，到一个比中国一些贫困山区还落后的国度去。那里，绝不会有东方传统观念中的那些是是非非。

她到了埃塞俄比亚，这个到了七十年代中期才推翻了封建王朝的国家所呈现的凄惨比她所想象的还要严重十倍。她还能想起北京市民夹道欢迎海尔塞拉西皇帝时的新闻电影的镜头，那个形同朽木的老头子所表现的温和使她难以与他统治之后的现实联系在一起。

她随医疗队从红海沿岸平原到阿尔法洼地，从东非大裂谷到青尼罗河，从火山熔岩高原到塔纳湖，到处都是贫困、饥饿。

这是一个比中国还灾难深重的国家，连年的战争，无休止的天灾，真正是雪上加霜，火上浇油，虽不能说尸横遍野，可饿死和病死的男女老少随处可见。

她抵达埃塞俄比亚首都亚的斯亚贝巴的第一天就投入到抢救危重病人的工作之中，从此，她几乎没有休息过，每天都有数不清的病人在等待着她，只要她一合上双眼，地狱之门便打开了，第二天醒来，必定有人被送进了停尸房。

作为一个医生，尽管她连初级职称都没有，可看到患者死去，她产生了一种原罪感，她对基督教中所阐述的关于人“降临于世便是忍受痛苦”这一观念居然有了认同。

她承认，从到白洋淀插队时起，就是在忍受痛苦，而埃塞俄比亚这些瘦得皮包骨头的婴儿，这些乳房像空口袋一样的妇女，这些还活不到三十岁的男人，不也是在忍受痛苦吗？

不知从什么时候起，她开始读起了《旧约全书》和《新约全书》，里面“开天辟地”、“伊甸园里”、“始祖犯罪”、“诺亚方舟”、“宣讲福音”、“耶稣降生”等故事深深地印在她脑海中，也不知从什么时候起，每当一个病人在她手中没有能被救活，她便到教堂之中，替死者祈祷，祝愿他能升入天堂，还向牧师忏悔，因为自己没有能挽救一条生命。

当她突然领悟到，在插队白洋淀时就注入她本能中的灵物原来就是对上帝的信仰时，她也同时明白了自己终生所爱的那个男人其实正是用基督教义影响了她。

有文化的人都不可能没有信仰，当一种信仰破灭之后，另一种信仰会很快地替补上来，中国一些人用拜金主义、拜权主义来支持生命，而她则以基督教义占据了灵魂。

信仰的力量是巨大的，和她同来东非的八个同伴一年之内就已经全部返回了祖国，第二批人员同样不到一年又以各种理由离去了，而她依然坚持着。

在埃塞俄比亚，尚小红真正找到了自己生活的坐标，在无数骨瘦如柴的病儿中，她发现了自己巨大的潜能。在这里，人们对她无比尊重，无论什么人一律称她为中国博士，甚至政府部门还发给她博士勋章；在这里，她能为各种疑难病人诊治，从而提高了她的医术，使她的实际能力绝不亚于中国的教授；在这里，她再不会受到工资、职称、住房等纷扰，也没有人议论她年届四十依然单身一人；在这里，甚至在发生政变而战火纷飞时，也没有任何人对她袭扰过，她始终能平静地为病人治疗……

一个人，一个女人，一个消除了任何世俗欲念的女人，还有什么更多的渴求呢？她当然愿意选择留在这里了。

她让埃塞俄比亚的基督教组织为她办理了移民手续，拿到了埃国护照。她之所以这样做，一个是她自认已经成为了一名虔诚的基督徒，同时也是为了怀念她第一次相爱，也是唯一一次相爱的那个中年男人，那个男人因为研究《圣经》而死，她则永远地捧起了《圣经》。

当她在简陋的东非乡村卫生所里行医时，她常常会想起在白洋淀当“赤脚医生”的生活，其实，现在她走在沙漠中也常常赤着双脚。

第八章　爱情启示录

多伦多，他徘徊于一个台北纯情少女的豪华公寓前；马德里，她含泪写出了飞向东半球那块故土的最后一封情书。

1

在多伦多飘洒着柳絮般雪花的初冬，彭辉身着西装，披着灰色风衣和一个穿着一身红色运动衣的女孩子在郊外无垠的原野上追逐。那女孩子像一团燃烧的火苗在洁白的世界间跃动，他则像一棵雷击木一样屹立，迎击风雪，稳重、深沉地张开臂膀。

那少女欢笑着扑进他心灵激荡的胸怀，火焰在他全身燃烧，烤化着他曾认为已经结上厚茧的心。

他慢慢移动脚步，搂着那紧紧依偎住他的少女的腰，充满深情地向她讲述着中国知青作家梁晓声的《今夜有暴风雪》，史铁生的《我的遥远的清平湾》，张承志的《老桥》，陆天明的《桑那高地的太阳》，王安忆的《本次列车终点》，孔捷生的《大林莽》，晓剑的《世界》，张抗抗的《分界线》，也讲述着有过知青经历的中国大陆整整一代人的凄苦和煎熬，沉重和悲壮，认真和严峻，以及追寻和探索的意义与价值。

那女孩认真听着，眼中饱含理解的泪水，并一串串淌下，跌落在雪地中，变成一颗颗晶莹的冰珠，那冰珠若能用线穿起来，一定可以成为一串闪耀光辉的项链。

彭辉很高兴这女孩没有把他讲述的故事当成政治，而是看作一种人生，也没有把他沉重的回忆用玩世不恭的态度加以嘲弄，像大陆一些女孩子那样嘻嘻哈哈地说："那是很久以前吧？"她只是认真听着，用全部心灵去领悟其中的神奥，以期得到一种启示。

这是爱情的力量。

可他敢承认这是爱吗？一个四十岁的中国大陆的中年汉子和一个二十二岁的中国台湾女孩子之间能产生爱吗？在两种不同意识形态之下和两个时代熏陶中长大的男女在异国他乡的土地上究竟是被什么吸引到一起来了？

但有一点他很清楚，他和她之间的关系绝不是寻求刺激。他不需要在一个纯洁得像这白雪一样的少女身上寻求欲的满足，他房东的女儿，一个"性解放"的后起之秀，完全可以使他生理上的压抑得到排遣。而这个台湾女孩子也用不着在深沉得像海一样的中年男人身上猎取生理享乐，她那东方型的小巧秀丽和端庄文静使她身边围满了追逐者。

一种相互的神秘感使他们在对方的心灵原野上苦苦地探寻和耕耘，并渴望着丰硕的收获。任何人对这种东西的判断只能是爱。

他不敢去大胆地爱，他惧怕在他爱的经历中又增加一次悲剧，他甚至不敢低头去吻一下那迎向他的鲜红、柔嫩、温暖、颤抖着的少女的双唇。

远处，一幢幢法式和英式的别墅如同一个个积木搭起的玩物，轻飘飘地站立在满天雪花的童话世界中。

要真是在童话世界中该有多么美妙啊，可是……

他觉得，他再也经不起爱的波折了。

彭辉是贵阳人，他在黔东南的山区插队，那里是苗族聚居地。作为一个父母都是普通中学教师的孩子，他到没有公路、没有电的贫困山寨当知识青年并不觉得有什么委屈，甚至直到死，他也会对洒下青春的那段人生终身无悔。

他所内疚的只是对不起那个苗族姑娘，她叫苗妹。

他说不清是怎样爱上这个丰满、结实、美丽得令人难以置信的山林少女的；他也不明白，苗妹为何会在十几个男知青中偏偏看上了他。他第一次注意到她是在刷上炭灰的土墙上写大批判专栏时，他听到一阵嘻嘻的笑声，回头一看，几个用竹筒背水的苗族少女正望着他，其中就有苗妹。她没有笑，只是愣愣地凝视他，以至于姐妹们走远了，她还不知道。

后来，他就发现自己竹床的床头常会出现一些小东西，诸如烧野兔、烤包谷、煮鸡蛋、山梨、花生、煎鱼之类的食品，还有斗笠、草鞋、蓑衣之类的生活用具，他脱下的脏衣服则会在他上工时被洗干净，天若晴时则在他收工前就被叠整齐，放在床头，天若连阴时则被晾在屋檐下。

这一切，都是苗妹做的，她以最简单，最古朴，也最直截了当的方式表达了一个祖祖辈辈生活在偏远、穷困山区的苗族少女的爱。

在煎熬和无望的蹉跎岁月中，有一点点温暖就足以使一个人被深深打动，继而会毫无顾忌地将唯一属于个人的东西——情感——奉献给对方。

彭辉和苗妹相爱了，继而成了夫妻。这对于他们个人来讲并非惊天动地的事情，他多少次问过苗妹：“你为什么会喜欢我？我可没本事把你带到城市去。”

苗妹回答：“我们苗家妹子不想那么多，就是觉得你好，给你当婆娘不会挨打受骂。”

而这事在当地可非同小可，他成为大城市来的知识青年与贫下中农相结合的典型，并被树为“扎根农村干革命”的标兵，然后他被调到县文化馆去搞创作，而那些不想“扎根”的知青们却不靠关系就离不开苗寨。

彭辉工作关系虽然调到了县城，可他人却还住在苗寨，因为他离不开苗妹，而苗妹又不能调到县城，他依然为苗寨写黑板报，写大批判专栏，也开始搞起了文学创作。

他写过几篇小说，平均一年能发表一篇，这在七十年代已经算高产作家了，为县里面争得了不小的荣耀。打倒“四人帮”以后，他转向了文学评论，他觉得他严谨的思维方式和内向的性格以及过于高深的语汇不太适合小说创作。

他的选择经实践证明是对的，他成为了小有名气的评论家，一大批知青作家的作品经他评论之后，形成了体系，甚至是他率先提出了“后知青现象”这个名词。

一九七九年，他考上了广州中山大学中文系，实现了他少年时代的梦想。

苗妹是背着竹篓把他送到贵阳火车站的，这是苗妹第一次到省城，人们惊异一个著名文学评论家的妻子是一个如此之土的农妇，但也惊异深山谷里会有如此美丽的女性。

到了广州之后，彭辉很少给妻子写信，因为他内心的情感若通过文字表达是无法与苗妹进行交流的，苗妹基本上是个半文盲，他多少感到痛苦和孤寂。

在封闭的环境中，他没有过多地想这些，苗妹给与他的比别的妻子能给与丈夫的要多得多。他几乎从不需要做一点家务事，甚至连水都没有烧过。那时他是满足的。

而进入了高等学府，各种各样的女性充斥在周围，当时的“文学热”更使无数崇拜者对他这个小有名气的文学评论家大为敬仰，其中不乏才貌双全的姑娘。他对于荒唐年代产生的婚姻有些懊悔了。

这时一个经他评论而使作品获得青年文学大奖的女作家爱上了他，她丰富的情感和对文学事业的献身精神填充了他空寂的时光，使他找到了一个可以进行思想交流的对象，她不可阻挡地遮住了苗妹的身影。

在即将毕业分配的时候，他终于给苗妹写去了一封要求离婚的信，苗妹没有回音，只是在一个月之后，苗寨发来了电报，说苗妹在一座叫作望夫崖的地方跳涧自杀了。不知是从什么时候流传下来的习俗，凡是丈夫一去而不复返的，妻子都要从那里跳下去。

彭辉赶回贵州，到了苗寨，那里的人们再没有以往的亲热，而只是向他投以冷漠和仇视，甚至连他的儿子都不理他，只是躲在外公外婆家不出门。

他离开了苗寨，如同十几年前来到这里一样，又空荡荡而去了。

他没有娶那个女作家，他心灵上蒙上了一层撕不开的阴影，他知道那是苗妹的死所带来的，只要这层阴影不散，他无论如何不可能再有美好的爱情生活。

他被分到了广州一家社科部门，孤身一人写着一篇又一篇文学评论，他的文章中充满了对人类原罪的解释，一切爱情小说都被他分析为肮脏的人欲的暴露。他和一些女作家偶尔的风流韵事也被他认为没有情感，只是发泄。

在那个社科部门读了三年硕士研究生之后，他终于考上了加拿大某大学的博士研究生，由那家大学提供全部学习期间费用，他的研究方向则是“中国知青文学与人类文化特殊现象的吻合”。这是一个从没有人研究过的课题，令他哀叹的是中国人不予关注，却被外国人接受了。

他不是为了逃避什么才到加拿大的，而是为了能有更好的条件，更专注地去进行自己决心毕生从事的事业——开掘知青现象背后对人类发展而起的正负作用。

在加拿大他生活得绝不枯燥，由于他能熟练地运用法语和英语，因而和生活在那里的法兰西及英格兰人的后裔们能够融洽地交流，而且这个以枫叶为国旗图案的国度的优美景色也使他的业余生活充满了恬静的乐趣。

他是十月抵达加拿大的，飞机还没有落下，大地上一片片红色的枫树林就使他的心灵颤动起来，如同绿色的地毯上装点上无数浸过血的宝石，即使坐在汽车里长途跋涉，两边的枫树也似旗海在飘荡。

从他来到加拿大的第一天起，他就热爱上了枫树，几乎每天他都要到枫树林中漫步，他收集了上百种用枫树叶做成的装饰品和艺术品。

假如要没有那个台湾女孩子闯入他的生活，他可能在漫长的时间内都会像枫叶一样孤芳自赏，潜心于学问之中。

然而，命运是不可抗拒的，当他在一次学术会议上宣读了关于中国知青文学的论文之后，这个叫美玉的女孩子就来到了他身边。她是学比较文学的大学生，却对中国大陆一代人的生活渴望了解和探求，一开始，她几乎不相信知青小说中写的是真实的事，而她一旦相信了，便被深深感染和打动了。更为惊奇的是，她将小说中男主人公的形象凝聚在一起，与彭辉合并为一人。

"你是看琼瑶小说看多了吧？"彭辉曾经这样问过美玉。

美玉摇摇头："不，她小说里的任何主人公都不可能有你这样深沉，她那些主人公的任何经历都不可能有你的经历这样震撼一个少女的心。"

彭辉先是把她当成一个普通朋友相待，以期从她那里得到一种对自己研究成果的反馈，也得到一种早已失去的纯真的补偿。

假期，他们一同去旅游，观赏没有被现代文明破坏的莽莽森林、潺潺溪水、奇特洞穴、泥沼湖池、飞泻瀑布、巅峰峡谷，也到印第安人一个分支——阿撒巴斯卡人聚居的地方去狩猎、垂钓、放舟、滑雪，他们甚至还自己开着汽车到墨西哥和美国境内去游玩。

然而，彭辉终于不得不承认他是在爱，而美玉也在真诚地爱。

他很多次在否定自己，惧怕自己仅仅是被美玉的美丽和她家族的万贯家财所诱惑。是的，美玉是个富学生，她在多伦多有一幢以她名字购下的别墅，二层小楼，十几间房子，门前有一个游泳池，车库中停着一辆美洲虎牌豪华跑车，她没有子女的伯父在去世时指定她为财产继承人，扣去遗产税大约还有上千万美金的财产。

但是，彭辉终于认识到绝不是色与财使他已经平静了不少年的心灵又一次剧烈波动起来，他简直想不到现代社会中还有美玉这样晶莹剔透、一尘不染的纯情女孩子，她爱得那样温馨、那样真切，又那样小鸟依人般柔情，令人不能不总想将她拥在怀中。

确切地说，她在许多方面都和苗妹近似，只是苗妹没有她这样高雅、这样有文化。

他应该向美玉袒露心声吗？可自从苗妹自杀以后，他就觉得要用整整一生的孤独来向苗妹赎罪。这一辈子，他觉得谁也不欠，甚至包括父母，唯独欠下苗妹太多，太多。一想起苗妹，他就缺乏向别的女人表示爱情的勇气。

有好几个夜晚，他像一个局促不安的毛头小伙，徘徊在美玉的别墅前，想把自己和苗妹的经历讲述给美玉听，可最终还是下不了决心去按响那金色的门铃。

爱，对于他竟是这般艰难，因为他在当知青时那爱来得太容易了。

当他决定留在加拿大时，依然无法做出爱的抉择。他不是不想回到祖国，而是他想在广州成立中国第一家知青文化研究所的报告不能被批准，也就是说，他的事业在祖国没有继续发展的可能。但加拿大一所大学却允许他设立一家这样的学术机构，美玉向他赞助了一笔不小的款项，并自愿充当他的助手。

他给中国大陆上百名知青作家发去了信函，与他们建立了联系，准备出版一套中国知青作家研究的丛书，他的事业进展顺利。

可是，他的爱……

在那个雪花纷飞的黎明，他和美玉漫步在银装素裹的世界里，看着美玉期待的神情，他应该说什么呢？

他想起了中国著名知青小说中一个个爱的悲剧，也想起了那些主人公近乎偏执的追求，他只能长叹一声。

雪下大了，但再大的雪也掩埋不住他和美玉燃烧的灵魂，他紧紧地抱住了美玉，浑身在颤抖，他觉得抱住的是苗妹。

把欠苗妹的全部献给美玉吧。

多伦多相信诺言。

2

当严谨一踏上西班牙的土地，终于如释重负地轻松下来时，她觉得人生在她即将进入不惑之年时又一次向她展示了瑰丽和辉煌，她轻轻感慨着："总算到了为自己活一次的时候了。"

她对西班牙并不陌生，自从她读了海明威的《战地钟声》之后，便对这块酷爱自由的土地有了了解，后来看了英格丽·褒曼主演的以这部世界名著改编的电影之后，她更加神往这个国家。

到西班牙来留学，并不是她第一次踏上这块土地，她曾以安徽省某个青年杂志社编辑的身份，参加省里组织的一个青年访问团，在八十年代中期周游过马德里、巴塞罗那、塞维利亚和直布罗陀等城市。也就是在这一次访问期间，她与马德里大学建立了关系，在自己那本杂志上发表了介绍马德里大学的长篇访问记，因此而获得马德里大学校方的好感，当她提出进修要求时，立即获得批准。

站在梅塞塔高原上，她沐浴着透彻的灿烂阳光，呼吸着毫无污染的清新空气，看着世界各地云集于被称为"旅游王国中心"的马德里的人们，不能不感到一种解脱。

她不是为了逃离祖国，无论走到哪里，她都会自豪地宣称自己是中国人，祖国的全部美好早已经融于她的血液之中。

是的，马德里有着极其诱人的地方，这里有古老文化和悠久历史，市内名胜古迹不胜枚举，各式各样的大小凯旋门就有一千多座，著名的广场、皇宫、博物馆到处皆是，始建于一七三八年的东方之宫，其雄伟壮丽，远在英国的白金汉宫之上，可与法国的凡尔赛宫相媲美，尤其宫中所收集的珍贵壁毯，数量之多，可以算作世界之冠，若铺于地上，足有二百公里之长。至于每星期最少举行两次的斗牛则是举世闻名的超级艺术和竞赛，凡到马德里的人无一不去观赏，并被吸引和震撼，还有斗鸡、赛马、跑狗、狩猎、垂钓等旅游项目也令人流连忘返。

严谨喜欢这种朝气蓬勃、生机盎然的热烈氛围，但她之所以到马德里来，关键是想开始一种新的爱情生活。

她觉得，作为一个女人，她可以失去一切东西，唯独不能失去爱，以她三十七岁之龄，她还来得及再有一次甜蜜的感情生活。

她不像一些女人那样，有了新的爱之后，就否定以前的爱，说自己以前是小姑娘，什么“初恋，我们不懂得爱情”，她承认以前的爱也曾给自己带来过美好，但现在那已经是往事如烟，是朦胧记忆了，她不愿意再淡漠地、心灵死气沉沉地去挥洒时光。

在安徽凤阳县插队落户时，她有过第一次爱的经历。那个小伙子是她的同学，也是在一个生产队里的“插友”，说不清是怎样相爱的，也许是在稻田中收割时他为她赶开了一条水蛇，也许是在小河边她为他洗了一件背心，也许是在水库大会战时他拉车、她扶把，也许是在粮荒时她省下一碗红薯根给他吃。文化的寂寞、生活的贫困、劳动的艰辛使他们的心贴近了，各自从对方那里寻找着灵魂的依托和生存下去的勇气。

当他们在明朝开国皇帝朱元璋的故乡印下人生第一个吻时，他们都觉得自己的一生系在了对方身上。有了爱，他们将不再凄苦，不再孤独，不再无望，不再苍凉。

他们和当时许多知青一样，从知青户的大锅饭中分离出来，架起了自己的小灶，从集体宿舍的大屋中退出来，在柴房里支起了自己的小床，在他们共同被招工回到合肥市以后，他们马上举行了婚礼，这时她已经怀孕三个月，而在这以前还人工流过两次产。

假如丈夫没有那唯一的一次风流韵事，她是不是就会和他平静地度过一生呢？她始终无法为自己做出这个判断。

丈夫先从一个工人变成了厂工会的干部，在带着工厂宣传队巡回演出时，和一个胖乎乎的姑娘有了肉体关系，并且在一个夜晚，被她堵在了厂工会的办公室里。

她没有大哭大闹，也没弄得全厂皆知，只是默默地回到家中，睡到了女儿的床上。第二天撕碎了她和丈夫所有的合影。

是丈夫来向她忏悔的，他发誓要弥合这个裂痕，以后再也不和那个女孩子来往，尽管此举使他也严重地伤害了那个把身心都奉献给了他的并不坏的少女。

丈夫不仅仅口头上承认过失，而且实际生活中也确实小心翼翼地维护这个家庭，而且全力帮助她实现生活中的一切要求。

他通过关系将她调进厂宣传科，又通过关系使她从写小消息而改写长篇通讯报道并见诸省报，最终她调人那家青年刊物，也是他出了大力。

她感谢他，但是，她无论如何不能使自己再恢复以前的心境。最令她心灰意冷的是，爱过丈夫的那个小姑娘考上了某大学中文系，并且以真人真事形式在一家全国性刊物上发表了一篇文章，坦陈了自己对那件事的全部思绪，最后总结说，那是一生中永远不会忘怀的。

她理解那个姑娘，可这篇文章的发表使得在市里已小有名气的她被各种议论环绕得几乎无所适从，亲朋好友们纷纷向她打探那是否是真事。

她不能不承认，可她又不愿也没有能力去解释。

这时，一个大学讲师出现在她的生活中，她发现，自己心灵已经脆弱到第二次见面就情不自禁地投入了他的怀抱中，她想通过情人来忘掉以往的一切，来滋生出新的追求。

但是，她不敢在本市和情人有任何过分的亲昵，她和他的约会从来都是安排在寒暑假中，她那时外出采访，而他则到她去的地方度假。

终于，她不愿再这样过下去，可她又不能在本市掀起一场风波，她想过无数种选择，觉得还是出国最好，而且那位讲师也正在申请出国攻读博士学位。

她告诉了丈夫自己出国的愿望，从那件不光彩的事情发生以后对她就一直唯唯诺诺的丈夫毫不犹豫地支持她，令她内疚的是丈夫居然一点也没发现她这愿望背后的企图，这也是令她伤心的，这说明丈夫已经无法像插队时那样能感到她灵魂的跃动。丈夫提取了他们的全部存款，又向好友借了一万五千元，使她不算太贫困地离开了中国。

临分手时，她接受了丈夫最后一次抚爱，和几年来一样，她毫不动情，没有冲动，虽然她很想很想在这最后一次给丈夫一些欢乐，也算对丈夫这些年来不停赎罪的一种报答。

丈夫已经习惯了她的这种冷漠，完事之后只是默默地靠在床头，双眼仰望天花板，一根接一根地吸着烟，不敢询问未来，也不敢询问现在。

她走了，在首都机场的候机厅内，匆匆地接受了丈夫一个吻，逃也似的冲进了关口，通过了安全检查。她怕自己一时软弱，向丈夫倾吐一切，而此时，她什么都还不能对丈夫说，丈夫将要用那一时的过失来承担许许多多的重负。

抵达伊比利亚半岛之后，她到马德里大学报了到，并马上向校方为自己的情人申请攻读博士学位的机会，虽然她曾告诉丈夫无论如何也要为他办理出国的手续。马德里大学校方看了她情人的简历和托福考试成绩，居然痛快地同意了申请，条件是与他所在大学互换研究生。

剩下的一切便不太复杂了，半年之后，她的情人将会飞到马德里与她团聚，而他的奖学金将足够他们两个人学习和生活所用，这半年中，她丈夫为她筹措的钱可以使她勉强应付。

她还是加入了打工的行列，晚上去华人开的餐馆当女招待，星期天则去几个教授家打扫卫生。她风韵犹存的面容和曲线仍在的身躯使她在餐馆中还受欢迎，她干过几年各种农活的体能使她打扫起卫生来也不吃力。她还需要挣钱，为了不欠丈夫太多。

终于，半年时间过去了，她接到了情人的电话，告诉她将于第二天傍晚飞抵马德里，请她前去接机。

接完电话之后，她在自己租的那间不算很小的房间里给丈夫写下了最后一封家信，字里行间充满了感情色彩，无异于一封情书：

……假如前几封信是我在应付差事，那么，这封信是我这几年来全部真实情感的倾诉。实事求是地说，当我看到你和那个女孩子赤身裸体在一起的时候，我的心就完全破碎了，我几度试图将它弥合，可是，却又绝不可能。我知道，从那件事以后，你一直对我很好，可我感觉到的不是爱，不是赤诚的、刻骨铭心的柔情蜜意，而只是在赎罪。你其实大可不必这样，每个人都有选择爱的权利，即使是夫妻。你爱那个女孩子，只要说清楚，就该大胆地去爱，我不会阻拦你们，同样，我也可以这样去做，而不畏惧你的阻拦。

我有了情人，他将于明天来马德里，我希望和他一同度过后半生。你没发现吗？以前很多时光我都是在为别人活着，我去插队，是为了当居委会主任的母亲在动员别人家子女时没有心理负担，你有了那样的丑事，我不与你马上离婚，是为了不让女儿幼小的心灵受到伤害。我母亲去世了，女儿也已经十四岁，能够承受父母离异的打击，于是，我也要为自己而活着了。

我绝不会后悔插队时和你一同度过的美好时光，那可以说是我这一生中最值得留恋和记忆的岁月，尽管那时很苦。正是由于那段经历，使我鼓足了勇气，解脱了与你在一起的毫无乐趣的生活，我要在所谓“洋插队”中重温青春年华的美好，只不过换了一个对象。

我之所以在走前没向你讲明，是因为我不愿意惹起轩然大波，出国之后离异的方式可以使我们都体面一些。

对此事，别太过于耿耿于怀了。你从电视中看过斗牛吗？我常去看，被斗的牛一只只雄性十足，体重达五百公斤以上，威武至极，背上插着一撮铁刺。当它疯狂地冲进场地来时，骑着高头大马的斗士挥矛而上，与牛搏斗，将牛刺得鲜血淋淋，然后又出现了徒步斗牛，还是牛被伤害，最后，最精彩引人、最高潮揪人的是手提红布的斗牛士，一面用红布逗牛发疯，一面则用寒光闪闪的利剑一下刺穿牛的心脏。

生活也是这样，假如你选择错了道路，即使再不可一世，也将是牛的下场，命运就是这样严酷。让我们都重新作一次决断，来一次新的开始吧。

别埋怨我，也别埋怨命运，一个四十岁的男人总会比一个三十八岁的女人有更多的机会。多想想我们以前的美好，想想我们插队时在小河边，在古树下，在风雪中，在秃山上，在柴棚里，在土灶旁的经历，你可能就会坦然得多。

你向朋友借的钱我会寄还给你，另外，我每年也会寄上一笔女儿的生活费用，希望她中学毕业后，自己能作选择时，让她来西班牙留学。

我流泪了，在你发生那件事时我都没有流泪，而现在却止不住地泪涌如泉。这不是后悔，而是对过去美好生活的留恋，同样是对今后生活的憧憬。一个女人不能没有爱，我只希望你理解这一点……

严谨写了许多许多，竟有三十多页。后来，这封信被丈夫拿去发表在她已经离职了的那家刊物上，还是有违她心愿地在那座城市引起了一场小小的风波。

不过，新的生活已经使她不在乎往事的沉浮了，她体验的是“洋插队”时和情人、不久将是她第二任丈夫的温馨和安宁。马德里郊区同样有小溪、山谷、树林、木屋，也有春光明媚，夏日烈焰，秋高气爽，冬雪寒风，她的青春在这里再现。

青春无悔，她从不埋怨当知青的岁月；爱也无悔，她更不会惋惜“洋插队”的岁月。

第九章　仇恨启示录

澳门，他决心用全部人生来追杀残害了父母的那个地位显赫的权贵；万象，她发誓让那个蹂躏了她青春的恶棍永远处于恐怖阴影之中。

1

严格地说，宋天亮不算是出国，虽然他办的一切手续和出国绝无两样。不过，在一般人的心目中，这和出国也差不多，他要去的地方是澳门。

这个没有内地一座县城面积大的地区将在一九九九年被中华人民共和国收回，因为这里历来是属于中国的领土，只不过在十九世纪末，葡萄牙政府和清王朝签订《中葡会议草约》和《中葡北京条约》，澳门被划为葡萄牙领地，并一直维持其自由贸易港的现状。一九八七年四月十三日中葡两国政府签署了关于澳门问题的联合声明，宣布中华人民共和国将于一九九九年十二月二十日对澳门恢复行使主权。

宋天亮绝不愿意等到那个时候再去澳门定居，因为也许到了二十世纪末，再到那里对他人生的意义已经没有什么价值，他曾经对父母的在天之灵发过誓，要二十年后为他们的冤死复仇，因此，他就不能等到三十年。

简单地说，他不能让他的仇人再多逍遥十年，而他的仇人恰恰就在澳门。

作为中国对外开放城市珠海西区某公司的职员，他去澳门并不算困难，可以花上一千五百元港币，办一个澳门五日游，还可以用做生意的名义，办理当天往返的证件。但是，他不愿仓促行事，他一定要等到办理好澳门的永久居住证，才去从从容容地复仇。简单说，当他大开杀戒时，不是以中华人民共和国居民的身份，这样才不会有损祖国声誉。

何况，按葡萄牙法律，他即使杀了人，也不会被判处死刑，因为那个国家已经取消了死刑，他可以在本世纪末的大赦中被释放出来，还有机会重新生活。

他是以接收遗产为名移居澳门的，其实他在澳门并没有亲属，也没有什么遗产可继承，就是有亲戚，他也绝不会去连累他们。他之所以能办理一套完备而没有任何漏洞的移民手续，无非是靠两条，一是朋友，二是金钱。在当今社会上，只要有了这两个基本条件，几乎没有干不成的事。

他是从拱北过关进入澳门的，对这个由跨海大桥和填海公路相接的地区，他一点都不陌生，这里气候温暖湿润，植物四季常青，是一处风景宜人的好地方，但却是亚洲地区最大的赌场，而且色情业仅次于泰国的曼谷。

他不是为了吃喝嫖赌、花天酒地而来澳门的，但他在租好了一套一室一厅的住房之后，却马上走进了赌场。

澳门不像香港那样到处是摩天大楼，如同一座钢骨水泥的森林，而是由几层的欧式风格的建筑组成颇有欧洲特点的城市，不过，在一些装饰典雅的房间内，大大小小的赌客们往往一掷千金，一赌输赢。

宋天亮进的是葡京赌场。这座赌场设在葡京大酒店地下和二楼，其规模虽不敢和美国沙漠中的拉斯维加斯、东岸小岛的大西洋城以及摩纳哥公国的蒙特卡洛相比，但在东南亚却敢称雄，自诩为第一。

这酒店外貌酷似一个中国鸟市上常见的圆顶鸟笼，因此被称为“雀笼”，言外之意是指人们一旦进入赌场，便像鸟儿自投罗网。酒店门口贴着一行似诗非诗的字：“闲钱来玩耍，保持娱乐性。”不知是欺人还是欺己，因为这“娱乐性”是由暴发和倾家荡产所组成。

赌场内，一张张赌台整齐排列，赌客们围了一重又一重，穿着红衣的侍者警惕地注视着各赌台的动静，他们兼服务与打手于一身，而管理赌台的无论男女，一个个则面无表情，给人以公正的面孔。

赌场内同样分为几个档次，大亨们豪赌，自然在贵宾厅玩百家乐，有佳酿美女伺候，可以用支票付账；中产阶级一般玩“轮盘”、“骰宝”、“牌九”；而下层人士则在门厅和过道上玩“吃角子老虎”。

宋天亮赌的是轮盘，这全靠运气，无需动脑子，只管押钱就是了。从晚上八点钟玩到深夜十二点，他居然赢了五千港币。据说，凡第一次进澳门赌场的人，都不会输钱，不知是因为阳气尚足，还是赌场管理者有意撒下诱饵，反正几乎没有人赢了第一次便不再跨入赌场大门的。

宋天亮也是如此，第二天又到了葡京酒店，结果五千元输了回去，第三天他继续来，到第七天，他已经输了一万多港币了。不过，他心思并非放在赌钱上，而是在寻找仇人。他有准确情报，说这个仇人一定会出现在葡京赌场上。果然，他等到了。

宋天亮非要手刃这个仇人不可，因为这个仇人杀害了他的父母！

他不是不想运用法律来维护正义，然而，有时法律在权力面前却显得那样软弱无力，甚至像是权力的奴仆。于是，他只有越俎代庖，去替法律完成人类赋予它的本来作用，虽然他并不是法律的化身。

他父母身亡时他正在雷州半岛插队，他赶回汕头老家时父母已经被送进火葬场，死亡原因是自杀。

他绝不相信父母会自杀，在公安局当刑侦科长的父亲天性乐观，而且非常坚强，从来都没有什么压力能压垮他，而在歌舞团当演员的母亲虽然柔弱一些，但只要父亲和儿子活着，也不会主动离开这个世界。

但是，一系列证明使他不敢多想，只能背着“现行反革命”子女的牌子，又回到了雷州半岛的农场，他也从生产队的文书变成为养猪场打扫粪便的农工。

他第一次得到父母不是自杀的线索是在插队第五年时得肝炎回汕头休养，一个看守过他父母的老头告诉他的。他父亲被打成“镇压无产阶级革命派的刽子手”，他母亲被打成“资产阶级文艺黑线的小爬虫”后，双双被关进了一座临时监狱，各居一间小房写交代自己罪行的材料，在一个月黑风高的夜晚一前一后自杀了。

这个得了癌症的老头当时在传达室看门，他亲眼看见一个人先进了宋天亮父亲的房间，然后又进了宋天亮母亲的房间。这个人就是原来歌舞团的办公室主任武一民，后造反起家，成了市里面某个部门革委会主任的人。

那老头听到了宋天亮父亲的怒斥声，也听到了宋天亮母亲的挣扎声和乞求声，但他什么也不敢讲，只是在生命还有几个月时间时，不忍心将这冤屈带进阴间，良心发现，才告诉了宋天亮。宋天亮经过调查，发现那个叫武一民的家伙曾因在公共场所调戏妇女被父亲拘留过，还曾对母亲有不良企图而挨过耳光，“文革”开始后，他率先起来造反，当上了官，利用手中权力对自己的父母进行报复。

宋天亮向省里写了材料，要求重新调查其父母自杀案。然而，一顶“翻案”的帽子扣了上来，他被人押送回农场监督“改造”。

他一次又一次地上书，一次又一次地被加重处罚，直到打倒“四人帮”以后，他的上书依然被认为是“诬陷”、“没有证据”。

他确实没有证据，但他相信自己的推断，那就是武一民用绳子勒死了父亲，将尸体吊在房梁上，又侮辱了母亲，同样将其勒死，吊了起来。

作为一个普通人，他难以把已经爬到局一级领导岗位的武一民拉下来了。后来，改革开放，做够了官的武一民又办起了公司，当上了官倒，并被派驻香港，而后到澳门。此时，他的腰包中早已有数百万了。

也就是在这时，宋天亮终于断绝了利用法律来对邪恶进行制裁的念头。历史上，有多少人被冤屈了，却得不到洗刷的机会，那么，只有靠自己的力量去复仇。

为此，一九八四年他最终离开农场时，没有回汕头市，而是到了珠海市郊，当上了菜农。知青的经历使他能够种出各式蔬菜，他在坐船去澳门送菜时，寻找对武一民下手的机会。

因为父母被害，因为他替父母伸张冤屈而使他失去了几乎一切能够使人生稍好些的机缘。他上不了大学，招不了工，当不了兵，一九七九年知青大返城时谁都可以走，唯独他依然被强制留在农场，继续从事半看押式的体力劳动。他坚信，这种结果有武一民的阴影在作怪，而这种作怪更使他确认武一民做了见不得人的事情。他发誓，要用全部残余人生来追杀残害了父母的这个家伙。

作为一个菜农，他的机会太少了。虽然他每天都能踏上澳门的土地，但活动区域仅被限制在小小的码头区，一旦发现没有护照者进入市区，立即会被押送回大陆。当然，他可以偷偷溜出码头，隐身于某地，不过，在自身难保的情况下，对仇人下手又谈何容易呢？为了报仇，首先要在澳门有行动自由。

刚好他种菜的珠海西区被成片开发，对他所使用土地的赔偿是二十五万元，加上他以前卖菜所赚的钱，有三十万之多，这足可以使他回到汕头老家，开一个小餐馆或一个时装店了。但他却以入股的形式连人带钱一同进了一家农民企业家办的房地产公司，这样，他将会有正式出入澳门的机会。虽然两年下来，证明这机会对他还嫌不够，但他却因入股而一下子成为了百万富翁。

他通过一个朋友将钱换成港元和澳元，转入澳门一个孤老船夫名下，让这老船夫立下遗嘱，死后由宋天亮接受遗产，条件是宋天亮必须为他在大陆买一块坟地，将他土葬回家乡向东之处，并为其守灵三天。

宋天亮当然同意，且不说他觉得一个孤老头理应有叶落归根的权利，就是与他素不相识，作为晚辈为其守灵也未尝不可，关键是这孤老头也帮他做了事情，而且是许多国人梦寐以求的移居大事，一报还一报，这也算善缘了，跟他要去追杀武一民正好成为事物的两个极端，追杀则是为了恶报！

宋天亮绝不食言，为半年后死去的孤老船夫送了葬，守了灵，孤老头的遗嘱也在法律上生了效。自然，这其中花销在几十万元之多，可孤老船夫留下的一条铁壳机船和一间破旧的木屋也价值百万以上，经济上他并没有受到损失。

在澳门，他用不着再提心吊胆，怕警察突然上来核对身份证，也用不着早出晚归，在拱北海关被检查来检查去，他可以堂而皇之、大摇大摆地在澳门活动，去发现武一民的生活规律，并伺机下手。

他已经知道武一民对赌场颇有兴趣，只要有空就会出入葡京酒店，一晚上输个几万元毫不在乎，显然是已经捞了不少钱财。

宋天亮无法到武一民住的地方去袭击他，因为那是一幢别墅，既是办公地点，又是宿舍，约有十来人共居其中，孤身一人很难下手，何况他也不愿滥伤无辜。当然，据说武一民在香港已经买了四室一厅的单元房，养着一个大陆去的舞蹈演员，可他去那里没有规律，不如在澳门容易下手。

果然，在葡京酒店等待了七个夜晚，宋天亮终于看见武一民陪着一个显然是大陆来的官员出现在“轮盘”台前。

他屈指算了一下，离父母被害的时间刚好二十个年头，若说君子报仇，十年不晚，他已经当了两次君子了。当了十几年知青，将他磨练得学会了忍耐，学会了负重，学会了可以用一生来完成一件事情的决心。

他已经是一个满脸胡须的中年人了，武一民早已认不出那个中学生模样的他，而他却永远不会忘记那张一般人看起来颇为英俊的脸。

他沉着地站在武一民的身边，不动声色地押着码子，腰里一柄匕首时时顶住肌肤，几个小时以后，这支短刃上将染满仇人的鲜血。

他无所畏惧，当了十几年知青的人自认为这个世界上再没有什么可令他恐惧的事了。

2

曾敏敏出国的愿望是在新婚之夜滋生出来的，而她要去的国度非常明确，那是一个几乎被国人们忘记的地方，官方称老挝，俗称巴特寮。

严格地说，曾敏敏从没有出国的欲望，她觉得祖国挺好，故乡四川盆地更不错，作为一个在云南当了八年知青的女孩子，她能在一九七九年回成都后当上一个大机关的打字员已经算是命运不错了。她的不少同伴则是在工厂里当车工，在公共汽车上卖票，还有站柜台和扫大街的。

她和她的家庭都极为普通，公派出国的事她想也没想过，自费出国更是梦中都不会出现的事，她最大愿望就是找一个同样在机关工作的好丈夫，生儿育女，有一个温暖的家。

她的不算难看的外貌和宁静、温和的性格使她在回成都两年之后就和一个身材瘦高、仪表堂堂的年轻职员建立了深厚的感情，并很快举行了婚礼。

洞房花烛夜的千金一刻之后，她的丈夫脸色阴沉，一个耳光打肿了她的脸。原来床上没有“落红”，他认为她已经不是处女了。

没有“落红”从医学角度讲并不标志她不是处女，而可悲的在于她确实不是第一次和男人发生关系，而且还有过人工流产史。

假如她要坚持处女膜是因剧烈运动而破裂，拒不承认那给她心灵留下伤疤的往事，也许她那满脑子封建伦理思想的丈夫虽会半信半疑，但也就没有悲剧发生了。

然而，曾敏敏信奉对所爱之人要坦诚真挚的信条，她流着眼泪，跪在床边，告诉了丈夫她在云南生产建设兵团插队时曾被一个副连长霸占一年之久。

“没办法呀，他就是生产队的土皇帝。请原谅我，我……”

然而，她丈夫并没有原谅她，经过一个不眠之夜后，他拉着她又去了街道办事处的民政科，办理了离婚手续。

一时间，各种议论向她侵袭而来，“破鞋”、“婊子”、“烂货”、“骚女人”之类的名词充斥她的耳膜，她所憧憬的家庭生活和安谧、宁静的未来被彻底打碎了，她的眼神变得阴郁，隐隐透出一股怒火。

她将自己不幸的根源完全系于那个无耻、残暴地蹂躏了她的副连长身上。她是普通人，不会宏观地去看待历史和人生，也不能用一种空灵和看破红尘来解脱自己，她觉得只有报复副连长才是她洗刷自己的唯一选择，一个温顺的女人思维一旦钻入牛角尖，会比一般人偏执十倍。何况她是四川人，基因中本来就有火爆的性格。她要用行动去证明仇恨，证明自己并非是“破鞋”、“婊子”、“烂货”、“骚女人”。

新婚之夜丈夫不原谅她时她所产生的出国愿望越发强烈起来，她不是为了上学或挣外国钱，更不是为嫁阔佬去当姨太太，而是要向仇人进行报复。那个奸污了她和其他一些女知青的恶棍在一九七四年国家打击对知青进行迫害的坏分子时逃过边境线，到了老挝。

曾敏敏对单位不辞而别，带着简单的行装和不多的积蓄，向洒下过她屈辱泪水和青春血汗的红土高原进发了。

在昆明下了火车后，她又改乘长途汽车，向西双版纳而去。一路上，起伏的山岭，响着脖铃的牛群，人字形草棚，漫山遍野的胶林，都引起她无数的回忆，而这回忆凝结为一点，那就是苦涩。

她总也想不明白，为什么一些知青作家写出的知青小说都是那样悲壮，最多是苍凉，他们似乎从不敢描写受尽侮辱的女知青们的遭遇，他们作品中太多英雄主义和理想主义色彩，唯独缺少普通人的命运描写。

当她下了汽车，背着旅行袋走在她所插队的勐腊的山林中时，那使她身心终生淌血的一幕出现在她脑海之中。

她正在橡胶林中割胶，黎明前的黑暗紧紧地包裹着她，头灯昏黄的光线根本无法射穿密密的树茎，只能照到几米远的地方，勉强可以看清割线，使胶刀在行走时，不至于伤了胶树的内皮。

有沉重的脚步声从上一层梯田传来，她仰头一看，隐约能认出是副连长在帮她割胶，她不由得一阵感动。

副连长很喜欢帮知青们割胶，尤其喜欢帮助女知青。未满十七岁的曾敏敏从没想过副连长帮女知青割胶会有什么丑恶的目的，因而当割完最后一棵胶树，副连长凑上来，狠狠搂住她时，她几乎还不明白发生了什么事。

副连长将永远系在腰后的塑料布铺在沾满露水的草地上，压倒了她。

她乞求过，挣扎过，但都无济于事，第一线曙光闪烁之时，一阵撕裂般的痛苦使她知道少女的贞操被副连长强行夺去了。

而后，整整一年，她像一只软弱的羔羊，被副连长狼一般随时肆意蹂躏着，直到副连长又猎取了下一个目标为止。

她不敢声张，更不懂得上告，她怕这耻辱被别人知道，反而竭力掩盖着，甚至一九七四年工作组进驻生产队，让揭发迫害知青的坏人时，她都沉默寡言。一个女孩子不愿意将这种丑事搞得人人皆知。

不过，做贼心虚的副连长惧怕被枪毙的危险，还是逃过了边境线，到老挝去投奔一个远亲去了。

曾敏敏本想用时间磨平心灵的伤疤，没想到，这耻辱像烙印一样留在身上，使她对幸福的追求变成了泡影。除了对副连长去进行报复外，她实在想不出还该做些什么。

从她曾插过队的农场到老挝去，并没有什么更多的障碍，翻过一座山包，跨过一道小溪，就进入了异国的领土，两边的当地人不少是亲戚，来往十分自由，因而她跨过边境线也易如反掌，何况她对这一带本来就很熟悉。

她不是很盲目地进入老挝，若毫无目标，想在百分之八十是山林的老挝找到一个人，无异于大海捞针。

她已经在几天时间内打听出了副连长的一个亲戚在上寮的班拉沙镇，她将从那里顺藤摸瓜，查找到他的踪迹。

她打扮成独龙族妇女模样，八年的边境生活，使她能够听懂当地的语言，也能够说一些不太复杂的词汇。

曾敏敏跟着一个马帮到了班拉沙镇，凭着“有钱能使鬼推磨”的世俗观念，她终于找到了副连长的那个远房亲戚。她谎称自己是副连长的表妹，来投奔副连长，那远房亲戚没有产生什么怀疑，就告诉她，副连长已经到万象去开中国餐馆了。

曾敏敏没有犹豫，立刻翻山越岭到达了琅勃拉邦，又沿湄公河抵达了老挝首都万象。

万象是个和景洪差不多大的城市，除了有几座寺庙佛塔之外，几乎毫无特色而言，到处呈现的都是贫困和落后，贫民窟一样的竹木小楼拥挤不堪，人们脸上的面黄肌瘦说明这个国家还远远没有进入现代社会。

此时老挝和中国关系还处于不正常状态，曾敏敏当然不能以中国人身份在万象活动，甚至华侨都会遭到歧视。幸好她身上的钱足以使她获得一张老挝身份证，也还够她租一间六平方米的小木屋，摆一个烟摊。

她找到了副连长开的餐馆，那是一座中等规模的酒店，一楼吃饭，二楼住宿，显然经营得还不错，门前车水马龙，夜晚灯火辉煌，客人络绎不绝。

她知道，以她一个单身女子的能力想要杀掉副连长可能性不大，而且，她并不想杀掉他完事，他让她追求幸福的梦想破灭，一生都笼罩在不幸的阴影之中，她也要他对前途绝望，永远处于一种恐惧和不安的危险下。

她先是在一个深夜，将一桶汽油泼洒在副连长开的酒楼门内，划着了一根火柴，那熊熊烈焰使酒楼被烧塌了一半，足足一个半月没有开张。

后来，她又将面孔抹得像白纸一样，身披黑袍，在副连长夜出之时拦在他面前，装作一个幽灵向他发出死亡的威胁，吓得副连长天黑以后再也不敢出门。

过了一年多，她结识了几个当年也是知青，后来参加出国作战，协助老挝爱国阵线抗击美国侵略者，最终留在了老挝的中国人，和他们成为了朋友，并一同开办起一个餐馆和一家珠宝店。

她将自己的经历和复仇的愿望告诉了这几个朋友，他们当然非常同情她，并表示愿意帮她实施复仇计划。

于是，副连长再也过不上安宁日子了，先是儿子被绑架，而后老婆又被几个流氓轮奸，致使大出血住进了医院，他本人则接到附有曾敏敏相片的恐吓信，信封里还有一粒五四式手枪的子弹。他的酒楼也连连出事，一次所有食客都食物中毒，经查明是使用了被污染的水。还有一次三个房客被盗，连衣服都被席卷一空。从此，他的酒楼败落了，副连长也一下子苍老了十几岁，像一个行将就木的老人。

他变卖了酒店，挪到万象郊区买了一块地，当起香蕉园主。但是，他的灾难仍没有完结，距离他香蕉园三公里的一个小水库被什么人挖开了口子，洪水一下子将他的二层竹楼和几十亩香蕉园全部冲毁。

他多少有点明白这是因以前作恶而得到的报应，但他又无可奈何，只能不停地搬迁，竭力躲避着这恶作剧般的惩罚。

曾敏敏看到副连长那可怜相，但她绝不会心慈手软，每当她一想起自己不幸的遭遇，就决心让副连长一辈子也不能过上好日子。

知青的生活确实给她留下了屈辱和辛酸，可也练就了她不善罢甘休的性格，她终于成功了，她看到了副连长的凄凉，看到了他的败落，她心满意足了。

她没有想过这些对于她个人生命还有什么意义，但她在实践着“恶有恶报”的社会原则。她不知道，假如她没有当知青，会不会有一种这样奇特的人生经历，但现在，她不会再改变自己生活的内容了。

受过伤害的女人之残酷是任何东西也无法比拟的。

她会忘记一切，但绝不会忘记她是一个受过侮辱与损害的中国女知青。

第十章　神圣启示录

伦敦，他站在国际领奖台上庄严地告诉人们：无论走到哪里我都是中国人；罗马，她卖掉眼珠子也要换回本属于祖国的一件珍贵文物。

1

他站在格林威治天文台旧址的子午线前，这里是划分地球的零度经线，世界从这一点延伸而被切割成两半，人类也在此被分为两个部分了吗？

陈博文从不这样认为。地球是圆的，在这个圆形几何体上，任何一点都可以成为这个世界的中心，任何一个时区都可以取代格林威治时间，而成为世界标准时间。他承认科学是严肃的，但是，他更知道当人类智慧为权力或野心服务时，也曾经给历史留下过无数荒唐可笑的事情。

科学应该是无国界的，但只有当人类智慧的结晶为整个人类服务时，它才是伟大和崇高的，当然，荣誉感并不会因此而被抹杀。这种荣誉感中自然包括人种、国度、地区及所受文化影响的成分。

从他一踏上一百多年前还敢自称是“日不落”王国的大不列颠国土，他就没认为这里已经全面衰落，它对整个人类的影响依然存在，全世界都通用英语，各个重大国际会议上都用英语进行大会发言，签署各种文件都以英语文本为基本文本，这些可以证明这个结论。即使在伦敦城中漫步，你也同样能感觉到这里依然是世界的一个中心。

且不说伦敦数百个大大小小的公园和外围达二千五百平方公里的绿化带将这座古城点缀得如一片绿茵；且不说这里的文物古迹、历史名胜比比皆是；且不说伦敦塔、圣保罗大教堂、白金汉宫的宏伟辉煌；且不说遍布全市的博物馆、艺术馆、剧院和高等学府带来的文化气息，就凭每分钟有一架飞机起降的希思罗机场和几乎垄断了世界黄金现货市场五分之四交易的伦敦黄金市场，就证明这里还充满着活力。

就是这种活力吸引着每年近千万外国客人来到这里。

他也来了，在伦敦大学攻读博士，与此同时完善着在祖国内进行不下去的一项研究。这项研究耗费了他全部青春，并把他带入中年，也许还会伴随他的后半生。

他绝不是一个政治家，他不想弄清楚为什么指南针在中国是给皇帝的玩物而到了西方则成为开拓国土的仪器，也不想弄清楚为什么火药在中国是给朝廷用来庆典而到了西方却用来轰开闭关锁国的中国大门。作为一个正直的中国人，他只想将科学与人类生活联系起来，而不仅仅是为谁争光，为某人争光。

是的，命运注定他将登上伦敦大学的国际学术会议中心的讲坛，以一个中国人的身份向全世界的著名科学家宣读他的一篇论文，这篇论文就是他倾尽全部心血研究的结果。但是，他将这结果奉献给的是全人类。

狭隘的民族主义情绪无论如何不能使一个科学家走向伟大和神圣，而只会导致平庸、欺骗和无所作为。

他不知道，当他在海南岛西部炎热的水田中插秧时，是否就已经具备了这种观念，还是整个十年当知青的经历使他将科学和人类紧密联系起来的。

他永远忘不了的是他下了轮船，换上解放牌大卡车，而后又坐上手扶拖拉机，最终乘着木轮牛车到了由几十间茅草棚组成的小村落时的那个景象。

几个半裸着身子的老人痴呆地蹲在村口，身上的皮肤如枯树般粗糙发皱，男孩子们和水牛一起在泥浆中翻滚，几个乳房已经突起依然无衣服穿的女孩子缩在椰子树后好奇地望着比孩子也大不了多少的知识青年们。成年男人们无聊地晒着太阳，妇女们则在水田中一边插秧，一边奶着孩子，水田中的秧苗像半秃顶的老人的头发般稀稀落落，半死不活，而茅草棚内的灶边堆放的是很少一点大米，更多的是木薯块和番薯丝。

这里据说是水稻的发源地之一，据历史记载，纺织业的先驱黄道婆也在这里生活过。可这里的人们不知道稻谷发源于此，更不知道黄道婆是谁，他们所信奉的只是一座三平方米大小的破旧小庙中的几块被烟火熏黑了的石头，并时时乞求那石头让这里少些灾难。

当然，如同整个中华大地一样，这小庙中的石头曾被抛进粪坑，取而代之的是一个伟人的画像。最终那几块奇形怪状的石头又被摆了回来。

陈博文在难以置信的茫然中投身进了这种现实生活，他明白了人类社会的第一要素不应该是阶级斗争，而应该是生存。具体到他所插队的这个地区，首先是能使人们每天都吃上大米饭。

每天都能吃上大米饭算不上什么伟大的目标，但似乎却是这里的人们几百年以来都在渴求而无法实现的海市蜃楼。吃饭问题使历代统治者都大为头痛，但无论下多大工夫，似乎也从未从根本上解决过。

陈博文不是统治者，但他却不愿意看到饥饿总笼罩在人们头上。这说不上是朴素的阶级感情，他出身曾被定为“漏划地主”，只不过一种人性中的善本能使他想起码能改变他插队的这个村寨人们生存的面貌。

其实，做起来也并不艰难，他运用不太多的知识，说服生产队长换了一种本地没使用过的高产稻种，改变以往嫌脏而不往水田施粪的习惯，还以“三三见九不如二五一十”的道理使当地人从三季稻的繁重劳动中解脱出来，去精心管理两季稻。

结果，多少年来全年亩产量只在六七百斤徘徊的十亩水田一下子亩产突破了一千五百斤，当地人几乎认为这是神话，也后悔为什么当初不将全村几百亩水田全交给陈博文进行技术指导。

文化知识在愚昧落后中闪现出辉煌，科学技术在人类生存中体现了力量，至于陈博文个人则成为了知青先进分子，“活学活用”毛选典范，“农业学大寨”标兵，被提拔到公社科技站当上了站长。

他从不在乎虚荣，只重视命运给他的机遇，更愿意迎接大自然的挑战（他最不会处理也忍受不了的则是人际之间的险恶）。他的灵性和天赋以及对现实的剖析使他几乎没有经过太多的迂回就径直开始对种子的优化进行了最初的研究。

他毫不怀疑水稻的高产种子在起着决定性作用，必须从遗传基因中找出能诱发高产的那个部分，加以培育。

他插队八年，整整两万多天都是在和遗传工程打着交道，尽管他几乎毫无更多的成果可言，但他对植物遗传基因分解和破译的研究可以说已经入了门，其程度绝不亚于一个大学本科毕业生。引以为自豪的是，他的知识几乎全部首先来源于实践，即使是书本知识也是马上与实践结合在一起。最为可贵的是，他科学研究的原动力不是名和利，而是他身边生活着的那些缺衣少食、穷得太久了的人们。

一九七八年，中国大陆恢复高考制度后，他以极高分数首批考入了南方一所农业学院，之后又考上了研究生。

三年研究生毕业以后，他被留校当了老师。他并不想当老师，而只想去搞科研，他之所以来到这所高等学府，就是看上了这里的科研条件，虽说还远远比不上西方发达国家的实验室，但比起他那个公社科技站，真是天壤之别。

他向领导提出了去搞科研的要求，而领导表示老一代专家正在焕发第二次青春，实验室都给他们使用了，年轻人先安心教课，搞好本职工作，以后有条件了再说。

陈博文并不想等到大脑开始硬化了再去搞科研，他知道那些老专家精神可赞，但不可能再有什么科研成果问世，一个科学家最富创造性的黄金时期是三十岁到五十岁之间，而他刚好三十岁出头。至于本职工作，若与兴趣无缘，那也不可能搞好。若陈景润安心中学老师的本职工作，他也不可能向哥德巴赫猜想的高峰攀登。

何况，每当他一想起他插队那个地区的人民还没有每天都吃上大米饭时，心中就会有一种犯罪感。科技不能造福于人类又有什么价值可言呢？

既然他说服不了领导，就只好自作主张，在每天晚上实验室没有人使用以后，他进去搞自己的课题。为此，他和实验室的年轻女管理员建立了良好的关系，并最终赢得她的理解和爱情，娶她为妻。

正当他兴奋地发现，某种遗传基因可以大量复制，在实验室中就能不停诞生变异种子时，一道命令下来，停止他使用实验室的权利，他妻子也被调到图书馆去工作。理由很简单，若都像他这样，学校将无法维持教学秩序。而实际上，是有几个老教授也在进行这个课题研究，怕他先出成果，那这几个老教授几十年的心血将付之东流。另外还有几个同样三十多岁的讲师怕他一鸣惊人，东方民族的劣根性在施加影响了。

他向领导哀求，再给他一年时间，他就可以攻克这居世界领先地位的课题。但领导所考虑的不是人类生存问题，而是如何能在学校获得平衡，使乌纱帽长久戴在头上，他的哀求当然只能是徒劳的。

他只好申请留学，将课题带到国外去研究，但按年龄和资历排队，还要五年以后才能轮到他被公派出去。于是，他只剩下了一条路，自费留学。

他将自己所研究课题的内容和初步成果复印出来，分别寄到美国、英国、德国等一些著名高等学府，不到半年时间，竟有八所大学发来热情洋溢的邀请信和录取通知书，其中以伦敦大学条件最为优惠：可以携带妻子同往，提供足够两个人生活的奖学金，无任何附加条件使用实验室，若想永久居留，则在两年以后办妥永久居住证。

陈博文和妻子办理了辞职手续，因为不办理此手续，校方不让他离校，他交还了住了几年的两居室住房，和妻子一同转道香港，飞往伦敦。

临行前，他又到了海南岛他插队的那个地方。那里还是那么穷，曾经高产过的稻秧早已经退化了，由于大量使用化肥，土壤也已经板结，亩产量又恢复到几十年前的水平，至于正在靠大肆倒卖进口汽车而暴发的少数人则根本不可能关心粮食问题。他不理解，在豪华皇冠轿车成片停在港口和机场时，为什么这么多农民还在挨饿。难道不能把进口汽车的几百亿元钱用来发展科技，以从根本上改变人民的生活水准吗？

这当然不是一个科学家所能解释清楚的，他怀着深深的遗憾和某种内疚离开了自己的祖国。

在伦敦，当他住进一百多平米的宽敞公寓，看到实验室内各种现代化仪器设备，科研人员从不会被政治学习等不相干事情所打扰时，他明白了大不列颠及北爱尔兰联合王国为什么还不是日薄西山、奄奄一息了。最先进的科学技术不仅可以使人类个体起死回生，也可以使一个古老民族和国度重焕青春。

一年以后，他的博士论文被通过，又过了三年，在非洲大旱，饿死数以万计的老幼妇孺之时，他的科研成果获得成功：高产基因在实验室情况下可大量快速复制并广泛移入同类植物之中。

这是可能获得诺贝尔奖的命题和成果，倘若人类基因研究能够从中借鉴成功之处，那么，整个人类将会都成为俊男美女，都能有一百六十以上的智商。

当然，这中间还有极其遥远的路要走，但无疑前方已经燃起了一盏明灯。

他的论文在英伦三岛无疑产生了爆炸性效应，在四年召开一次的一个国际性科学会议未召开之前，他就被内定为获奖者，这是破天荒的，因为他是一个中国人！

他从没有把为国争光、为民族争气写在自己奋斗的旗帜之上，他想着的是全人类的生存，是地球的繁荣，但他却真正使中国人的辉煌在世界讲坛上闪耀。

他没有坐某大公司赠送他的那辆豪华轿车前往国际学术中心，而是和妻子一同沿着浓雾正在消散的伦敦河慢慢步行。几年来，他还从没有这样悠闲地在伦敦市内漫步，甚至连伦敦以西三十多公里处著名的温莎镇的王室行宫都没时间观赏，现在，他终于有了一种轻松感。

十点整，他和妻子走进伦敦大学国际学术中心，英国首相和皇室成员几乎和他同时步入大厅，无数台照相机和摄像机将这一场面摄入镜头。此时，这些记者们还仅仅以英国首相和皇室成员为中心，不知他为何许人也，然而，十五分钟以后，他和妻子就将被记者们团团包围。

五分钟的简短致词以后，第一个宣读论文的就是中国人陈博文。此时，他手中除了论文之外还握着一张纸条，上面写着：你应该用中文宣读，因为你是中国人。

他抬起头来，看着台下近百个国家的专家学者和各国使节，用标准的普通话低沉地演讲起来：

“论文已经印好，印好的东西无需在这个庄重的会议上浪费各位女士、先生们的时间，此时，我只想讲讲这一瞬间的感觉。我想起了我曾经插过队的那个地方，也想起了非洲仍旧没有结束的灾难，我想起了整个人类生存的意义，在我想这些的时候，我是用一个中国人的传统思维进行的。我知道，无论我走到哪里，无论我取得了什么样的成果，别人和我个人都只能将我看成一个中国人。

“在这个世界上，没有没有祖国的人，也没有不热爱祖国的人，他可以不热爱那里的制度、政府，但他不可能不热爱自己的同胞和人民。假如，像作家们在出版了一本书要献给某个人的话，那么，我的科研成果是献给我插过队的那个地方的男女老少。”说到这里，他热泪盈眶。

为他进行同步翻译的是妻子，这个海南籍的女性也泪流满面了。

热烈的掌声持续了五分钟之久，掌声中，他深深地鞠了一个躬，然后，以中国人的方式，双手握拳，向台下连连作揖。

与此同时，国内某部门正在追查他原所在单位为何“放”走了一个人才……

2

李萍知道罗马建于意大利中西部，屹立于一个叫“七丘”的地方，故有“七丘城”之称。也知道罗马人的祖先是破城逃到意大利的特洛伊王子，王位传到里亚·西尔维亚时，为叔父所设计篡得。西尔维亚遇害后，所生两个孩子被装在木盆内扔入台伯河，几经飘流，那木盆由河水冲到岸上，两孩子遂得以生还。这两个孩子为一母狼哺乳长大，充满野性，长大后他们终于为父母亲报了仇，并于公元七五三年开始在台伯河畔建立城池。这两个孩子中有一人名叫罗慕洛，罗马即从此称呼演变而来，现在罗马的城徽依然是母狼哺婴的图案，为古罗马帝国和意大利的首都增添着传奇色彩。

她之所以知道这些，是因为她和丈夫一同来此地定居，她有必要对可能度过她后半生的这个地区进行一定的研究。更关键的是，她有着考古专业的学士学位，在进行东西方文化比较时，她显然不能对古罗马帝国和文艺复兴的发祥地一无所知。

她不像身边一些女性那样，每天浓妆艳抹，出入大饭店希冀和外国人建立起没有爱情的婚姻。她不想鄙视那些人，可自己也不愿那样做，虽然她知道自己若好好拾掇一下，还不算难看。

她丈夫是一个一级厨师，意大利一个华侨在罗马开了一家中国餐馆，以帮助他们夫妻定居为条件，聘请了她丈夫到那间餐馆当大厨师。

说起来有些荒唐，她丈夫在上大学时学的是酒店管理专业，却对烹调有着浓厚的兴趣，由于没有机会去管理酒店，每天在一个旅游部门的财会处无所事事，就翻阅起大量的烹调书籍，回到家中就实践。终于有一天，他辞了职，自己开了家个体餐馆，由于菜炒得好吃，顾客盈门，月收入数千元。那个意大利华侨就是慕名而来，吃了他炒的菜后，当即决定以月薪三千美金聘请他。

李萍虽然没有朝思暮想过出国的事，但机会送到面前，她也没有理由不支持喜出望外的丈夫，既然她不少同学都以能出国为人生里程碑，她当然也应该给自己增加点经历。

出国护照办得并不艰难，她和丈夫都不算什么人才，没有什么单位压住不放，何况又是自费因私出国，因而两个月他们就愉快地走出公安局外事处，又进入意大利驻华大使馆。听说是去意大利炒中国菜，对中国菜颇有好感的一秘立即在他们的护照上签了字，盖了章。

她把儿子留给了自己的母亲，等他中学毕业，她和丈夫在意大利也完全适应了，再接他出国团聚。

就这样，在亲朋好友和同事们羡慕的议论声中，她和丈夫登上了意大利航空公司的班机，飞向那座欧洲最古老的城池。

一到罗马，丈夫只休息了一天，便到名曰北京大酒楼的餐馆去上班了，因为那个华侨老板已经急不可耐地在当地报纸上做了广告，宣传自己聘到了中国一流的厨师，能做正宗中国川菜、潮州菜、鲁菜。这倒不是吹牛，李萍的丈夫确实是烹调全才，甚至还能做出不错的俄式大菜来。

丈夫每天早出晚归，李萍则在华侨老板太太的陪伴下，尽情游览了罗马的古迹和现代风情，也算是对李萍在中国古都西安陪伴华侨夫妇游览的回报。

李萍是大学考古专业毕业的学生，她虽说不上是这方面的专家，但也绝非外行，尤其是她生于西安，在陕西插队，对隋唐时期的文物有一定的了解和研究，几乎能够一眼就辨出其真伪。

在窄街上，她看到了几乎来自全世界各个国家的文物，有古埃及的银币和雕塑，有缅甸和柬埔寨的佛像，有欧洲中世纪的兵器，有南美数千年前的木刻人像，也有中国的唐宋时期的瓷器、汉代的铜镜、史前的彩陶等物，不过，她几乎能断定，摆在街道两边小摊上的大都是复制品，真正的古董都会精心放在古玩店的柜台里，而确有价值的则只将照片挂在墙上，交易谈好后才有可能从保险柜中取出实物。

看着这热闹的古董市场，她很同意国内一些专家们的意见，与其国家无钱收购，不如让一些不很珍贵、同类物品又丰富的文物进入国际大循环，反倒能使国家从中提高税收，也促进中华文明对整个世界文化的影响。

知道了这个古董市场以后，李萍便经常一个人来此地游逛，这是她一种爱好，也可以说是她事业的组成部分，她决心从文物方面入手，写一部古代东西方文化比较的书，这也不枉她出国度过后半生的抉择。

她记不清是第多少次来到这个古董市场了，当她走进一家曾从里面买过古希腊银币的商店时，发现古橡木镜框中出现了一柄典型的中国古代佩剑的彩色照片。

她凝视着那柄佩剑，胸脯不禁剧烈地膨胀起来，因为她对这把剑绝不陌生。

那还是她在陕西黄土高原插队之时，因为农民打井而发现了秦始皇墓的大型兵马俑破片，一个新华社记者以对中国文化的常识和责任感，迅速以内参形式通报到李先念副总理处，结果使这被称为世界第八大奇迹的人类文化遗产得以完整保全，至今已成为来中国的外国游客除长城之外必定要观看的一处景观。当时，为了配合对兵马俑的考察，还有十几个考古工作队分散去常有文物出土的地区进行挖掘，她所插队的公社便是其中一处，而她被抽调为临时工作人员，参加了长达一年之久的考古工作，这偶然的机会使她永远地献身于这个事业。

陕西是中国历史上有名的古都，尤其到大唐帝国，可以说是当时地球上最为发达的一个地区，所藏文物极为丰富，以至于一些很贫穷的农民家的水缸、鸡盆、吃饭用的碗、装粮食用的罐，都有可能是颇有价值的文物。李萍随着考古工作队，一共挖掘了十几处古墓，从中学习到很多鉴定文物的知识。但是，她也知道了这项工作的艰难，风餐露宿，劳动量大倒是其次，主要是与没有文化的农民打交道实在令人痛苦不堪，这实际上是与愚昧抗争的过程。

陕西一些地区的农民穷得太久了，一旦发现古墓中有金银财宝，就会蜂拥而至，聚众抢劫，他们的理由还很充分，说这是祖宗专门留给他们的财富，其实，这正是八十年代中国大盗古墓风的前奏。

考古工作队的一二十个人根本无法与数百农民对抗，而且他们行动往往是出现在夜间，当考古工作队听到动静时，被打开的古墓往往已经只剩下碎砖烂瓦了。

当考古工作队决定在撤离前打开最后一座唐代将军墓时，从一具枯尸旁发现了唐太宗用过而又御赐部下的这柄古剑。

这柄古剑没有剑鞘，出土时依然没有生锈，熠熠发光，剑柄由金丝缠绕，顶端镶有一颗红玛瑙石，剑身刻有唐太宗御赐的阴文。考古工作队中的一位专家马上认定这是国家一类保护文物。

然而，这把古剑失踪了，在一群农民哄抢之时，考古工作队的大部分文物都随之不见，尽管县里后来派出公安人员追查，但除了找回几件唐三彩之外，其余东西农民们都不肯再交出来。当时国内一片混乱，也没有人对所谓“封、资、修”的东西太认真，便不了了之。

后来，李萍上了大学，毕业后分到省文物局，再后来到了意大利。

她绝没有想到，这柄经她手出土的古剑竟会出现在罗马古董市场上，不过，以她的常识，这柄太宗佩剑还没有被外国古董商认识到其真正的价值，否则就不会出现在这间小店里，而可能是出现在高级拍卖市场上。

一股对祖国文化的责任心和一个中国人的民族感使她决心将这柄古剑买下来，交还给祖国，何况，这是她知青岁月中一件最为令她难忘的憾事啊，现在终于有机会来弥补了。

她向古董店的胖老板询问了一下那柄剑的价格，老板上下打量了她一下，伸出了五个手指头。

这不会是五万美金，也不可能是五百万，那一定就是五十万了。不过，五十万美金对于李萍来讲也是天文数字。她开始运用中国人的机智与意大利古董商讨价还价，甚至故意将这柄古剑说成是赝品，是清代仿制的，只值一千美元。

意大利老板知道碰上了内行，于是讲了实话，古剑是一个香港人通过意大利西西里岛黑手党的外国组织成员在这里寄售的，他们确实也拿不准这是否为唐太宗佩剑，又不敢找专家去鉴定，怕中国政府得知后，以发布国际通缉令的形式追捕走私文物的贩子并索回文物，因而，寄卖者实际索价是五万美金，加上佣金，只卖五万五千美金即可。

李萍回到家中，向丈夫讲明了情况。丈夫当然支持她买回国宝，可他们手中的积蓄甚至连一万美元都不到。李萍只好到新结识的一些中国人处去借，可几万美金的筹措谈何容易，她又不敢去中国驻意大利大使馆去讲明情况，因为意大利黑手党的凶残举世闻名，若他们一旦知道古剑是真货而只以五万美金出手，一定会追上门来强行索回，连意大利警方对黑手党都时常束手无策，她和丈夫自然更无法与其抗衡。她的想法是买回古剑后，珍藏于家中，等日后叶落归根，晚年返回祖国时再带至故土，献给博物馆，也算一个海外赤子对祖国献上的一份心意。

当借钱无望之时，她走进了一家有偿收购人体器官的医院，准备以一只眼睛的代价换到三万美金。幸好丈夫所在餐馆的华侨老板得知他们急需一笔巨款，出于能够长久雇佣她丈夫的目的，让他签了一份十年之内不得跳槽的合同，借给了她五万美金，使李萍没有在人到中年时失去一只眼睛。

当李萍买回那柄古剑时，她兴奋地流泪了，她想起当知青时为了保护出土文物而和愚昧落后的农民们争执的情景，也想到了这柄古剑今后不会像中国其他一些宝物一样摆在外国的博物馆内。她感到了深深的欣慰，也感到自己来到罗马并非是没有意义的，起码为人生增加了经历，为个人价值增添了小小的辉煌。

第十一章　社会启示录

莫斯科，他决心要在红场前开办那里第一家个体服装店；布拉格，她把在中国办乡镇企业的经验以论文形式到处传播。

1

莫立夫拿出一盒健牌香烟，很随意地抽出一根，叼在嘴上，"啪"地按动了一下防风打火机，点燃了香烟，喷出一口白色的浓雾。他能看到，几束目光落在了他手边那白色的烟盒上。

射出这目光的是三个金发俄罗斯姑娘，她们正站在燃烧着橡木的壁炉前，慢慢脱去身上的衣服。当只剩下胸罩和三角裤时，她们停住了。当然，莫立夫若继续要求，她们会毫不犹豫地脱得一丝不挂。

不过，莫立夫已经感到满意了，他能看到这三个不足十八岁的少女不但金发如瀑，相貌诱人，而且身材挺拔，曲线优美，正是他理想中的"衣服架子"。

是的，他是在招聘服装模特，而不是在选择床上伙伴，因而，他不需要她们裸体，他今后和她们仅仅是工作关系，并不想搞出些什么尴尬来，虽然他很清楚，有时一盒美国香烟就足以令一个莫斯科女大学生为他高质量地服务一个夜晚。

他生活中不缺女人，严格地说，自从他在哈尔滨以卖女人穿的连裤袜和胸罩发财以后，他身边就开始如苍蝇追逐臭鸡蛋一样围满了各种各样的女人，有待业青年、大学生、商场售货员、工人、演员、记者，甚至军官，未婚的、已婚的、寡妇、性解放者。他时常像茅盾先生小说《子夜》中的主人公一样哀叹："女人太多，应付不过来。"

当然，他很明白，若是他像刚从农村返城时那样一文不名，那他会连农村姑娘都别想碰一下。

钱绝非万能的，情义无价，只是懂得这个道理的人太少，连他也是腰缠万贯以后才逐渐知道这个人生真谛的。他发现，随着他个人财富的增加，他文化意识也丰富起来。

到莫斯科来办服装模特队，开高档服装商店，可能就是他一种文化意识的体现，当然，能赚大钱也是他的目的之一。

他几乎一眼就认定莫斯科是一个潜力无限的服装市场，高、中、低档时装在这里都有很好的销路，原因很简单，原来政府的计划经济使服装行业处于僵化状态，根本没有适应顾客需要的小批量、多式样生产，满足不了文化水准很高的莫斯科人的多层次需要，而少许进口服装价格极其昂贵，除了权贵们，一般市民不敢问津。

他拥有的服装剪裁的技艺和经营能力使他预感到在莫斯科设立服装店是有前途的，为此，他认真考察了这座城市。

最让他流连忘返的是莫斯科的红场。据专家考证，这里才是世界第一大广场，著名的克里姆林宫便屹立在广场前方，它的宏伟的、长达二千三百米之长的城墙和里面的宫殿以及大教堂是俄罗斯文化的精华，八十一米高的伊凡大帝钟塔楼成为俄罗斯首都莫斯科的象征，赫赫有名的伊凡雷帝也埋葬在克里姆林宫中。有五座塔楼尖上装有红宝石红星，这些重达一吨的红宝石组合在一起，不分昼夜地放射着晶莹灿烂的光辉。

莫立夫站在红场上，将自己的事业与这座广场紧密联系起来的念头油然而生。具体地说，他想在这里开办第一家个体户服装店，前面是装饰豪华的门面和柜台，后面或地下室则是制作服装的工厂。

在人流量超过十万人以上的广场上开商店的念头在他大脑中萌生，他发誓在有生之年一定将其实现。这个愿望显然不可能在天安门广场上付诸实施，而其他中国城市的广场又不够宽阔，人流量不够多，于是，当他研究了俄罗斯的发展大趋势和考察了莫斯科之后，认为红场有极大可能被全面开放，他必须尽快做好准备工作，虽然现在行人在红场上坐下来都会被卫兵有礼貌地请起。

他知道，他的这个念头既不是野心，也不是疯狂，甚至都算不上幻想，他从来都不是那种好高骛远的空想主义者，他每干一件事情，都可行性极强，目的性极强。这大概是有过知青经历的一代人的共同特点吧。

他承认，他绝没有受过什么良好的教育，学校里给他的知识充其量是初中一年级的水准而已，家庭给他的熏陶则是会裁剪简单的衣物，踏踏“咔咔”乱响的缝纫机。是的，文化大革命开始时他尚未学完初中一年级的教科书，他的父亲是个小裁缝，母亲是个洗衣妇。

从雪城哈尔滨到黑龙江畔的一个农场，他完成了从少年学生到自己挣钱养活自己的全部历程。这个历程说不上是主动还是被动，准确地讲，在高音喇叭、大标语、口号及锣鼓声中，任何人都很难不处于一种淡淡的茫然中，当然也有群情所动，正所谓大江东去，势不可挡。

在农场一个几百人的连队中，他小小的裁缝技能得到了最充分的发挥。每天繁重的体力劳动使知青们的衣服破破烂烂，一开始男知青用胶水或胶布去贴破洞，后来发现他的衣服总是补得整整齐齐，便来求他，他承揽了这些传统概念中是女人干的活，当然不是无偿的，一毛钱、一块肉、一杯酒，甚至一块糖和咸菜，都算是给他的报酬。

一年以后，他把家里那台老掉牙的破缝纫机搬到连队里来，因为他父亲受不住被打成“国民党中统特务”的惊吓，自杀身亡。除了他，家里再也没有人会去用这堆烂铁了。

有了缝纫机，他如鱼得水，不仅仅去缝补丁，还给连队中的老职工去制作新衣服。凭着他的天赋，他缝制的衣服总比商店中出售的更合体，也更漂亮。结果，不但本连队的老职工来求他，几十里外其他连队的一些老职工也慕名而来，他月收入已经大大超过了他的工资，这笔钱能够让他从容地养活老母及一个年幼的妹妹。

只可惜，好景不长，农场在进行“斗私批修”，全面清除“资本主义尾巴”的时候，收缴了老职工小小的自留地和私养的鸡鸭，也砸烂了他那台缝纫机。

这个东北汉子一怒之下也砸了连长私人的手表、自行车和半导体收音机，然后只身回到哈尔滨，再也不到农场去了。他理所当然地被开除了公职，从一个知识青年变成了一个无业青年。

其实，无业只不过是国家没有分配给他一个领固定工资、有福利劳保待遇的“铁饭碗”而已，为了生存，他当然不能游手好闲，必须重操旧业，或者叫子承父业，他用全部积蓄又买了台缝纫机，继续裁剪衣服。

假如不是中国的改革开放，那么至今他可能还蹲在自己家那两间破平房中做做中山装、缝缝花衬衣，然而，民族命运的变迁使他个人生活也发生了翻天覆地的转折，他不再安于当一个普通的缝衣匠，这和他上山下乡一样，同是大江东去，时势所趋。

他办理了一张个体户服装营业执照，和已经是个大姑娘的妹妹一同南下广州，购进了大批连裤袜、尼龙内衣和牛仔裤，带到哈尔滨，用三轮板车拉到街头，摆摊贩卖，尽管价格比购进时翻了一番，但还是很快销售一空。

几年间，他几十次到广州、深圳、汕头、石狮、温州，把那里的时髦服装贩到家乡，他也摇身一变，成为有数十万元个人资产的暴发户。

他淘汰了三轮板车，租下了一百多平方米的铺面房，后来干脆又买下来，重新装修，上面加了一层当住房，下面则专门销售国内服装厂制作不出来的时装。

二十世纪八十年代末，他再次投资三十万元人民币，将服装店装饰得富丽堂皇，花岗岩铺地，菲律宾木墙板，霓虹灯昼夜不熄，并将服装店改名为梦之星高档时装精品世界，聘了四名如花似玉的少女和两名英俊少男，专门穿着上千元一套的服装在门口迎客，在里面为顾客试衣。他的营业额一下子又翻了两番，每月的利润高达十万元以上。

钱多了，自然女人也纷纷而至。但是，他知道她们没有一个是真心爱他的，于是，他也不会投入真情实感，无非双方各取所需而已。她们向他提供生理享受，而他则向她们提供免费的高档时装。她们觉得占了便宜，而他也不觉得吃亏，因为她们大都身材苗条，相貌出众，正好穿着他的梦之星的服装为他做广告。

在长期的服装生意中，他从实践里领略了审美意识通过服饰是如何展现出来的，他也时常运用自己的剪裁技艺制作一些别出心裁的衣裙，贴上外国商标，挂在商店中出售。效果很令他满意，因为成本最多一百元的衣服，很快便以七八百元卖了出去，这使他增添了自己设计和缝制高档时装的自信。

正当他要实施自己的愿望时，前苏联解体，独联体宣告成立，大批独联体公民拥入中国境内进行长途贩运向他传递了某种信息。他不愿放弃赚钱的机会，便以旅游为名，办了护照，携带一批积压的时装到了莫斯科，不到三天，居然全部卖了出去。

拿着那些在国内毫无用处的卢布，他周游了俄罗斯十几个城市，最终又在莫斯科逗留了一个多月，并结识了几个在莫斯科很有能量的俄罗斯个体商，他们愿意以在中国哈尔滨为他们提供一个固定商店为条件，也给他在莫斯科提供一处固定经营场所，并为他办理一张独联体的长期居住证。

他觉得这笔生意很划得来，因为从长远来看，俄罗斯人对高档时装的需求将远远超过中国人，这不仅仅是因为文化素质的差别，还因为俄罗斯的潜在经济实力和那里人民的生活水平都会大大高于中国，何况哈尔滨的高档时装店已满街林立，而莫斯科却还不多，在这座大都市中，将会前途无限。

他回到了故乡，安顿好老母和准备结婚的妹妹，把自己的梦之星高档时装精品世界交给俄罗斯个体商的代理人经营，然后携带一笔资金和一批服装及他的设计图，只身来到了莫斯科。

在莫斯科河岸边，一幢二层的俄罗斯风格的花岗岩建筑成为他在异国发展的基地，合同上归他使用的租期长达十年之久，里面设施齐备，只是略显古老，若将一层开辟成具有现代气息的时装店，还需大肆装修一番。俄罗斯的护照也同时到了他的手中，他的俄文名字是叫瓦西里，他之所以叫这个名字，是因为电影《列宁在十月》里列宁那个名叫瓦西里的贴身卫士的形象深深印在他脑海中。

在开始进行时装店装修的同时，他在报纸上登出广告招聘时装模特，此时莫斯科已经开办脱衣舞学校了，所以当时装模特在人们的观念中没有任何障碍，也没有什么管理机构前来干涉。想起第一次在哈尔滨招时装模特所引起的不大不小的风波，他只能无言地感叹：俄罗斯人的素质确实要比中国人高得多。

他并没费太大的精力就选中了六个模特，俄罗斯少女似乎是天生的“衣服架子”，身材修长，却绝不骨瘦如柴，皮肤光洁白皙，却又没有一点病态，而且对待这个职业很认真。

在一九九二年的初春，他的未来之幻时装店正式开张了，他亲手设计的一百套时装在一天之内便全部售光，这大大出乎他的预料，而且定购单络绎不绝，看来莫斯科还是有不少有钱的女士和男士的。

一个同样对服装设计和销售感兴趣的俄罗斯姑娘主动对他表示了爱慕之情，她的父亲曾在五十年代作为专家在哈尔滨电机厂工作过，她对中国有着一种天生的亲近感。他不敢答应她的爱，因为他觉得文化差异太大，但他接受她作为自己的合作人，共同开拓事业。

关于在红场上开办高档时装店的想法他在进行准备工作，甚至已经看好了一处房子，正在洽谈以分期付款方式购买下来。他相信，随着俄罗斯全面私有化进程的加快，他愿望的实现也不远了。

有时，他觉得历史太荒唐，太捉弄人。在农场当知青时，他给人缝补衣服，收取一点小小的报酬便被当作大逆不道，而现在他开时装店，几倍地赚顾客的钱，甚至都赚到了外国，却被人们羡慕，被当作时代的宠儿。

他不知道他还会不会回国，但是，假如在莫斯科能够愉快地生活下去，在红场办商店的理想能够实现，恐怕他的后半生将会完全流逝于此了。

他向那个爱他的俄罗斯姑娘娜拉讲过当知青时的经历，娜拉茫然地问："你们那个时代是否像斯大林大清洗时代？"

他回答不出来，只是一下子想起现在中国大陆到处又贴满了毛泽东的像片，描写知青生活的小说依然受到欢迎，唱红歌的录音带一年可销售上百万盒。

历史在被一代又一代人装扮着，那么，活着的每一个人，不是也更需要装扮吗？这大概才是他生活的真谛。

2

在捷克斯洛伐克首都布拉格，徐芸霞第一次真正感到了自己的不漂亮不再成为她心理上的负担。这倒不是因为她对自己的相貌产生了虚无主义的态度，而是捷克民族和斯洛伐克民族的审美观念与中国人不一样。

简单说，她那细长而微微吊起的双眼，狭窄的额头，宽阔的脸庞，圆圆的鼻头，长长的嘴巴，过于纤细而显得瘦骨嶙峋的身材，小得像刚出土的蘑菇一样的胸脯在这个东欧国度内都不再是丑的标志。

单凭这一点，她就觉得自己出国的选择是正确的。当然，这不是她出国的唯一目的，更不是主要目的，这只不过是一个令她惊喜和欣慰的副产品。她是来布拉格查理大学攻读硕士研究生的。

她不是公派的，自从她进入一家手工作坊当工人以后，她就失去了一切由国家花钱为个人生活增添色彩的机会，因为那个小作坊名为集体所有，实为个人所开，这种现象在一九七五年时的浙江省温州市并没有什么奇怪的。

温州是她的家乡，她一直到二十多岁都没有离开过，即使刚满十五岁就去插队，她也是在远郊区一个山村里，搭上手扶拖拉机，四个小时就可以回到二层木结构建筑的家中，与父母团聚。

作为知识青年，她没有遭到太多的磨难，这大概应该归结为她相貌的平庸，准确地说还有点难看。在以出美女著称的浙江，她多少会因为长得不美丽而产生出一些自卑感。实际上，由于她是个丑女孩儿，使她躲过了在那个年月中不少漂亮女知青难以逃脱的劫难——被生产队长、公社革命委员会成员奸污。

她没有机会被“推荐”上大学，也没有机会被招工、招干，她地位低微的父母自然更没有办法使她由知青身份变为什么国营工厂的职工，因为他们自己都还只是街道办事处的集体所有制商店中的售货员。

徐芸霞虽然是个丑陋女子，但她却有着漂亮女人一般所不具有的能力，那就是肯于吃苦，善于忍耐，不易于为周围事物所诱惑，对个人也有着更为清醒的自知。简单说，她能从心理上接受现实所加于她的一切，也相信自身命运的变迁将会和社会的变迁相联系。

在农村，她几乎干过一切农活，从插秧、薅草、施肥到收割；从养鸡、放鸭、喂猪到伺候水牛；从开荒、挖地、脱坯到盖屋；从砍柴、烧火、做饭到挑水。她觉得，她不仅仅是学会了这些农活，在和农民朝夕相处的这些日子中，她也学会了中国南方农民的一切精明之处，这些精明往往令城里人目瞪口呆，望尘莫及。

在她二十五岁的时候，她嫁人了。她嫁的是一个腿有点毛病的公社供销社的售货员，两个人之间没有什么刻骨铭心的爱，但相互比较了解，也都对对方有好感，她同情他由于腿有些瘸到三十多岁依然光棍一条，他则可怜她由于丑，由于没有后门，回城无望，孤单单地过着日子。

结婚以后，她丈夫利用不多的关系将她调入公社开办的一家小塑料厂，总算结束了她当农民的生活。

即使没有一九七九年那次在中国具有深远历史意义的转变，徐芸霞也相信自己能够过上殷实的小康生活，因为她的文化素质在农民办的小工厂里正起着不可估量的作用，使人们不能不重视她。

是的，她实际上只有初中文化水平，但比起一半是文盲、一半是初小文化水平的农民来说，她显然应该算是高级知识分子了，知识终于在小作坊中显示出了“第一生产力”的效能。

她所学习到的无机化学及简单的有机化学知识，使她在一家大化工厂中实习了三个月后便能为小塑料厂的化验室充当一流的化验员了，半年后她又成为了技术员，再过半年她就荣任技术副厂长，每月的工资绝不亚于温州城里一个科长的收入。

当然，她生活真正产生巨变是在她全面承包这家只有几十个工人的小塑料厂之后。温州人的经商意识绝不仅仅萌生于二十世纪八十年代，早的不说，就是在中国最严厉批判“资本主义”的七十年代，温州人也从没有停止过以个人为主导的经商活动，以至于这里曾被称为资本主义最为泛滥的地区，因而，改革开放的大旗一旦高扬，温州人一下子便成为市场经济的头股大潮。徐芸霞也成为这股头潮中的一朵浪花。

她以每年五万元的上交数额承包了小塑料厂，更名为芸霞化工厂，从生产塑料手电筒转产为塑料玩具，其中以智力玩具为主。作为一个有文化的母亲，她深深认识到独生子女时代赚“小皇帝”们的钱多么容易。

她丈夫也调到了工厂，主管销售工作。她率先将产值的百分之十用来做广告宣传，再以利润的百分之十作为回扣及奖金，这大大提高了产品知名度，也使能得到实惠的推销员及各方采购员们对产品产生莫大的兴趣。承包的第一年她便净赚近十万元。

毫不夸张地说，以她的初中文化知识和中国农民的精明，她成为了改革开放以来中国大地上第一批百万富翁中的一个。她的芸霞化工厂现在有五百多名职工，年产值上千万元，上交利税百万元。她个人则盖起了四层楼的琉璃瓦、铝合金建筑，她将父母接来居住，照料两个女儿，温州城里的房子则成为她的办事处，当然也是装饰一新，气派非凡。据说温州市第一个坐上奔驰 250 轿车的是她，第一个荣获农民企业家称号的还是她。

按照一般观念，像她这样以正当经营致富的人是不会出国的，但她却也加入了出国潮的行列。

她之所以出国，是为了获得高学历，为她能够有更高的文化修养，以完善自己的人生，也为了去寻找一个高级整容师，将本来就不美丽、随着岁月流逝又添上一份苍老憔悴的面容和身躯修饰一番，她确实太想让自己能够漂亮一些了。

为了提高文化水平，她曾自费花了三万元到上海某大学认真学习了两年，这三万元包括学费和她自己住一间房、安一部电话的费用，她自己住一间房是为了不受到干扰，安一部电话是为了及时将所学知识及上海市场信息及时传递回工厂。

大学里的老师们本来以为她来上学是女暴发户附庸风雅，混个文凭，没想到她不仅门门功课都在八十分以上，而且毕业论文竟达到了可以发表的水平。她提出过要继续攻读硕士研究生，可教育界的改革远远比不上经济领域，校长们大脑还是很僵化，以各种清规戒律使她的愿望落了空。尽管如此，她还是捐献给校方十万元人民币，设立基金，用以奖励给有贡献的青年教师们。

她到捷克斯洛伐克是在她大学毕业四年以后的事了。她参加了一个乡镇企业代表团，去捷克斯洛伐克参观“布尔诺国际机械博览会”。她想购买一些先进的注塑机械，用以扩大再生产，但她在洽谈过程中，结识了布拉格查理大学一名教授，这个教授每周在大学里授课八课时，其余时间从事经济咨询工作，收取报酬。他得知徐芸霞想攻读硕士学位，了解了她的经历后，主动推荐她到查理大学就读经济学专业。学费远比她想象的要低得多。

回国半年之后，她办妥了一切手续，将工厂交给丈夫经营，只身一人来到了以举办大型国际音乐节著称的布拉格。

到了位于伏尔塔河两岸的这座有自由传统的城市以后，她发现她那个整容的目的可以取消了，因为她的容貌在这里不仅不是丑，反而被许多欧洲人认为是东方美的标志，也许他们看惯了金发大眼、高鼻丰乳的女性，对她这种类型有一种新奇感，反正她在布拉格再不需要为自己的长相而自卑，可以坦坦然然地学习和生活了，也用不着去受动手术的皮肉之苦。

她产生不再回国去的念头是在卡罗维发利市的郊区，这是有名的矿泉城，暖河缓缓流过，缕缕蒸汽如晨雾一样四处升腾，笼罩着森林和别墅。她站在爱情山上爱情公园内的金色小鹿的铜像前，久久思索着后半生将如何度过。她知道这小鹿是个传说，也是一种象征，传说小鹿是第一个被矿泉水医好皮肤病的患者，也象征大自然与人类的一切病痛都可以被温暖洗刷而去。世界名人马克思和普希金都在这里疗养过，马克思为人类提出了医治社会创伤的良方，普希金则为人类灵魂贡献了永久的艺术鲜花，那么，她该为人类做些什么呢？

她出国不是像许多人那样去捞“洋分”，挣钱发财的，恰恰相反，她是在花钱。留学一年多以来，她没有打过一次工，除了上课，写论文之外，就是去各地周游。还走访了许多小村、小镇和小企业、小作坊，这使她增加了不少花销，不过，她国内存折上几百万人民币的存款足以使她这样生活一辈子。

钱是永远挣不够的，有了一百万想一千万，有了一千万还想一亿。她觉得，当生存问题解决之后，应该站在更高的层次来考虑问题。

她的指导教授多少给了她一些启示。她本来以为那个教授搞经济咨询只是为了赚钱，来补贴生活，后来才发现那教授实质上是以此方式来向全社会灌输和传递一种经济观念，用以打破捷克几十年来在禁锢状态中的传统经济法则。那么，她为什么不能将刚刚写出的长篇论文《中国乡镇企业经济模式在国际经济循环中的作用》进行广泛传播呢？

她的指导教授对中国改革开放以来所取得的业绩颇为赞赏，对中国以农民重获土地为先导，以乡镇企业率先进入市场经济为前锋来推动中国全方位改革的经验极为推崇，他相信经济基础决定上层建筑的马克思主义理论，他认为经济体制的变化最终将会使不愿变化的政治体制产生质的变化，而东欧实施的政体先变的战略将使人民生活陷入困境。他曾竖起大拇指对徐芸霞说："毛泽东的农村包围城市的战略又被邓小平重新使用，妙极了！"

指导教授帮助她修改了论文，学位委员会讨论后，一致夸赞其论文质量高，并推荐她攻读博士学位。

目前她的主要工作就是将这篇论文以各种形式在报纸、刊物、电台、电视台传播，她还组织和参加了各种类型的研讨会和国际会议，宣传中国乡镇企业发展的模式，这种模式对于东欧不少国家确实有指导性的意义和效用。

她回了一次国，将工厂搞成股份制，她个人控股百分之五十一，其他股卖给全体职工，然后聘请了一位善于经营的原某国营大企业的经理来当厂长，月薪八千元，而她将丈夫和孩子接到了布拉格，和她一同生活。在布拉格郊区，她购买了十公顷土地，准备在进行充分的市场调查后，成立一家中型公司，在异国他乡实践自己在中国积累的成功经验。

她总在想，自己曾经是一个知识青年，那么，以知识来创造自己的生活，也创造这个世界应该是义不容辞和理所应当的吧。

第十二章　沉沦启示录

新加坡，他成为中国洪门第四代组织竹联帮的秘密接头人；
库斯科，她以三万美元的代价出卖了自己的一切。

1

程虎在新加坡并没有什么语言障碍，甚至比在广州、深圳、香港还觉得交流便利，这多亏了李光耀总理在位时大力推广华语，这使得程虎决心在新加坡长期混下去了。

程虎能出国，完全是出于偶然，当然这机会也是由于他个人某种能力显示的结果。他的能力最显要之处就是不怕死，敢玩命，打起架来不见血绝不住手。

他这种特点多少和他是四川人有关，按人文地理的某种概念，各个地域的人由于自然环境所致，都会产生一种群体性格，如山西人小气，上海人精明，北京人油滑一样，四川人生性好斗。他除了具备四川人好斗的特点外，因他祖祖辈辈生活在大巴山地区，还具有一种山里人的野性，这野性更格外突出了他的好斗性。

他在上小学时就以好打架、下手狠著称，动不动就拿砖头敲破同学的脑袋，为此，他曾三次被记大过。文化大革命时，四川“八一五”和“反到底”两大派群众组织武斗，刚满十五岁的他也从死人身上捡了两支驳壳枪，一左一右挎在身上，哪儿枪响得厉害就往哪儿冲。

一九六八年，他离开了达县城，来到大巴山深处一个沟谷里插队落户。那里是一个从没吃过饱饭的地方，自从成立了人民公社以后，就更是饥寒交迫。在为了对知识青年进行“再教育”而召开的忆苦大会上，常有老头老太太情不自禁地脱口而出：“过去的日子苦啊，远的不提，就说一九六二年吧……”

连贫下中农们都没饭吃，知识青年们自然也难保证一日三餐。程虎绝不奢望大鱼大肉、好酒好菜，但以十六岁之龄，肚子经常饿得乱叫，还要“学大寨”，挖梯田，他可真受不了，于是他就和几个被称为“坏小子”的家伙合为一伙，每天东游西逛，走村串集，吃了这家又去吃那家，不干活，也饿不着肚子。慑于他的打架不要命，倒也没有人敢得罪他。

他并不愿意落个巧取豪夺的名声，慢慢地，他发现有一桩神圣的职责可以由他来承担，这样他就不是白吃白喝，可以心安理得地从别的知青户中的锅里刨食了，那就是维护一些柔弱女知青们的贞操。

在愚昧尚存在，封建观念还根深蒂固的地方，一些掌握了某种权力的小官吏必然会横行霸道，为非作歹，鱼肉乡里，欺男霸女。在四川达县，即便到了八十年代初期，一个罐头厂的厂长依然利用权势，大肆奸污本厂女工，被奸污者的眼泪只能往肚里咽，直到一位妻子被霸占的男工拼死无数次上告，惊动了中央，中央派出曾审判过江青的女法官坐镇大巴山，才算将那个当代“黄世仁”诉诸法律。那么，在七十年代，无依无靠的女知青们人人自危也就没有什么可奇怪的了。

法律难以保护她们，她们只好自寻保护，敢作敢为的程虎自然成为一些女知青所依赖的靠山，何况他不好女色，只是为了能有几顿饱饭吃。女知青们为了不遭受侮辱与损害，将自己不多的口粮和逢年过节才有的一点腊肉节省出来也算不上什么过高的代价。

他吃了女知青的饭，也确实为她们做了事。有一个生产队长想对一个女知青非礼，他得知后，马上将一把菜刀挂在了生产队长家的门框上。还有一个公社革委会副主任将当广播员的女知青灌醉后奸污了，他用自制火药枪一枪打在那家伙脸上，使他终生成了瞎子，并满脸都是麻点。

后来，事情闹大了，公安局派人将他抓了起来，判了七年有期徒刑。当他被平反，宣布无罪释放时，已经是一九八〇年了。

他出狱后，回到城里，无事可做，依然终日以替别人打架为乐，也从中收取报酬，作为生存之本。

他真正成为专业保镖是他一个插队时的伙伴到深圳办公司请他去帮忙之后。到了深圳，他发现自己根本不会做什么生意，他那直率的性格只能使他无休止地上当受骗，但他同时也发现，无论他怎样上当受骗，公司的钱却都能被追回来，因为哪个老板敢不把钱吐出来，他就提着菜刀撞上门去，将刀架到人家的脖子上，而且有一次真的剁下人家五个手指头。

他的伙伴也认识到了他这个价值，于是不再让他去谈生意，而是作为保镖专门捍卫公司的利益。他觉得这很符合自己的性格，当然乐干此事。

在一次追索三角债时，他大显神威，并因此被一个香港老板看上，以每月八千港币将他挖走，他成为了一家叫作港深股份有限公司的保安部长。

那是一笔约三百万元的债务，广州一家公司将款提走后，却拒不供货，他单枪匹马到了广州，找到那家公司总经理的家。谁想到那个老板雇用着四个保镖，骄横至极，根本不将他放在眼中。他立时大打出手，不到五分钟，就把那四个保镖砍得鲜血淋漓，昏倒在地，然后又一刀割下那总经理的一个耳朵，逼着他马上打电话给会计，让会计立即电汇三百万元。他在这总经理家中瞪大眼坐了一天一夜，直等到深圳回电话说收到电汇后才扬长而去。

他所在的公司和香港那家公司都没有遭受损失，他也因此在深圳黑道上名声大振，受到了香港老板的青睐。

他到新加坡去是因为他在深圳的行为引起了警方的注意，他在深圳有混不下去的危险了。

香港老板觉得他是个特殊人才，不愿放弃，便为他办理了去香港的单程护照，送他去了香港。但由于语言问题，他在香港无所作为，恰好这香港老板的弟弟在新加坡做生意，主动提出为他办理移居新加坡的手续，他在从没有生出出国念头的情况下，便稀里糊涂地到了这个花园城市。

对于亚洲四小龙，程虎在深圳常常听人讲起，而且也知道深圳想进入五小龙行列，当他从岌巴港下了轮船，步入新加坡市区后，才知道深圳想成为第五条小龙很难实现。至于什么道理也说不出来，反正他觉得再有五十年深圳也赶不上新加坡，何况，深圳发展，新加坡也不会停下来等着。

他在新加坡一幢高层公寓中住了一个星期以后，新老板让他开始工作了。也就在此时，他才知道他的公司实际上是中国洪门第四代组织竹联帮设在新加坡的一个分支机构。

对此，他有点惊讶，但是，参加进去却并没有令他犹豫。早在他当知青时，对于以反对清王朝为目标的青洪帮组织就有所耳闻，因为四川是中国帮会组织的发源地，一些当年参加过“袍哥会”的人依然活着，而且谈起来还津津乐道，这给他不小的影响。尤其是那种神秘感和不求同年同月同日生，但愿同年同月同日死的哥们义气观念更让他向往，这和他的一种盲目追求所吻合。他相信，他的后半生将会比在大巴山里当知青，在深圳当保镖更富于刺激和惊心动魄，何况，他除了干这种行当以外，在这个世界上还能干什么呢?

他参加了入帮仪式。这是他以往只能在电影中看到的场面，比起他当知青时和几个伙伴插上三根香，喝下一碗酒，结拜成干兄弟要隆重得多。

那是在一套典型的中式宅院中举行的入帮仪式，所有参加者一律中式长袍马褂，新入帮者则是对襟短衫，扎脚裤，胳膊粗的红烛遍布中堂，帮主坐于正前方的太师椅上，四大护法立于两旁，再往下按照辈分依次排列。

九拜之后，新入帮者在一张契约上滴血为印，那契约上无非是替天行道之类的空话和一些严格的帮规。然后帮主和新入帮者手挽手绕中堂步行一周，以示平等。从此，程虎便成为竹联帮的秘密联络人。

他的任务并不复杂，只是来往于香港和广东地区，和那里的分支机构进行联络，有时携带现款和少量违禁品通过海关，而报酬却每月高达五千坡币，还有一套住房，并让他迅速与一个菲律宾姑娘结成夫妇，以使他有一个安分守己过日子的公民身份。

他知道，他的新加坡护照完全没有一点破绽，查到移民局也没有什么问题，他所在的贸易公司也是合法的，所公开从事的一切贸易活动均经得起所有执法部门的检查，但他更知道，在这合法外衣的背后，竹联帮操纵着规模不小的毒品、军火、赌场、色情业生意，甚至当年震惊世界的枪杀著名台湾作家江南一案也是由竹联帮的杀手在美国干的。

他不觉得自己良心上有什么重负，自从他在大巴山深处插队当知青以后，看到那些大大小小的权贵几乎无恶不作，他对于人世间的黑暗就再没有什么奇怪的了，在深圳的几年中更使他明白了有人靠权力发财，有人靠奸诈致富，那么他靠自己的玩命生存就算不上什么太大的罪恶了，在某种程度上还可以解释为自食其力。生活本身大概没有什么规则，胜者王侯败者寇，这个世界只承认强者。

大脑发达是一种强者，四肢发达同样是一种强者，法律是由强者制定的，谁强大谁就代表了法律。这是知青生活给他带来的对人生的定义，他永远也不会违背这个定义了。

对于新加坡成为他后半生的居住地，他没有什么可抱怨的，这里确实很美。最使他惬意的是这里和中国几乎没什么两样，无论从街上走的人的模样，还是他们的衣着；无论是语言，还是文字，都是他所不陌生的。若说有不同之处的话，那就是新加坡比中国大陆任何一个城市都整洁干净，人更讲礼貌，商品更丰富，物价相对更便宜。

当然，他内心很清楚，他得到这些的代价依然是去玩命，他每去一次香港、中国大陆或台湾，都有可能碰到一场血斗，也许是锒铛入狱，处以极刑。

对此，他并不畏惧，也没有什么可害怕的，生活本身无非就是生生死死，于他个人没有什么更多的意义，假如时代没有变化，历史没有前进，他不是还在大巴山中为了能吃上一顿饱饭而在替一些女知青去打架伤人吗？

假如说这是一种沉沦，他大概也绝没有大悟过来的欲望，他唯一遗憾的是，新加坡没有高山峻岭，不能使他时时感到家乡那种壮丽的气氛。不过，人确实也不能奢求太多。

2

马静静一点也不想研究库斯科在地球的什么地方，只要那是外国，她就足够了，就完全能够满足她的欲望和虚荣心了。

她是靠秘鲁一个商人办的出国手续，代价当然是和他睡觉，准确地说，这个秘鲁商人在中国三个月的时间基本上完全和她泡在了一起，在住店里甚至公开称她为妻子。

她不觉得这有什么耻辱。比她更漂亮、更年轻、更有地位的一些女人不也是通过和外国人睡觉而出国的吗？著名影星、歌星、舞蹈演员不也是通过嫁给外国人而移居他国的吗？

她绝不相信那些女人和外国人会有什么爱情，她虽然没上过大学，可生活经历使她懂得东西方文化的差异，道德伦理的不同，风俗习惯的两样，甚至人种的区别，这些都使中国女子不能和西方男人产生什么真正的爱情，他们之间的关系无非是相互利用而已。

她后悔自己的这种认识来得太晚，严格地说，这种观念她早就知道，只不过是从心理到生理接受得太晚，使她失去了不少能过上好日子的机会。当然，三十六岁的她还来得及重新开始，以使后半生的命运来一次彻底的变化。

其实，嫁不嫁给那个商人对于她来说并不是最重要的，她的目的只是为了出国，即使真嫁给了那个商人，若不能出国也毫无意义。她的一个朋友嫁给了一个长驻中国的西方商人，结果才结婚半年，那商人就到上海地方法院民事庭提出了离婚的诉讼，理由是他妻子对他社交活动中女人太多而经常大吵大闹，还多次跑到公司去撒泼耍赖。这个官司成为新中国成立以来外国人向中国妻子提出离婚的首例案件，在上海滩引起了不大不小的轰动。

她之所以要出国，就是因为以前生活得太拘谨，太惨淡，太平庸，太无聊，以她的自身条件，本来应该过得好些，过得愉快些，过得富足些，过得潇洒些，可是，她把自己束缚得太紧了。

她的所谓自身条件，其实就是女人的姿色。她认定，女人在这个世界上混的唯一本钱就是上帝先天造就的身材容貌，其他的都不值一提。

她是一个上海姑娘，虽然出身在所谓贫民区，但依然不失大都市女性的风采，苗条，白皙，头发黑而亮，有些自然卷曲，五官搭配和谐，虽说不上如花似玉，貌比西施，可也充分显示了小家碧玉的光华，即使在三十多岁女人开始走下坡路时，她稍加打扮，还是有几分诱人之处。

她真不明白自己为什么没有早些利用这自身条件，若是那样，她前半生恐怕就不至于那样贫寒，那样为生计而挣扎了。

一九七〇年，她刚满十六岁，面临去内蒙古或皖南插队时，学校工宣队长就看中了她，想让她和自己的儿子交朋友，条件是让她留在上海当工人。那时她还不知爱为何物，对男女之间的一切事物都认为是肮脏的，因而吓得躲在家中，直到接到去内蒙古插队的通知，才算安下心来。

在内蒙古插队，她同样有过几次大大小小的机会。她所在公社要抽调一个广播员，只要她答应革委会主任上床的要求，她就可以脱离繁重的放牧劳动，不用再每天奔波数十里，风雪寒霜不会再侵袭她，可她拒绝了。以后还有当兵、招教师和推荐上大学等机会，她都因不愿出卖肉体而被淘汰出候选人行列。

她保住了一个少女的贞操，而失去了改变命运的良机。很久以后，她回顾起来，不禁大骂自己当时是天底下头一号傻瓜。那些和公社革委会主任睡过觉的女知青们失去了什么呢？她们什么也没有失去，尽管那个色狼后来被判处十年有期徒刑，可所谓受害者们没有任何良心上的不安。那个当上公社广播员的胖姑娘是全公社第一个回到上海的知青，现在早已经去了日本，听说在新宿一家高级酒吧当领班，月收入五十万日元；那个当了兵的姑娘现在则已经是中校军官，她的丈夫马上将被提升为少将，没听说发生过任何家庭纠纷；那个上了复旦大学的姑娘后来成了小有名气的作家，风流韵事不断，可她写的描写知青生活的小说则感动着读者，还获了什么大奖；那个当了老师的姑娘现在已经是一所重点中学的副校长，住着三居室公房，满脸庄重，整天教育中学生们不要早恋，要重视贞操，俨然一副卫道士的样子。

说起来，只有她马静静混得最没有人样。大返城时，她才挣扎着回到了上海，几乎一年没有工作，分配办公室的一个麻脸工作人员想娶她为妻，许给她一个机关会计的工作，她还是执迷不悟，没有接受，结果被分到一个早点铺去当服务员，每天坐在面案前包蒸饺，站在水池前刷盘子。

她以处女之身嫁给了一个汽车司机，这在新婚之夜颇令她自豪，可这自豪代替不了过日子，在一间八平方米的小阁楼上，她一住就是八年。而丈夫也不觉得她是处女就可以一辈子珍惜她，三年以后就开始以司机之便利，和搭他车的女人乱搞了。

她发现，贞操其实什么用也没有，她维护贞操的结果是什么也没有得到！

在八十年代中期，上海人精明的本性和大都市某种病态的影响终于使她自认为到了该“觉醒”的时刻，她身边一些小姐妹过上好日子的现实也刺激着她决心给自己来个彻底的改头换面。简单说，在社会物质文明大幅度提高的时代，她再也忍受不了贫困和包饺子、刷盘子的辛苦了。

她深深知道改变命运对于一个女人来说要付出什么样的代价，这代价只要观念更新以后，绝算不上是惨重的，甚至都说不上是痛苦的，她多少从穿金戴玉的小姐妹那里领略到了其中的一些内容。

她先是泡病假，到豪华歌舞厅门口勾搭单身男子，为他们伴舞，很快，她身上也穿上了高档时装，进而也有了金项链和金戒指，后来，当几个小姐妹成了洋人的太太之时，她做起了出国梦。

曾经是远东最大、最繁华城市的上海，一旦重新打开门户，那种以嫁外国人为荣、给外国人当情妇的思想是有着很丰润土壤的，而且几乎人人都羡慕这种生活。

马静静毫不犹豫地离了婚，使自己成为一个单身女子，凭着小聪明她迅速掌握了一些生活常用英语，离开主要是中国人出入的舞厅，转而徘徊于外宾云集的四星、五星级大酒店。

在结识秘鲁商人之前，她已经和六个金发碧眼的外国人有过性关系了，那六个人高马大的洋鬼子谁也没有娶她的意思，但她并不觉得有被欺骗的感觉，她享受了豪华酒店的一切，西餐大菜、皇冠轿车、高档时装、金银首饰，还有累计约五千美金的收入，使她咧嘴笑都来不及呢。若和插队时与公社革委会那个满脸麻子的主任睡一觉可以有一个好工作相比，那她现在和外国人睡觉从心理到生理到实惠都可以说强了百倍。

终于，在希尔顿饭店，那个五十多岁依然和小伙子一样精力十足的秘鲁商人向她提出了求婚的要求，她没有理由不嫁给他，因为他答应了她先办好去秘鲁的签证才登记结婚的要求。

有外国人出面，在上海似乎一切事情都办得格外顺利，她拿到了护照，并签了证，然后又办理了结婚手续，在她三十七岁之时，成为了一位南美洲男人的妻子。

比起那个中校军官、中学校长、小有名气的作家、去日本当吧女的插队同伴来，她再也没有屈辱和自卑，也没有什么耻辱，她不过使用了和她们同样的方法，也使自己的命运有了转变，使自己的生活闪现了辉煌。

跟着那个秘鲁商人，她来到了位于太平洋西岸的秘鲁，乘坐火车进入了安第斯山中的那块充满神秘气息的高原盆地。

对异国他乡的新奇慢慢消失了，美妙的景色和名胜对于本无文化追求的她来讲也渐渐失去了兴趣，她出国了，成了外国人的太太，她人生的目的就算达到了吗？在一间西班牙式的两层建筑内，看着外面巨大的风车，她有些茫然了。

那个秘鲁商人自然不是贫民，但他一旦娶了马静静为妻后，便不愿再为她花更多的钱，只是让她成为自己的一个奴仆，服务项目从做饭、打扫卫生到床上，他还经常到首都利马出差或出国，而离开家时，留给妻子的钱刚好够她饿不死。

这绝不是马静静所追求的那种生活内容，她需要有钱，需要珠光宝气地出入各种社交场所，去炫耀自己的富有，去在人群中满足自己的虚荣。但东西方文化的差异使她甚至很难与邻居们打交道，她多少有点懊悔了。

不少上海人在国外混了几年之后，腰缠数十万贯，重返故乡，被亲朋好友们视为新一代富翁，悠闲地过着小贵族生活，令人眼红。她大概也要这样才能体现自己的价值。

她知道外国的法律，若她提出离婚，是不大可能从丈夫那里分得一笔财产的，除非她能生个孩子，她作为监护人可以掌管分给孩子的一笔赡养费，但是，在计划生育管理严厉的上海，她生完第一个孩子后就已经做了结扎手术，再不可能有生育的机会了。

她需要赚钱，几乎大部分想出国的中国人都是想到外国捞钱。传说古印第安人曾经有一个朝圣地，那里是一汪深潭，每次朝圣之时，印第安人便将无数金币、珠宝、钻石等珍贵之物抛进潭中，以示虔诚，并求神保佑。后来，许多探险家来到秘鲁，寻找这个神秘的湖，并带着大功率抽水机，企图抽干潭水而捞取价值无数亿美元的财宝。时至今日，想发这种财的人依然不断。既然外国人背井离乡也是为了实现黄金梦，她又有什么必要在秘鲁当一个家庭妇女而了此一生呢?!

丈夫不给她钱，她可以自己去挣，在外国挣钱的机会自然多于国内。何况她终于弄清楚了，丈夫也并非大富翁，只不过是一家公司的职员而已，出差的花销是公司报账，他充其量是薪水阶级。也就是说，丈夫即使分给她一些财产，也不足以令她发财。

她去挣钱的方式依然只有一个，靠尚未消失的女人魅力，一个徐娘半老、风韵犹存的东方女子，在秘鲁还是有些吸引力的。她先是应聘广告模特，这无需什么更多的语言交流，只要能起到宣传商品的作用就行。丈夫不在时，她与摄影师或摄像师一同工作几个小时，有时是几天，便能赚到千儿八百美元，这当然成为她个人的私房钱。

不过，这种机会不是很多，报酬也有限，虽然她经常主动委身于广告商，还是不能使她发财的欲望得到满足。

终于，机会来了。一个制片商在摄制×级电影时，需要黑、白、黄、棕四个种族的女人同时出现于银幕之上，经人介绍，找到了她，每拍一部片子一万美元的代价使她毫不犹豫地签下了三部片子的合同。合同规定，此片不得在秘鲁和中国上演。其实，当这类片子制成录像带，通过秘密渠道流向世界各地时，那是连制片商也无可奈何的事了。

在水银灯下，当她一丝不挂地和几个肤色不同的女人淫荡地缠在一起，而后又和一些男人疯狂乱交时，她的思维完全停滞了，全身几乎麻木。不，有一点她还是清醒的，那就是三万美元即将到手。

一个星期，仅仅七天时间，她就挣到了在国内十辈子才能挣到的钱。她开始计算着还用多长时间能挣到十万美金，她的目标是一百万元，那时，她将衣锦还乡，她会成为上海滩上有名的阔太太。

她不知道什么叫沉沦，她只是在回想起当知青时能够那样坚强地抵抗住当兵、上大学、回城的诱惑而维护少女的贞操时，才会惊诧自己怎么会像变了一个人一样。一个人一旦从一个极端走向另一个极端时，一定都会这样疯狂而失去理性吧？

在库斯科，她只剩下了一个信念，那就是拼命挣钱，越多越好，而不管用什么方式。

第十三章　乡恋启示录

冰岛，他几乎在每一个清晨都用小号吹奏起那首流传于故乡的《滇池圆舞曲》；丹麦，她用做生意赚的第一笔钱在庭院内建造了一座长城模型。

1

在这个人口密度平均每平方公里只有不到三个人的国度里，于昆明确实感到了宁静、安谧，那种在人群中挤来挤去的烦躁，时时想砸碎什么东西的心态得到了有效的抑制，灵魂平和起来了，那种作家和艺术家们所追求的空灵在他身上得到了体现。

然而，他还是保留了从国内带来的两件文化衫，一件上写着：别理我，烦着呢！另一件上写着：我绝不温柔。

这是两件棉织品，故乡一个少女来他这里打工时从国内带来的，加在一起一共值九元钱，但在异国，这成为了他觉得最宝贵的衣服，心理上所认可的价值大大超过了他出席一些交际场所穿的那套英国名牌西装，因为这是地道的中国货，上面有着故乡的晨雾，有着养育过他的那座城市的气味。

有一次他穿着“别理我，烦着呢!”那件圆领大背心上街，外国朋友问他上面的字是什么意思，他解释了。那朋友大为惊叹，当即要用一块价值一千多美元的瑞士雷达表与他交换，他婉言谢绝了。

其实，他虽然已经不很穷困，但依然生活节俭，他手上的日本精工表还是从国内带出来的，是一块不值十个美元的低档机械表。但是，那种无法摆脱的对故乡的思念使他宁肯不戴瑞士雷达表而愿意天天穿着有中国字的文化衫。

于昆明是“出国潮”中的头一朵浪花，如同他当红卫兵，上山下乡去插队时一样，他都走在了时代的“前列”，而不是追浪逐潮。

作为云南省昆明市×中的红卫兵司令，在所谓“站队”运动中，他被内定为“站在资本主义路线的中学代表人物”，随时都有被关进监狱的可能。为了表示自己是“革命派”，也为了人身自由，他在一九六七年十月，也就是毛泽东发布“知识青年到农村去，接受贫下中农再教育”的指示一年多以前，就主动地（按现在的说法叫超前意识）约了几个战友，离开昆明，步行到阿贡山的景颇寨子去和最贫困的景颇人共同生活、改造思想去了。

他不知道，是因为青春期的骚动，还是确实因为某种理想主义色彩在他心中过于浓烈，在景颇寨子只生活了一年，他又约了十几个同伴，高唱着国际歌，跨过打洛江，进入缅甸境内，穿上绿军装，参加了缅甸共产党的游击队，去进行“世界革命”了。

他此举比“世界大串联”、“洋插队”整整早了十几个年头，和成立红卫兵、上山下乡一样，都属于“世界首创”，“国内第一”。

在缅甸的亚热带雨林中，他整整参加了三年时间的战斗，在这里，他经历了爱、恨、生存和死亡的体验，多少懂得了人该怎样活着和为什么而活。

他的第一次爱在异国的土地上以悲剧形式结束，那个把一切都奉献给他的昆明姑娘在行军中踩中了一颗另一支游击队埋下的地雷，被炸得血肉模糊，惨不忍睹，她在他怀中咽气前只说了一句话："把我埋、埋回家乡……的西山去……"

他的第一次仇恨也在此而产生，一个他以兄弟相待的伙伴向缅甸政府军投诚，出卖了他们的活动地点，致使他们一下子牺牲了二十多人，其中有八个是中国知青。

令他愕然的是，这些平时常笑谈"青山处处埋忠骨，何必马革裹尸还"的二十岁上下的热血青年们，假如死前来得及说几句话的话，几乎都会提出将遗骨埋到故乡去的要求。

也许就是从这个时候起，东方人固有的乡恋情结就在他心底打下了深深的烙印。这不仅仅是一种文化意识，更多的是人类的生存观念在起作用，在养育过自己的土地上繁衍后代，应该是每个东方人的本能。

当缅共游击队的根据地越打越少，行为方式越来越不被人民所理解和接受的时候，于昆明的"让世界一片红"的使命感也逐渐淡漠，直至消失。终于在一个雨夜，他又跨过边境线，回到了祖国，回到了阿贡山的景颇寨子。

他三年的战斗经历告诉他，假如他不能用劳动改变一个小小的寨子里景颇人的生活面貌，又有什么能力去打碎整个世界的不平等和不公正呢？

他绝不是怕死，他已经几次经历过死亡的边缘；他也绝非怕艰苦，半个月只吃野果的生活都没有让他皱过眉头。他怕的是失去自由！

自由对于他不仅仅是人身活动的不被束缚，更为关键的是要随心所欲地创造生活。

当他又一次领略到景颇人在寒冬之夜因没有棉被取暖，只能以背向火度过长夜，当他又一次和景颇人在一起吃着山里已经吃了多少代的野菜，当他又一次看到景颇人的儿女没有学校念书，当他又一次因烧荒而引起漫山大火却无可奈何的时候，他终于明白自己“逃”得多么正确。在他人生的道路上，这一次是真真实实地在认识自己和发现自己的潜能了。

他开始在长满亚热带雨林的红土地上耕耘自己的理想，收获还残存的青春和血汗了。几年的风风雨雨，使他自觉成了一个景颇人的真正伙伴，他穿着景颇人的黑衣黑裤，挎着长刀，提着竹酒筒，住着矮脚竹楼，甚至也和景颇人一样，不去民政部门登记，只在篝火旁狂欢一夜，便有了一个丰满结实、肤色黝黑、年轻漂亮的景颇少女为妻。

他有一支已经长满铜绿的小号，自从离开昆明城以后几乎就从没有吹过，在景颇寨子迎来十年间第一次丰收之时，他擦亮了小号，为景颇人吹起了《东方红》的乐曲和景颇山歌的旋律。

在此期间，他只回过一次故乡，那是母亲病逝的时候。处理完母亲的后事后，他在昆明逗留了半个多月，每天和当初曾一块去阿贡山插队，现在已经返回昆明的伙伴们聚会，谈论着逝去的过去和破灭的理想，也憧憬着新构想的未来，抱怨着令人压抑的现在。

他记得很清楚，在一个黄昏，他们一同步行着，爬上了西山龙门，在那里眼看着夜幕遮盖住五百里滇池，然后他们捡来了松叶、松果和松枝，点燃了一堆不大不小的篝火，跳跃的火苗映红了十几张青春仍在的脸，他给他们讲述着那些死去的和未死去的同伴们如何思念家乡，如何想和故乡城市一同繁荣的故事。

一夜过去了，当山下的湖水泛出白色的光斑，朝霞染红了起伏的远山，于昆明站在故乡的标志——西山龙门上吹响了小号，那黄铜的喇叭中飞扬出的是当时流行于整个云南、由昆明知青创作的歌曲《滇池圆舞曲》的旋律。

人们轻轻哼着："曙光像轻纱在湖面荡漾，帆影载着童年的畅想……睡美人啊躺在滇池上……"

这是一首刻骨铭心、永远也不会忘记的歌曲，它与有过知青经历的一代人共生，它是抒情，它是回忆，它是梦幻，它是安慰，它是心灵的奉献。

后来，他回到了景颇山，再后来，他在一次群众运动中被打成"现行反革命"，在被通缉和追捕中，他携带景颇妻子逃越边境，准备到缅甸克钦独立组织占据的地区去投奔妻子的一个亲戚。没想到，碰上边防巡逻队，妻子为了掩护他，向另一个方向逃跑，被乱枪打死，他未能再看上那个把一切都给了他的景颇姑娘一眼，为了自由消失在亚热带密林之中。

他没有去克钦独立组织，也没有再去缅共游击队，而是直接到了仰光，在那里找到了一个嫁给一个缅甸华侨富翁的女知青，这个女知青曾经是他一个忠实的崇拜者，曾心甘情愿像一个苦行僧一样为了理想而忍受艰苦和磨难，却在一个夜晚就将全部信念付之东流，而跑到仰光当起了阔太太。抛弃理想的原因很简单：几个父母被打成"走资派”的知青在父母刚一平反之时便全部走后门参军和上大学去了，她觉得被欺骗了，因而从一个极端跳到了另一个极端。

当于昆明见到她时，她已经是两个孩子的母亲，住在拥有游泳池和网球场的别墅里，比出国潮中的一些女性早享了十年福。难以磨灭的青春记忆使她对他依然热情，她介绍他到一家华侨办的公司去当职员，还花钱给他办了一张缅甸护照。

他在缅甸干了一年，又转到泰国去开了一个小公司，而后转到欧洲，看中了冰岛这块宁静的土地，以移民方式定居下来，并开了一间小小的中国餐馆，专门经营四川菜。

一九七九年，他回过一次国。他本没有长期生活在国外的打算，他热爱祖国，思恋故土，回到家乡后，很希望能找到一份工作，他很想当一个中学老师，把自己的生活经历和理想伴随着书本知识传授给下一代。可是，一个早已被注销了户口，又没有大学文凭的人根本不可能找到一份正式工作，甚至他要求有关部门归还已经死去的父母租用的房子的要求都被拒绝，他忍受不了做一个“待业”青年的屈辱，只能又到西山龙门上吹了一曲又一曲小号，然后含泪告别朋友们，再次回到异国他乡。

其实这时已经开始有人在不惜一切代价谋求出国，不少人对他归来不理解，但他明白自己的选择是无奈的，如同后来许多人出国后不愿再回到祖国是出于无奈一样。

他并不讨厌冰岛，从某种角度讲，他甚至很喜欢这里，这个被当地人称为“冰与火的国家”中，并非全是冰川和火山，那无数的温泉、喷泉和间歇泉使这块靠近北极圈的土地吸引着众多的旅游者，给人留下了无限的沉思与遐想。

他重新开张的中国餐馆依然顾客盈门，因为来这里的华人不多，基本上没有什么竞争，一枝独秀，这里的人们只要每年每人品尝一次中国菜，他就难以招架了。于是，他又租了一处更大些的房子，扩大了营业面积，增加了广东风味的菜肴，并从家乡招聘来了几个年轻姑娘当服务员。每当他和这些少女讲起家乡话时，就会感到欢欣，但也更感到思乡之苦。

在冰岛的十来年，他基本上没有什么大的磨难，他娶了一个冰岛教授的女儿为妻，自己有了一幢占地一亩的住宅，还有了两辆汽车，每年可以出国度假。他还利用业余时间读完了法律专业，取得了学士学位。

但是，他的心境依然不能平静，他想念家乡，想念留下了他童年记忆的那块土地，那是他难以割舍的一段人生，他知道自己终会落叶归根，返回中国西南部的红土高原。当然，那是在他赚到足够多钱的时候，他要在昆明为景颇孩子盖一所中学，让阿贡山上的景颇孩子到昆明来上学，这是他从当知青第一天起就萌生的美好愿望。

在他还不能实现这一美好愿望的时候，他唯一能表达对故乡思恋之情的便是几乎每天早晨起床以后，站在门前的草坪上，用那把黄铜小号吹奏起《滇池圆舞曲》。

那旋律穿越草地上升起的晨雾，震碎屋檐上的露珠，迎向远方的薄云，传到视线所及的地平线上。

2

赵娜在哥本哈根那座能容纳五千人的体育馆内，似乎感觉不到震耳欲聋的掌声，欢呼声，口哨声，她沉浸在一种深深的怀念和思恋之中。

丹麦的观众绝不粗野、狂暴，即使自己的同胞输了球，也不大可能发生英格兰球迷们那种口出秽言、大打出手、起哄闹事、殴斗行凶的状况，他们良好的教养使他们用文明的方式发泄着自己的情感，表现着自己的偏好。不过，他们也绝不拘谨，如同中国组织的“拉拉队”那样，不管情绪如何，给这边鼓鼓掌，又替那边加加油，摆出一副貌似公正、其实毫无个性的作风。

赵娜身边那个丹麦丈夫此时就陷入到狂热之中。这个金发的中年男子拼命地在为中国运动员加油，为中国运动员每一个好球叫好，为他们的每一个失误惋惜。他的这种表现倒不是因为妻子是个中国人，确实是中国羽毛球选手的精湛球技、潇洒作风、东方人特有的含蓄个性感染了他，使他情不自禁地站到了中国人一边。

这里正在举行第七届世界羽毛球锦标赛，中国姑娘唐九红以11比6和11比1的悬殊比分战胜了对手，荣获冠军，接受了丹麦王子发的奖牌，五星红旗冉冉升起，《义勇军进行曲》响彻比赛大厅。紧接着，中国小伙子赵剑华又在和印尼对手激烈对抗，一批中国留学生和中国使馆工作人员高喊着赵剑华的名字，为他鼓励加油。

本来也不时挥舞中国国旗、高声尖叫的赵娜却沉默下来，眼神有些朦胧，脸上不再是兴奋的红晕，好像赛场上的气氛忽然和她中断了联系。

是的，她正陷入对家乡的思恋和对过去情人的怀念。

到丹麦已经近三个年头了，这里的美丽风光和典雅气氛确实深深地打动和吸引了她。她曾久久地站在海滨公园那座根据安徒生童话名著《海的女儿》所塑造的“美人鱼”铜像前，看着铜像上少女静静地凝视大海，巨大的鱼尾似乎在伤感地摆动，这使赵娜不由得回忆起儿时看这篇童话时被感动得眼泪汪汪的情景。她想象着也要为自己的“王子”去付出牺牲，而她唯一的“王子”却早早地离开了人世。

她也很欣赏“美人鱼”附近那同样闻名于世的“神牛”雕塑，那是女神杰劳挥动长鞭驱赶着体格健壮的牛的造型，一股股清泉从犁尖和牛鼻孔中喷出，永不停歇。

但是，对家乡的思恋和对过去情人的怀念总是难以从她心绪中消失，她常常会悄悄地流泪。

不是她的丹麦丈夫待她不好，那个小她五岁的男人由于恋母情结的积郁，由于对东方女性温柔、贤惠、善良、勤劳个性的向往，对她一往情深，而且颇为依恋，可以说尽心尽意地满足着一个三十四岁女性的全部要求，确实使她得到了以往基本上没有得到的享受。

也不是她不习惯于北欧的生活，严格地说，没有人强迫她出国，离开故土完全是她个人的选择，当她嫁给一个英俊的金发男子时，曾引起了多少年轻中国女性的羡慕甚至嫉妒啊，她自己在心理上也不能不洋洋自得。到了哥本哈根，看到一套有庭院的二层建筑和两辆小汽车及应有尽有的家庭设施，她还有什么不能满足的呢？何况她丈夫并不将她关在家中，而是供她上了两年学，使语言完全过了关，又允许她到一家中文报纸当编辑，倒不是他经济上有什么需要，而是这个丹麦男人知道中国妇女由于长期受妇女解放思想的熏陶，不能忍受被丈夫养着，这会使中国妇女有屈辱感，所以给了她许多“自由”。

是的，可以说她生活得很安宁，以中国大陆的标准衡量，也很优越，但她正是在这种不需要将所有精力都投入到为生存而拼搏的情况下，才会时时撩起思乡之情。

在到哥本哈根之前，赵娜几乎从没有离开过家乡。她父母都在故乡城市秦皇岛的港口工作，父亲当港务监督，母亲在卫生检疫部门，她则一直在父母身边上小学、中学，即使后来去插队落户，也不过离开市区二十里地，在山海关区的一个背靠古长城的小村内当知青，不仅可以在周末回家与父母团聚，平时有事也能随时搭乘手扶拖拉机回到市内。

她当知青的时间并不算漫长，从一九七三年到一九七七年，只不过四年时光，但这一千个日日夜夜却给她留下了少女时期最深刻的记忆，因为她最美好的青春在长城脚下流逝。是的，她从没有想过“扎根农村干一辈子革命”，从她到了那个不富饶但也说不上贫困的小山村起，她就一直想着回到城市里去，她的父母在想办法，她自己也在不停息地复习高中的功课，准备去考大学。

“张铁生事件”使她考大学的梦想破灭了，不过这并不影响她以别的方式离开农村，比如招工、招干、招教师都会有机会，终究她的父母在秦皇岛市已经生活了二十多个年头，关系还是很多的。然而，河北山村的农民生活还是给她打下了深深的烙印，大自然的优美，农民们的质朴，耕耘的艰辛，收获的喜悦，都使她感到了生活的美好，人生总是会有希望的，最终归结为一点，她不能不热爱这块土地。

她离开农村是一个偶然的机缘，当然，没有这个机缘她也将会离开那里，只不过会晚一些。

一个风雨之夜，和农民们一同泡在没胸的洪水中抢救仓库的粮食之后，她得了严重的心肌炎。因土路冲毁，手扶拖拉机不能行驶，生产队长和四个小伙子轮流背着她，冒雨向市内行进，以抢救她的生命。

黎明时分，他们刚刚上了公路，恰好一辆海军的北京吉普车疾驶而来，生产队长连忙站到路中间拦车，车停住了，跳下一个年轻的海军军官，问明情况后，立即将她抱上后座，驱车直奔海军医院，这使她得到了及时治疗。

由于她的疾病，她所在的生产队怕城里人的孩子有什么好歹，便主动给她办理了“病退”回城的手续，她的户口又转回秦皇岛市某派出所，关系也到了街道办事处，成为了一个随时可以分配工作的待业青年。而在她住院的一个多月时间内，那个年轻的海军军官几乎天天来看望她，在她出院时，他们已经成为了一对恋人。

海军军官是某鱼雷艇中队的中队长，在北大荒生产建设兵团当过一年知青，比她年长六岁，他以不逝的青春气息，兄长般的关切，不凡的生活经历，堂堂的相貌，真挚的爱深深打动了她，使她第一次品尝到了爱情的甜蜜。

在家又调养了两个月，她被父亲所在单位招了工，在港监部门当打字员，而她和海军军官的关系也明确下来，每逢他休假的时候，她都会陪他在秦皇岛的海边漫步、追逐，有时会一同跳进海中，有时会坐在鸽子楼的礁石上朗诵“秦皇岛外打渔船，一片汪洋都不见，知向谁边”。望夫石前曾留下过他们的合影，她还羞涩地说过：“以后你出海巡逻，我就站在这里遥望大海。”

他笑笑，抚摸着她的秀发回答：“期待也是一种幸福，思恋是一种更深的情感，生活中没有期待和思恋就会缺少乐趣。”

然而，他给她留下了永远无望的期待和永远难消的思恋。在一次抢救遇难渔民的行动中，他跳入高达七八米的巨浪中，捞起了三个奄奄一息的渔民，他却再也没有在波峰浪谷中出现，消失在无边汪洋之中。

在大海边，她整整哭了一天一夜；在望夫石畔，她整整站了一天一夜。有半个月的时间，她无法去单位上班，她觉得她的心完全破碎了，再也不能弥合。爱，对于她永远成为历史，成为记忆。

十年的时间，她从一个如花蕾初绽的少女变为一个沉默寡言的老姑娘，她几乎不会笑，眼中永远含着忧郁神情，好像生活中再也不会有阳光，心灵的创伤再也不会痊愈，她将背负无爱的岁月走向人生尽头。

她的父母、朋友、同事为了使她能够重享情感的温馨，给她介绍了不少对象，其中包括诗人、画家、副教授、年轻经理、军官、船长、驻外使节等，但她不是拒绝见面就是向对方倾吐一番心绪后不辞而别。

终于有一天，当她看着镜子中的自己眼角开始出现皱纹，头发隐约有几根银丝，肌肤不再结实时，心中产生了一种恐惧感，害怕自己就这样苍老下去，再也不知生活为何物。于是，她想尝试一下是否家庭生活、一个善解人意的丈夫能够改变自己，使命运有所转折。

人们都认为她是幸运的，在她苦苦自我煎熬了十个年头后，一个丹麦万吨货轮上的年轻大副闯进了她的生活，那同样是一次偶然。这个后来成了她丈夫的丹麦男人在她登轮检查时突然疾病发作，是她组织人将他送进海港医院，并礼节性地看望了他两次，以欧洲人的习俗在他床头放了两束象征友谊和健康的鲜花。他对她由好感而升为狂热的爱情，甚至在她还莫名其妙时就大胆而正式地向她求婚了。

正值出国潮方兴未艾之时，她身边的几个女友正想尽办法谋求出国机会，这对她多少也有影响，当她们得知她居然碰上这种“美事”，无不劝她绝不能放弃这个机会，赶快和他办理结婚手续。

出国对她当然有诱惑，但她也不是那种把出国当成人生目的的女性。她之所以很快答应了那个丹麦小伙子的求婚要求完全是因为想彻底改变一下生活环境，也因此想使自己在情感上能获得新生。她想，也许离开留下她初恋的这块土地，不因天天遥望大海而触景生悲，可能对她来讲不是坏事，何况这个丹麦小伙子身材瘦高，一头金发，谈吐文雅，风度翩翩，又有一定的经济实力，按世俗观念来说是个理想的标准丈夫。

她的父母对她的事情已经操够了心，既然她自己愿意，又是件很时髦风光的婚事，当然不会反对。

丹麦小伙子急不可耐地跑到北京丹麦驻华大使馆开来了未婚公证，就在停船装货之时与赵娜在民政部门办理了结婚手续，又以中国方式举行了婚礼。

新婚之夜，他发现新娘竟然还是个处女之时竟然大吃一惊，因而也越发爱自己的中国妻子。在他的货轮启航之时，就已经为她办理好了一切出国手续，并预订了一个半月后的机票，那时，他将回到丹麦，会去机场迎接赵娜。

她就这样轻而易举地来到了哥本哈根，又轻而易举地成为了丹麦公民，丝毫没有她的女友们那些为出国而付出无数心血、精力，又一次次失败的苦恼和焦躁。她的丹麦丈夫为了能和她朝夕相处，辞掉了大副的职务，不再出海，到一家轮船公司干上了业务调度的工作，虽然收入略有减少，但依然可以列入中产阶级队伍。

从理智上说，她应该满足了，一开始为了适应这个陌生的国度，适应与东方文化完全不同的北欧文化，她也的确没有产生太多的思乡心绪，而当一切都安定下来以后，她却觉得往事难忘，故土难忘。可是，她知道自己不能再回到秦皇岛去生活，也许丈夫会同意她的要求，而她不能提，回到那里，她将又重新陷入以往的阴郁中，失去刚刚得到的新的生活。

于是，她把精力用到工作上，以排遣这种思恋心绪，她甚至辞去比较安逸的报社编辑工作，自己开了一家小型的贸易公司，从早一直忙到晚，这使她多少得到了一些心理平衡。

可是，当第七届世界羽毛球锦标赛在丹麦举行时，她的思乡之情和怀恋之心又被引发起来，而且非常强烈。

丈夫理解她的情感，看完比赛后陪着她漫步于海边，甚至又驾车带她到了几十公里以外的克伦堡宫，这座矗立在半岛上的宫殿巍峨宏伟，里面文物云集，甚至挂有英国国王查尔斯一世的画像，莎士比亚的名剧《哈姆雷特》就是以此宫作为故事发生地点的，为此，宫墙上还嵌有对莎士比亚的石刻纪念石。

就是在这里，她萌生出了要在自己家庭院中建造一座长城微缩模型的念头，她在长城脚下插过队，长城最北端的老龙头留下过她和海军军官的身影和足迹，山海关又是她故乡城市的标志，只有这样做才能最好地排遣她的思念和怀恋。

她不是为了给哥本哈根增添什么旅游景点，市中心的趣优里公园内有两座中国式建筑：一座宝塔和一座戏台，那里确实吸引了不少游客。而她建长城模型只是为了自己，为了一个中国女性的自我满足。也许人类一切文化古迹都是这样诞生的吧。

她没要丈夫资助，而是用做生意赚的第一笔钱，那是五万丹麦克朗，请来工匠，按她对长城的想象及图片，建造出一座长达二十米，占据了半个院子的长城模型。

自从有了这座长城模型，她心理上确实平静多了，在这座模型前，她能回忆起儿时的嬉闹，插队时的艰辛，初恋时的欢娱，她没有什么可遗憾的了。

严格地说，建造这座长城模型，并不是因为她爱国的冲动，也不是为了标明这里住着一个中国人，这仅仅是为了思念和怀恋。然而，这一切又都本能地融会于其间了，包括一个有过知青经历的女性因插队生活而攒下的对中国劳动人民的全部情感。

第十四章　文化启示录

里斯本，他在这里领略到了小说《里斯本之夜》中所描绘的全部氛围；维也纳，她在这里感受到了“生活中没有音乐就像没有阳光”的真正内涵。

1

他当然还记得那部可以列入世界经典作品的《里斯本之夜》，在他阅读这部巨著并为之震撼的时候，绝没有想到会将后半生置于书中所描绘的那座城市，那时，他才刚刚十八岁，是一个对文学产生了初步热爱和对当作家产生幻想的小伙子。

二十年后，即一九八七年春天中葡两国签署了关于澳门问题的联合声明后，他确定了他的葡国之行，并有意长期在那里生活。

是的，他有几个可供选择的国家让他去学习，那是一篇关于古人类文化的论文在一家国际学刊上发表的结果，也是他在北京市房山县周口店插队落户当知青几年的收获。这些国家首先来邀请信的是日本，可他偏偏对日本人无任何好感，觉得这些经济怪物们的实用主义色彩太强烈，而且汉文化给他们打下的烙印太深，不足以让他对整个人类文化有什么拓展的机会，而后又有新加坡某研究所邀请他，他同样觉得那里基本上是华人社会，又是历史过于短暂的国家，不适合他进行古人类文化的研究。美国一家大学曾为他争取了巨额奖学金，请他以研究生或访问学者的身份去加州，他曾动过心，可葡萄牙里斯本大学的邀请信使他最终放弃了去美国的想法，葡萄牙终究是欧洲古国之一，有无数古代文明可供探索，可以与东方文化进行比较，以得出新的人类发展的结论。何况，《里斯本之夜》留给他的印象太深了。

到葡萄牙后，他四处周游，最终还是回到了里斯本，他要细细琢磨这里的种种文化现象，以期在自己已决定毕生探索的事业中有所造诣。

对人类文化产生兴趣可以追溯到张文夫在北京郊区插队落户当知青的时候，那时他只是一个因父母双双自杀而不能被留在北京城内参加工作的高中毕业生。

一九七五年对于中国来说确实不是个好年头，夏末河南驻马店的大洪水使数万人丧生，年尾那场“反击右倾翻案风”的政治运动的升级使十亿人胆战心惊，这为一九七六年随之而来的一系列灾难发出了警告，而这一年对张文夫而言，也没什么好兆头，一场不大不小的个人灾难降临于身。

作为在北京老城区内出生、长大，一个几辈书香门第的后代，张文夫在农村干了三年力气活，本来已经算是够艰苦的锻炼了，若从另一个角度看，则是够严厉的惩罚了。他冒着暴雨拔过麦子，顶着烈日挖过水渠，带着肝炎病挑过土，饿着肚子跳进过粪坑，寒冬腊月砸过冻土取肥，倒春寒时曾到水库捞猪草，有人说这是“变相劳改”，他不同意，若是这个理论成立，成千上万的农民祖祖辈辈不都成了劳改犯吗？可若说是在受磨练，他不会反对，而且他相信磨练对任何一种辉煌的人生都会有意义。

从一九七五年往前的三年时间里，他没有像许多同伴那样，宁肯不挣那些一天只值一角钱的工分，到年底由父母倒贴钱给生产队换取口粮，也要将大部分时间泡在城里的家中，无所事事就靠打扑克牌和胡闹消磨时光，等待招工的机会。他除了偶尔的特殊情况外，基本上都住在由马棚改建的知青宿舍内，甚至冬天所有知青因为室内无煤取暖而跑了时，他也不走，靠几根柴草烘烘被子，依然留在四处透风、冷如冰窖的知青宿舍内。

他不愿意回到几十公里外的城内，不是因为他父母不在世了无处可去，实际上他家在西单附近的四合院虽然大部分被侵占了，可还给他留了三间南屋，他爷爷和一个还上中学的妹妹栖身于那里。他长期不回家的主要原因是他对插队地方的一种景观产生了浓厚的兴趣。

他在北京市房山县周口店公社插队当知青，那里有着举世闻名的“北京人”的故居，人类五十万年前的遗迹在那一带山林中到处皆是，给人以无限感慨和深远遐想。

他以前只在书本上读过对那里的介绍，是插队以后才第一次真实地看到了那被烟熏火燎过的巨大石洞，想象着人类几十万年前在里面生活的情景，他就禁不住一阵阵激动，感到世事沧桑，人生多变，人不能在有限的空间和时间内按部就班地生活，而应该为人类创造些什么东西。

他开始大量阅读关于人类文化方面的书籍，一有空暇，就跑到

“北京人”遗址去感觉人类进化的漫长历程和这历程中的氛围。他虽然还不能决断自己今后的命运，但起码在把握着现在的每一天，不会产生无聊、无望和寂寞。

他的灾难是在他坚决反对生产队要建一个石灰窑而炸距离“北京人”遗址很近的山脚下的石头时开始的，他不能容忍农民们为了挣几个小钱而毁掉人类如此辉煌的文化遗迹，他写出大字报，贴在墙上，又写出长达十多页的意见书，呈送给生产大队长、公社革委会主任、县里和市里的领导。

对于他的举动，很快有了反应，但绝非学术性的，而是政治风云的笼罩。在“反击右倾翻案风”之前，一批领导痛斥他“阻碍生产力的发展，破坏四化建设，拖着缩小城乡差别的后腿，不愿让农民们走上富裕之路，没有接受好贫下中农再教育”。他被强制性送到条石场，去干最危险也最累的炸石工作。

几个月以后，“反击右倾翻案风”在全国范围内如潮水般掀起，另一批领导忽然将他树为“反潮流”典型，说他的意见书是“反对唯生产力论的最好材料，是贫下中农教育出来的先进知青”。他又被任命为生产队长，带领贫下中农整天开“批判会”。

当然，又过了不到一年，他命运再次巨变，一下子成了“张铁生式的人物”，被关在公社革委会一间小黑屋内写检查，那停下来的石灰窑又冒出滚滚浓烟，污染着“北京人”生活过的山林，炸石的隆隆炮声动摇着“北京人”遗址的地基。

他写检查了，而且十分认真。这篇检查是他有生以来的第一篇关于人类文化现象的论文，根据他所掌握的材料，他认为人类文化中永远存在着贪婪、狡诈、兽性的生存竞争。现代人有，古代人和原始人也同样有。

这篇“检查”使他罪加一等，被关了一年多，到一九七八年才算解脱，第二年他参加高考，进入了北京大学历史系。当时中国并没有人类文化这个专业，他只能在学习历史的过程中继续研究人类文化中兽性所起的作用和导致的结果。他坚定地认为人类文化的发生和发展都是离不开兽性的，这兽性中包括狼的贪婪、虎的凶猛、狐狸的狡诈、兔的软弱。

大学毕业后，他想去考硕士研究生，基础课全部合格，而那篇论文的观点则使教授目瞪口呆，难以接受，于是名落孙山。

他到了一家不大不小的区级图书馆去当馆员，他赶上了图书馆借阅者如潮如涌的时候，也迎来了图书馆门可罗雀的日子。他不仅仅把这看成是一种社会现象，而且认为这是人类文化在一个民族发展中的必然过程，因为这个民族正在失去活力。

到了他那篇更加深刻阐述关于人类文化中兽性观点的论文在国际学刊上发表后，他已经是一个离过婚的中年男人了，他的妻子不愿跟着他受穷，跟一个靠偷税漏税暴发起来的个体户混了两年，双双飞到太平洋上一个以往没有人听说过的什么国家开赌场去了。

对于这样的女人，他没有什么割舍不下的，而且他们没有后代，更少了些痛苦，他可以一心一意地投入学术研究了。

在他接到几个国家的邀请最终决定到葡萄牙去时，《里斯本之夜》那部小说又被他从书架上找了出来，与各种葡国资料一起重读了一遍。他觉得，小说中文化氛围的描述远远比资料要强烈得多，那字里行间有一种活生生的人类挣扎气息，给他以真实感。

他办理出国手续时没碰上什么麻烦，用了半年时间等护照，用了半小时办签证，单程飞机票已由里斯本大学寄来，他有幸没坐时间不准、服务态度恶劣的中国民航班机，而是乘坐欧洲航空公司的“空中客车”飞到了里斯本。

里斯本大学发给他的奖学金足够他食宿等基本生活了，但他还是到一家犹太人开的高档酒店去打工，在里面充当服务生。他不是要敛财，以洗去中国知识分子太穷的耻辱，而是实实在在想和犹太人打打交道。他想体验一下在第二次世界大战时在里斯本之夜中东躲西藏、苟延残喘的犹太人现在是如何对待里斯本居民的，这对于他所研究的人类文化的课题大有益处。

他发现，在世人概念中被指责为狡诈、贪婪的犹太人，至今仍不失其生意场中的精明和会榨取钱财。当然，这绝非资本原始积累时期那种血腥压榨无产者，也不像刚开始放出市场经济这只猛虎的中国那样无序和缺少规则，它是在法律的保护下，以高智商在进行的经营。

起码，张文夫从自己那个犹太老板身上看到了日本人的影子，但又比日本人有着更多的冷漠。日本一些企业中的家族式管理，以东方人的温情来凝聚职工的向心力，这种方式在犹太人身上根本不会出现。

在一些时候，他更愿意和葡萄牙人打交道。葡萄牙人的礼貌举世著称，他去过一些人家，无论是校长，还是教授；无论是政府官员，还是平民百姓，送他走时，一律都送到大门外。至于节假日，葡国人喜欢到郊外的石堡前，风车旁，流水边，草坪内野餐，他从他们身边路过时都会受到热情邀请，而他与他们并不相识。

他还观看过葡国人的文明斗牛，斗牛士们并不将牛在场内杀死，而只是刺伤后，将牛按倒在地，即算取胜。这也许就是在《里斯本之夜》中犹太人能够逃生的民族性格环境使然。

他无论如何不能将这说成是虚伪，可他还是能窥探出其中人性中的兽性，他在此地结识的几个中国朋友也有同感，他们如同《里斯本之夜》中的犹太人一样，为了生存，四处逃窜，这生存不是指生死，甚至不是指温饱饥寒，而是在九十年代的一种心理严重不平衡导致的民族自卑，当年犹太人被世人冷漠、鄙视、不愿接触，而今在发达国家的普通中国人也多少感到这种不安。

他终于感觉到了小说《里斯本之夜》更深层次的内涵，那是人类文化的基本意义所在，人要么是虎，要么是狼，要么是狐狸，要么是兔。

他要当前三者，可也免不了成为后者。他决定在硕士生毕业后，还要攻读博士生，因为起码里斯本允许他研究这些文化现象，不会像中国教授那样不让他在这方面有所发展。

有时候，他觉得自己那个犹太老板很像当年他插队时的一些农民领导，吃起人来不吐骨头。不过，他内心在笑，因为他已经有了应付那些农民领导的经验，犹太人不可能战胜他这个有着知青经历的中国人了，这也是人类文化的组成部分！

2

在维也纳这座有一千八百多年历史的古老城市里，冯雪萍不能不联想到贝多芬、莫扎特、舒伯特、海顿、约翰·施特劳斯这些音乐大师的名字，也不能不感受到捷克伟大革命者伏契克“没有歌唱就没有生命，就像没有太阳也就没有生命一样”那句名言的真正内涵。

她不是很刻意地把奥地利当作出国的唯一目标，美国曾经是她首选的定居地，那个在自由岛上基座高达四十七米，总高达九十三米，重达二百二十五吨的“自由女神铜像国家纪念碑”深深吸引着她，基座上铸刻的犹太女诗人拉扎鲁斯的十四行诗《新巨人》的诗句“把这些无家可归、流离颠沛的人交给我，我在这金色的大门口高举着明灯”感动得她热泪盈眶，她多少次梦见自己站在“照耀世界的自由女神”下，迎着大西洋的海风，把自己的未来寄于一块陌生的土地。

她不是不爱国，如同成千上万生活在世界各个国度的华侨和华裔外国人不是不爱国一样，爱国并不一定非要在祖国碌碌无为、庸庸俗俗地生活一辈子，个人价值的充分体现是每个人人生的第一追求，而这种追求易于在哪块土地上实现就该选择哪块土地，这和爱国与否绝无必然联系。

她是一个中学教师，她热爱自己的学生，可她并不认同中国的教育制度和教育方法，她觉得目前她所实践的那一套东西在严重约束着孩子们的创造力，也窒息着她个人的生活欲望，当然，她没有能力改变这一切，因而她迫切希望离开这个环境，到一个新的氛围中去。她知道，她对未来还尚未形成固定的模式，她只是希望生活再自由一些，再无拘无束一些，使个人的想象力发挥得再充分一些。

实事求是地说，她选择美国为她出国的首选目标还有一个重要的因素，那就是她的情人正在哥伦比亚大学攻读博士学位。

冯雪萍三十三岁了，绝不是第一次谈情说爱，甚至她已经有过婚姻经历。她的前夫是她在河南师范大学读中文的同学，苦苦追求了她四年，毕业时终于与她结成夫妻，并双双留在郑州某铁路中学教书。几年的家庭生活使她感到平淡无奇，丈夫对仕途的强烈欲望又使她觉得这个仪表堂堂的男人时常有一种委琐呈现在言谈举止上，令她在不少场合尴尬甚至屈辱。她没有孩子，她不愿意要，也因为丈夫生理上有点小毛病，因而她没有太多的拖累，在周末和假日以往是陪丈夫到各种有利于丈夫仕途的人物家中去拜会，后来她拒绝这种无聊的走动，而到“教师之家”去学习声乐，练习唱民族歌曲。

唱歌本是她主要的业余爱好，在上小学、中学和上山下乡的年代中，她都没有放弃过这种爱好，在上大学时，她还得过全校歌咏比赛第一名。她唱的民歌韵味十足，有人评价绝不比省歌舞团的专业歌手差。

在“教师之家”中，她遇上了现在的情人，当时在那里为年轻教师讲授教育心理学的一个大学讲师，他刚刚离了婚，正处于孤独寂寞之中，她少妇的风韵，优美的歌喉，耐看的相貌，依然如姑娘般苗条的身材使他一见倾心，而他的谈吐，对中国教育现象的共识，成熟男人的体贴入微也使她在几次相会之后，大胆地跨出了传统道德观念所不能允许的一步，而后，她终于与丈夫解除了婚约，和她的情人过起同居生活来了。

她很想和他结婚，但他并不着急，因为他正忙于报考美国哥伦比亚大学人类文化学的博士研究生，他认为结了婚会影响前途，答应她若能去了美国一定将她接去，可以安排她到纽约的华人中小学去教中文。

她很高兴，也很信任他，而结果是在她做了两次人工流产，他也去了美国之后，就再也得不到他的任何消息了。

她知道，她被玩弄和抛弃了，她还知道了那个情人其实早有女朋友在美国，连考博士研究生都是人家帮着联系的，只不过将她蒙在鼓里而已。

她伤心过，绝望过，为着被欺骗，也为着不能去美国了。不过，成熟女人的坚强使她很快摆脱了阴郁，也使她没有自暴自弃，而是全力转入到寻找各种出国的机会，她要让那个虚伪的情人知道，没有他，她也能过得很好，她也要让已经当上副校长的前夫别一看见她就露出一副嘲弄的神情。

她没有走容易让人鄙视的出国道路，那就是嫁给外国老头或给某个外国独资公司的洋老板当情妇，她不是没想过这种方式，但这是最后的、无奈的选择，偶然的一个机会使她成为文化交流的幸运者。

这个文化交流纯粹是民间性质的，一个奥地利的文化基金会来到她所在的城市，参观访问了几天之后，他们对中国文化颇感兴趣，提出要从中学中选几个音乐、美术老师，到奥地利的中学教授奥地利中学生中国民歌和中国绘画，她的歌喉在市中学老师歌咏比赛中虽然只排名第九，但她由于准备出国，英语成绩名列前茅，因而被奥地利客人选中。

这件事无后门可走，因为奥地利人十分认真，只要有一个人不是他们选中的，他们就拒绝所有的人，所以，尽管教育局和外事处收到一大堆条子，最终乘德国汉莎航空公司班机飞抵维也纳的中国人全部是奥地利客人名单上的人。

冯雪萍不能不被这里优美的风景和浓郁的音乐气氛所激荡，阿尔卑斯山在维也纳南面高高耸立，山峰上终年不化的冰雪如同欧洲妇女美丽的白纱裙，蓝色的多瑙河从市区安宁而沉缓地淌过，维也纳森林从三面环抱着整座城市，《蓝色多瑙河》和《维也纳森林》的乐曲几乎每时每刻都会在每一个角落响起。

漫步于维也纳，几乎随处可以看到音乐大师们的雕像，被誉为“华尔兹之王”的奥地利伟大音乐家约翰·施特劳斯站在内环城路的城市公园里，聚精会神地演奏着小提琴；在三十六年短暂生涯中有三分之一时光于维也纳度过的莫扎特，凝视远方，在皇宫公园内默立，仿佛正构思着新的宏大乐章；而作为德国人却在维也纳生活了大半生的贝多芬，则充满激情地屹立在一个广场的中央，与世代瞻仰者同在。

维也纳就是音乐的同义语，一百六十多万人口的城市有二十八座歌剧院，许多街道、公园、剧院、会议厅都用世界著名音乐家的名字命名，每年六月来临，各种国际音乐节在这里举行，整座城市都沉浸于音乐之中。

冯雪萍终于发现，自己以往的人生有着一个根本性的导向错误，她忽视了对美的追求，忘记了作为人类创造性生活的大文化氛围对自我的改造，而维也纳这座音乐之都使她感受到了这一切，并且重新萌生了对人生真正辉煌的向往。

她的这种人生向往在她插队当知青时就曾有过。

她一九七四年高中毕业后，在上山下乡运动开始被世人厌恶的时候到了大别山区，干了三个月农活，便去一所破陋不堪的小学当老师。

那所被称为小学的地方只不过是一个稍微平整了一下的在山坡上支起的草棚，里面在石块上架了几条木板，高的是课桌，矮的是长凳，二十多个七八岁到十来岁的孩子们衣衫褴褛地挤在里面，羡慕地听着她讲述大城市里的学校是什么样子，那里的孩子们如何生活。

她发现山区里农民们的后代也和城里孩子一样聪明，但某种不公平使他们注定长大以后还只能当农民，假如他们要有和城里孩子一样的机会，该会出现多少工程师、教授、作家、演员和熟练工人啊！可她只能这样感慨，而绝无任何能力去改变那种不公平。

她的知识程度使她无法去培养工程师、教授、作家，可她能教孩子们唱歌、跳舞，在学习数学、语文之余，那些孩子们对音乐、舞蹈内涵的领悟之快让她吃惊，这是一直处于宁静大自然中的人们对美的展现的一种本能吧，用音乐表露情感，用形态展示生命的创造，山区里面本来就有着无数优美的民歌和粗犷古朴的舞蹈啊！

她收集了不少民歌，也收集了各种唱法，那唱法有的易于在山头之间对唱，有的易于在林子里边独享，有的易于在小溪边自吟，有的易于在劳作时合颂，她将歌中的词改填一下，加进些符合时宜的革命词汇，然后再传授给孩子们，孩子们只需学一两遍，就能唱得很好了。

后来，她组成了合唱队，到公社、县里面参加比赛，每次都获第一名，甚至还去过一次省城，成绩压倒了城里的孩子们。她所在的那个生产队也名声大振，被誉为“百灵之乡”。

假如，假如要能永远这样下去，她和她的孩子们是否可以成为音乐方面的专业人才，是否可以在提高整个中华民族文化水平上成为一支新军？这没人能说得清。但是，她只能无奈地离开小山村，因为她的学生们中男的注定只能去种地，女的注定只能嫁给农夫成为生出一串孩子的农妇，她给他们留下的只是一段美好的、不可再现的回忆，而不可能有任何美好的结果。

此时，她忽略了人生最重要的是享受过程，结果虽重要，但不是唯一的；她还忽略了创造一种文化氛围同样是民族所必需的，至于是否一定成为专业人员反而不那么重要了。

到了奥地利之后，她才悟出了以往所没有认识到的那个真谛。现在，当她安心于维也纳一所中学里对奥地利孩子们传授中国民族音乐时，她最终感到的文化气息还是音乐，她的学生几乎没有不热爱音乐的，也几乎没有不会一种乐器的，钢琴、风琴、小号、小提琴、大提琴，她的学生们可以轻而易举地组成一个乐队。

出于对她的关照，奥地利那个民间文化基金会出钱让她每个周末到有“世界歌剧中心”之称的维也纳国家歌剧院看一次演出。这座大理石建筑物内挂满了大音乐家和名演员的照片，而且只上演歌剧和古典音乐，经常光顾这里被看成是艺术家和上流社会的荣耀。这个剧院一年演出三百多场，节目每晚必换，只有施特劳斯的名作《蓝色多瑙河》固定为每次音乐演出中的保留节目，它确实太吸引观众，太优美、太打动人心了。

每当她走出维也纳国家歌剧院，漫步于蓝色的多瑙河畔，听着从一扇扇亮着柔和灯光的窗子中传出一首首钢琴曲，一首首提琴曲，一首首萨克斯管曲，一首首小号曲的时候；每当她将奥地利中学生带到学校的设备齐全的圆形音乐教室，教他们演奏中国乐曲，教他们唱中国民歌的时候，她就会想起她在大别山区的小学校里所教过的那些农民的孩子们，假如那里也有维也纳这样的文化氛围，也有这样优越的生活条件，谁能说不会出现大音乐家、大歌唱家呢?!

她不知道自己是否将长期留在奥地利，那个民间文化基金会已经帮她办理了奥地利的永久居住证，并准备长期聘用她，而她也确实喜欢上了这个“世界音乐之都”，这里浓郁的文化氛围使她愿后半生都陶冶其中。她不可能成为大音乐家或大歌唱家了，但她可以当一个好教师，自由自在地将自己所了解的中国民歌和其他文化内容融会于奥地利少年的血脉之中，从而使自己一直期望的价值体现出来。

她毫不怀疑的是，她在把当知青时的一些理想，或许也可以说是梦想在异国他乡实践着，她在把对大别山区的农村的孩子们的爱和希冀寄托于奥地利的孩子们身上。文化有东西方之分，有民族之分，但人类共同创建的大文化是没有界线的。

她由衷地感到了自己的幸运。

第十五章　罪恶启示录

墨西哥，他把自己的同胞当成商品从中赚取了两万五千美元；阿富汗，她在走私宝石时冷酷地大开杀戒。

1

从地图上看，格兰德河是墨西哥和美国的界河，而这条界河在墨美边境线是笔直笔直的，不像大多数国家的边境线因地形复杂而曲折起伏。

林子明就在这条笔直的边境线靠墨西哥的一侧，他蹲在干燥的沙漠上，抽着以西部牛仔为广告造型的万宝路香烟，不时用军用望远镜观察美国那边的情况。

他不是旅游者，尽管偶尔也会有厌倦了都市生活的年轻人以“返回大自然”为口号，一双双，一对对，一群群，一批批穿过热带丛林，在高大的仙人掌中砍出一条小路，来到这不算平坦的沙漠间寻求某种刺激，但他们终究忍受不了干渴和沙暴的威胁，不会深入到沙漠中心地带，也就是美墨边境的这一地区来。

这里，大多是毒贩子们的必经之途，热带雨林边缘生产的大麻、可卡因等毒品成吨成吨地从这一带输入美国，然后被分散到以纽约为中心的各个毒品零售市场。

不过，林子明也不是毒贩子，他还没有这个胆量，更为关键的是他还没有机会和贩毒集团挂上钩，因而这种地球上利润最高的生意暂时与他无缘。他之所以也出现在这人迹罕见的地区，鬼鬼祟祟地窥测边境线情况，是因为他在做着另一种无本生意，生意的名字叫“偷渡”。

他不知道“偷渡”这个名词起源于何时，也不想知道它的来历，反正他明白只要有富国和穷国的区别，只要有自由国家和相对不太自由的国家存在，只要那些人为地将地球割成无数大大小小块的线条还在，偷渡就是一项有利可图的生意。

当然，他是做偷渡生意的，作为偷渡犯，那已经是他的“辉煌”历史，他的“商品”在他身后一百米处的地方，那是二十五名从十八岁至四十二岁的中国男女，他们正神色紧张、衣服零乱、尘土满身地蹲在一个沙丘后面，他们每人身边只有一个大号旅行袋。

这十女十五男中国人是林子明的老乡，他以墨西哥华侨的身份从家乡广东惠州带出来，先为他们办理了去香港五日游的旅游护照。安全出了罗湖海关后，在香港一家酒店住了两天，然后登上一艘在墨西哥注册的香港散装货轮，穿台湾海峡，经日本海，横渡太平洋，抵达墨西哥的特万特佩克湾，在深夜时分，由一艘私人小游艇接下来，从安赫尔港的沙滩上登陆。

当然，这些人的目的地不是墨西哥，他们又被装进巨型货柜车，向北进发，绕过墨西哥城，纵穿几乎整个墨西哥大陆，在边境城市华雷斯城郊区下了车，稍加休息，以旅游者身份进入沙漠地区。

整个偷渡行动虽然说不上像一场军事战役那样计划周密、时间精确，但也是有条不紊、组织良好，使人能够推断出有一个跨国偷渡集团在进行详细策划，大胆行动，以便能够赚取高额利润。

事实也的确如此，参加组织偷渡的包括香港黑社会、某国际运输公司、墨西哥犯罪团伙、墨西哥移民局和警方内部的贪污受贿者，而林子明在其中只不过是一个被香港人称为“马仔”的角色，或者叫小“蛇头”，他只管从中国境内招到偷渡者，然后一直伴随这些偷渡者走完全程，其余的工作另有人去干。

每个偷渡者交纳的费用为两万至三万美金，扣除食宿、车船等必需的花销外，毛利约有所付款的百分之八十以上，由各个方面进行分配，林子明实际到手的约为每个偷渡者一千美元，在利润中当然是小头，可从这一批偷渡者身上也获取了二万五千美元，远远高于在墨西哥或美国打工的收入。何况，在国内招集偷渡者时，他还另有数额不小的人民币“好处费”，一个人最少也在两千元人民币以上。

这种无本生意他很愿意做，其中似乎也有些乐趣，与他在海南岛插队落户当知青时的一些所作所为有异曲同工之妙。

不知是他做小买卖的父亲对他有所影响，还是广东人天生的经商细胞，反正从跨过琼州海峡到达万泉河边的一个农场的第一天起，他就没有好好干过农活，而是三天两头泡病假，然后去倒腾点东西卖来卖去，挣点小钱买烟抽，买酒喝。

他有生以来的第一笔生意就是在到农场的那天晚上，跑到附近一个黎族寨子中，用一块五毛钱人民币买下了一棵大荔枝树上的全部荔枝，又用一毛钱雇了一个孩子给他全部摘下来，再用一毛钱雇一个人给他挑到农场的知青宿舍，一毛钱一斤卖给知青们，总共收入五块钱，从中赚了三块多。

而后，他又买知青们用不了的粮票，到粮店买出大米，再卖给收成不好的农民们，每斤能赚一分钱，积少成多，每个月也有百八十元钱。

一年以后，因为他没有认真“接受贫下中农再教育”，被农场开除了，但他依然留在海南岛，以知青身份做着各种小生意。比如从广州买回一箱阿司匹林药片，再加价一角钱一片卖给黎族或苗族农民；从海南弄两桶猪油，带到惠州去卖，又能搞到手几十元钱。

二十世纪七十年代初期，一股广东人逃港的高潮掀起，刚好他父母先后病逝，他无牵无挂，苦练了几个月的游泳，泅渡了八个小时，终于登上了香港海岸，而和他一同泅渡的一个同伴因体力不支，沉入海底，他无力救助同伴，但还是来得及将同伴手腕上的一块防水表和缠在塑料布中的一千港币弄到自己身上。

他在香港无亲无友，几个惠州同乡摆出一副各奔前程的样子，不愿给他什么帮助，他只好用身上不多的钱买通香港新界的一个地头，在那里的贫民区内摆上了一个小烟摊，等待机会，办理香港永久居住证。

然而，在香港呆了不到一年，刚刚拥有了一间能遮风挡雨的小铁棚，香港警方突然一次全港行动，将数千没有居住证的“大陆仔”抓了起来，强制押回中国内地，林子明也在其中。

回到惠州后，他被关进了“学习班”改造思想，他痛哭流涕地控诉资本主义香港如何充满罪恶，人民如何生活在水深火热之中，并举他自己的经历，说明他如何在痛苦的深渊中挣扎，难以生存。结果，由于他转变很好，不到三个月就被放出了“学习班”，有几个被认为顽固不化的家伙以“叛国罪”判了有期徒刑。

没有人想到，他刚出“学习班”，便又搭乘菜农的小船，悄悄潜回香港，并迅速找到了一个“蛇头”，以五千港币的代价使他登上了一条南美洲货轮，最终到达了墨西哥。

他之所以能有近万元港币，都是靠他在香港的小本生意赚的，他对香港的批判当然是他的狡诈所在，其实他心中明白，若在家乡惠州当个普通工人，一月四十元工资，十年才能挣到那么多钱，所以他还是要往外跑，其实这也是大多数偷渡者的基本目的。

他不在香港停留，是因为他发现搞定香港长期居住证太难，而听说北美几个穷国家买护照很方便，价格也不贵。但他还未来得及实施自己的计划，便被遣返回内地，于是他假意控诉自己经历得以放出，再次偷渡到港后就直接漂洋过海了。

果然，他在墨西哥上岸后，由船上一个香港水手介绍，找到了当地一个官员，以一千美金的价格，办理了墨西哥的护照，他成为了一个墨西哥公民。

七十年代末期，墨西哥确实还算是个穷国，他到达首都墨西哥城时到处可见流浪者，虽然市中心还算繁华，但郊区用破铁皮和旧汽车搭建的贫民屋一片接一片，甚至还比不上他家乡广东惠州的住房条件。

他还是住了下来，一个华侨组织为他在阿斯科波萨尔科石油提炼厂找了一份工作，他算是能够生存下来了。

当然，每天单调地重复开关巨大阀门的工作绝不是他出国的目的，几年之后，凭着他的小聪明，在熟练地掌握了墨西哥国语后，他离开了这个炼油厂，用几年省吃俭用的积蓄开了一家小杂货店。

他曾想用几年时间发达起来，由小杂货店到百货商店，再由百货商店最终办成大规模超级商场。可惜，他只有做小本生意的精明，几块钱、几十块钱地赚，而绝无做大生意的经营管理天赋，他的梦想似乎只能永远是梦想。

到八十年代末期，他曾三次以旅游者身份进入美国，想在那个被世人称为“黄金之地”的社会中寻找机会。他在餐馆内刷过几个月盘子，受不了苦而离去；在唐人街为妓院老板当过半个月打手，结果因不花钱强嫖妓女而被老板打得半死，赶出唐人街；他还试图倒卖东方文物字画，但因为外行，大蚀其本，最后不得不又回到墨西哥去经营小杂货铺。他发现有人说得对：美国是天堂，可也是地狱。

他不知道当“蛇头”而发财的念头是不是去参观太阳金字塔和月亮金字塔时所萌生的。到墨西哥城十年之后，他竟然才到位于墨西哥城仅四十公里处的这座古人类文化遗址游览。太阳金字塔和月亮金字塔是古印第安人举行宗教仪式的祭坛，太阳金字塔周长近五百米，高六十多米，台阶用巨石组成，上面雕刻着令人眼花缭乱的图案，月亮金字塔略小一些，可也宏伟辉煌，前者用来祭祀太阳神，后者用来祭祀月亮神。

林子明看着太阳金字塔、月亮金字塔及羽蛇神庙、海螺庙、蝴蝶宫等宗教建筑，感到的不是人类文化的壮丽，而是想到了导游小姐在讲解时所说的古代欧洲侵略者买卖奴隶的情况，那是他们大发不义之财的一种方式。

现代社会就不存在人口买卖了吗？菲律宾女仆被卖到欧洲，泰国少女被卖到日本，印度女郎被卖到中东石油富国，上世纪末，大批中国劳工被卖到北美，四川、贵州、云南等的一些妇女儿童不是也依然在被人贩子拐卖吗?!

林子明在众多的旅游者中显得那样普通，但他脑子中突发的念头会使周围所有正在观看建筑、石雕、绘画、陶器的世界各地的人们愕然，他决定当一个“蛇头”，做人口生意，以自己被别人赚了钱的方式再去赚自己同胞的钱！他居然并不觉得这是可耻的，反而懊悔为什么没有早些做出这个决定。

他以墨西哥华侨身份返回中国，摆出一副发了大财的样子住进了惠州的西湖宾馆，在不到一个月的时间内，就使二十五个急于出国的家乡人上了钩，迫不及待地向他交纳了费用。

这些要出国的人中当然有和他一样连做梦都想出国发大财的人，因而不惜四处借钱也要去偷渡；其中也有已经在国内靠不正当方式赚了上百万的人，怕有朝一日露出尾巴，成为阶下囚，所以忙着逃遁，几万美金不算什么；还有想去美国和亲人团聚的人，但理由不充分，被美国领事馆以“移民嫌疑”而拒签，他们被林子明一番保证能入境的花言巧语所打动，便让亲人从国外寄来了血汗钱。

反正林子明不管钱是怎么来的，只要交到他手中就行。二十五个人，六十多万美金，他当然不能装在手提箱里带出海关，而是藏在香港黑社会的货柜车的夹层中，轻而易举地带到了香港。

由于安排周密，整个偷渡行动中没有出现任何漏洞，二十五个中国人虽然辛苦，但总算安全抵达了墨美边境，而且也没有发生“蛇头”抢劫、奸污偷渡客的行为。这完全是因为组织偷渡的人要做长远生意，把信誉看得很重要，一旦对偷渡者有抢劫、奸污的事发生，传出去后，今后便很难再有生意上门了。

通过墨美边境线，是最后一关了，一旦过了这道关，这些偷渡客便将各奔前程，与林子明再无关系，他们身上都有偷渡集团发的有美国签证的泰国假护照，至于怎样应付美国警察和移民局官员，那就看各人的本事了。

黄昏时分，美国边境巡逻队的直升飞机出动次数最少，是通过边境线的最佳时间，林子明放下望远镜，站起来，一挥手，二十五个中国男女匆忙窜了过来，跟在他身后，向边境线冲去。

“这里就是美国了。”当林子明指着脚下的土地说完后，一群偷渡客有的欢呼起来，有的却放声大哭，他们连连向林子明道谢，似乎忘记了他们是他的商品。

此时此刻，林子明也有些感慨，因为他知道等待着这些同乡的并不一定是发财，也可能是更多的苦难，洗碗、挖沟、除草、扛包、当妓女、打手，甚至乞讨，可能就是这些人很长一个时期的工作，没准日后也会有人和他一样成为一个“蛇头”。

人们为什么要远离故土，到一个陌生的国度来呢？都是为了钱！那些以华侨身份回乡去的人诱惑了太多的人！

他转回身去，不愿再多想，他还要尽快飞到家乡，去组织第二批偷渡客。他到国外来生活，不也是要赚钱吗？他相信，只要边境线还没有彻底放开，人们出国还是人生一大难题之时，他偷渡的生意就永远也做不完。

2

毛小芳杀人了，在异国他乡一块荒无人烟的谷地里，她冷漠地举起手枪，将一个自己的同胞一枪打死。

这是在阿富汗东北角兴都库什山脉起伏的山峰中发生的事，这里距中阿边界线只有一百多公里，离一个叫兰加尔的小山城只有一箭之遥。

毛小芳身高不足一米六〇，体重不过四十公斤，年龄已近不惑，而她的对手则是一个刚刚三十岁，身材虽不高大却非常粗壮有力的男子汉。他双手稍微使点劲，便可以将她的脖颈拧断，但他无力阻挡飞速射来的子弹，只能因心脏被洞穿而躺在冰冷的岩石上，等待群狼野狗来撕碎他的尸骨。

毛小芳不是第一次杀人，她在新疆生产建设兵团石河子地区插队落户时，曾有一个副连长打她的主意，他把她一个人派到羊圈去值夜班，然后趁黑摸进她住的值班室，将她按倒在床上。以他的蛮力、粗暴和权势，曾有三个上海女知青惨遭他强行奸污，而传统的贞操观又使她们不敢声张，他认为对付一个如西施般美丽而又弱不禁风的毛小芳同样可以轻而易举地得逞。

然而，他刚刚压住毛小芳，突然觉得脊背上一阵发凉，继而剧痛传来，紧接着无力地滚到了地上，他知道，有什么利器刺入他的身体内。

灯亮了，副连长看到毛小芳手中有一把血淋淋的刺刀，这是值班人员那杆老式三八步枪上的利刃，假如他再有什么非分举动，满脸愤慨的毛小芳一定会再当胸刺上一刀。

他其实已经没有勇气，也没有力量再为非作歹了，背上那一刀距离他的心脏只偏差了三厘米，若是毛小芳再扎准一点，他就将和偷袭羊群的狼一样死无葬身之地。

他爬回家去，虽然心中耿耿于怀，却再也不敢对毛小芳产生什么罪恶的念头。当然，尽管他保密，只说是夜间巡逻时无意中跌倒，被自己带的刀误伤，而毛小芳也没有声张，但全连人都清楚是怎么一回事，对毛小芳的防护之举生出一股敬意，同时对她敢下手杀人也产生了畏惧心理，起码没有一个男子敢于再去亲近她。

事隔十几年之后，毛小芳又一次杀人，同样是为了维护自己的利益，为了这利益，她可以去死，也可以绝不手软地将别人杀死，这是她当知青十几年的经历让她总结出来的人生准则。她知道，在她的生活中，没有人会主动维护她的权利，只有靠自己的力量去为自己的人生目标而战。

她的人生目标就是要搞到一笔钱，而那个被她杀死的广东佬居然想毁灭她这个目标，她当然要置他于死地了。

她之所以产生要搞到一笔钱的念头是她第一次也是唯一一次爱情的结果。

作为出身于普通市民家庭的上海女知青，到了新疆生产建设兵团，基本上注定她将在此度过短暂而又漫长的一生了，何况，她又得罪了后来升成团级干部的副连长，一切可能离开新疆的机会都与她无缘。

几次挣扎之后，包括与众多新疆知青返回上海，在市委大门前静坐示威，要求回城而毫无结果后，她彻底绝了在故乡度过后半生的念头，既然有成千上万同伴能在大西北生存下去，她也没什么可悲哀的，她所需要的，只是一个爱人，一个家庭而已了。

在不少男人对她避而远之的时候，一个搞业余诗歌创作的上海男知青爱上了她。他在团部开解放牌卡车，比她年长三岁，曾经有过一个妻子，也是上海知青。那女人在办病退回了上海后，与他解除了婚姻关系。

毛小芳说不出对方哪一点打动了她，反正在几次长谈之后，她便毫不顾忌地将自己用生命捍卫的贞操交付与他，同时也将自己的一生托付给了这个发誓要成为中国第一诗人的瘦高男子。

当她准备和他结婚之时，已经是二十世纪八十年代中期，她三十岁，他三十三岁。她的结婚礼物是将她挣钱以来所有的积蓄拿出来，一共三千元钱，要为他自费出版一部诗集，这是他一直在她耳畔念叨的愿望。

八十年代中期以后的中国，由于写诗的比读诗的多，由于出版社讲究经济效益，因而对于只能发行几百册的诗集一律采取冷漠态度，而痴心于诗歌创作的年轻诗人们，只好把自己的血汗钱拿出来，花钱出版自己的诗集，以将个人的艺术成果汇结成册。

毛小芳的丈夫积蓄不多，刚好只够从出版社买到一个书号，而印刷费就不够了。于是毛小芳才会为了爱情而倾尽私囊，用作丈夫出版诗集的印刷费。

假如不是个体户印刷厂的四川老板卷走所有印刷厂现款逃走，也许就不会有后面的悲剧故事了。但现实就是这么残酷，改革开放给中华民族带来了活力，也造就了一批冒险家和骗子。一本诗集若在国营印刷厂印刷大约需要五千多元，那个体户只收三千元就答应印出来，于是毛小芳和丈夫将诗稿及现款交给了个体户，他们不是不知道风险，因为他们只有三千元钱。一个月后，他们发现那印刷厂已经倒闭，个体户老板不知去向，只有几台不值钱的平板印刷机和一堆铅字扔在租用到期的石头房子内。

他们到公安局去报案，警察当然表示要追捕案犯，可此类案子堆积如山，破案的希望却渺茫如雾，不知何时才有结果。

她和丈夫几天闷闷不乐，只有从头开始，再去挣钱出书。为此，她上了避孕环，在出书之前，不要孩子，而丈夫则开始偷偷地拉私活，白天给单位运货，晚上给包工队送建筑材料，收取报酬。

由于劳累过度，本来已有慢性肝炎的丈夫转为肝癌，挺了两个月，花光了拉私活挣来的钱，终于没有任何转机，含恨逝去。他死前告诉妻子的话就是“把我的诗集印出来”。

火化了丈夫之后，毛小芳清理了一下丈夫的遗物，她发现丈夫写的诗足足有一箱子，在报刊上发表过的可以出两本诗集，没有发表过的能出十本，其中专门为她写的情诗就可以出三本，足见丈夫对她的爱之深厚。

她看着一叠叠诗稿，决定一定要实现丈夫的遗愿，将他全部诗歌结集出版，她知道，丈夫可能不是中国第一诗人，但却是她最心爱的诗人，此生此世，再不会有人为她写下几百首情诗了。

出版十二本书，起码要有十万元钱，这对她当然是天文数字，可她相信只要一心一意去挣，终会到手的。她后半生不再为别的活着，只为给死去的丈夫出完十二本诗集。这将是她人生全部意义之所在。

为了挣钱，她先是拼命干活儿，但收入有限，因为她所在的单位即使实行计件工资，一个月最多也只能挣三百元钱。她离开了石河子地区，到乌鲁木齐去寻找机会。在那座城市中，她摆过小摊，卖羊肉串，卖尼龙内衣，卖时鲜水果，倒火车票，为旅馆拉客，最终无奈出卖自己风韵犹存的姿色和尚未松弛的肉体。

她被公安局抓过三次，两次罚款一万元，一次劳教了一年半，当她从劳教所里出来时，心已经像石头一样冰冷坚硬了，无论什么东西也改变不了她一定挣够出十二本书的钱的信念，为此目的，她可以干一切铤而走险的事情。

此时，她从一个广东嫖客那里得知到阿富汗走私红蓝宝石可以发大财的信息，她立即决定放弃妓女生涯，跟这个广东佬去阿富汗走一趟，那么赚来的钱不但能够出版十二本诗集，还可以让她回到上海，安宁地度过后半生。

她将合伙做走私宝石生意的意思告诉了广东佬，并拿出靠出卖肉体赚的一万元钱入伙。广东佬没有什么不愿意，带一个女人在身边，表面上有些累赘，但实际上可以更好地掩护身份，同时还能解决生理问题，至于最后分给她多少，还不是按他的情绪办，他何乐而不为呢？

他们收拾了一下行装，立即出发，先坐火车到了库尔勒，然后改乘汽车长途跋涉到了喀什，再搭货车抵达中阿边境线。买通一个当地牧羊人后趁黑夜步行跨过了界碑，进入了阿富汗境内。

他们到了阿富汗边境城市兰加尔，在狭窄街道上，各种集市仍然热闹繁荣，间或有蓝眼睛黄头发的欧美人出现，那不是军事顾问就是军事记者。

市场上主要是当地的土特产品，从银首饰、银餐具到绣花服装，从木刻到各种猎物，从化妆品到草药，应有尽有。也有悄悄出售武器和从苏军手中缴获的苏联轻工业品的，价格都比中国市场便宜，但只有大规模贸易，才可能有较高的利润。

宝石买卖则不公开进行，而是在珠宝店中。这类珠宝店大都不在闹市，而是隐于僻静之处，铺面装饰简单，与普通住宅无二，进门之后，也不富丽堂皇，最多摆几件阿富汗古代的陶罐、铜器，一个玻璃柜中摆着几件首饰和几颗小型宝石。真正的大宗交易是在主人的客厅中进行，那里有好酒、美女和佳肴，凡成交之后，客人则可免费享受一番。

广东佬已经不是第一次到此了，他带着毛小芳穿街走巷，来到一座石头建筑前，然后推门进去。以后的一切交流都是以英语进行，毛小芳一句也没听懂。反正她看到一个阿拉伯模样的人将一皮袋闪闪发光的宝石倒在一个铺着绿色天鹅绒的银盘上，大大小小近一百粒，然后广东佬和那阿拉伯人在桌子下面互相伸出手掌，最后"啪"地拍了一下，算是成交了。

广东佬摸出的是一叠美元，一共两万，阿拉伯人点了一下，收好。广东佬也收好了宝石，谢绝了主人的盛宴，匆匆带毛小芳离去，他是怕主人会灌醉他，然后将他洗劫。其实他过虑了，因为信奉伊斯兰教的人做生意是颇讲信誉的。

中亚不少地区都盛产宝石，新疆也有此种矿藏，但阿富汗连年战火，市场萎缩，所以宝石价格相当便宜。中国俗话说"黄金有价玉无价"，宝石比起玉来就更为昂贵。毛小芳知道，广东佬到手的那些宝石带至广东后，镶于戒指、耳环、项链之上，起码在几百万元左右，那么，那一万元的入股，也能收益二三十万元，有了这些钱，她就可以了却心愿了。

她跟着广东佬回到专供外国人居住的小客栈内，要了两份制作粗劣的西餐，简单吃完以后，喝了两杯咖啡，早早睡下，准备第二天就离开兰加尔市，返回中国。他们商量好了，将宝石全部藏于毛小芳内衣中，乘坐汽车和火车到广东去，以免乘飞机过安全通道产生什么麻烦。

当毛小芳一觉醒来时，发现已是早晨九点多钟，而且头疼得厉害。在劳教所时，她从来都是六点钟准时醒来，现在出来时间不长，这习惯还没有多大改变，昨天也没有过度劳累，怎么会醒得这样晚呢？她侧头一看，只见广东佬的床上没有人影，她跳下床，拉开壁柜，发现广东佬的旅行袋也已不见，那一小皮袋宝石更是不见踪影，她顿时明白了一切。

一定是广东佬昨晚在咖啡中给她下了大量安眠药，然后携货私逃，想独吞宝物。果然，她在纸篓中发现了一个装安眠药的小瓶，瓶上标明内装二十片。这个剂量对一般人来说已经达到致死量了，可恰恰由于毛小芳自丈夫死后，因伤心过度而患了失眠症，当妓女时为了晚上有精神，白天需睡好觉，几乎天天服用安眠药，而且剂量越来越大。广东佬给她吃下的药只让她睡了十二小时，离死还很遥远。

她没有惊慌，而是穿好衣服，来到街上，用预防不测的一百美元买了一支美式三八口径的军用手枪和五十发子弹，枪贩子还搭给她一柄芬兰匕首，她又用一副金耳环换了一匹毛驴，骑上去，沿唯一一条通向中国的土路追踪而去。

在黄昏时分，毛小芳终于追上了那个同样骑着一匹毛驴的广东佬。因广东佬身肥体胖，所以毛驴走得较慢，何况在他想象中，毛小芳已经不可能再醒过来，因而没有快马加鞭，匆匆逃窜。当他听到驴蹄声，回头张望之时，已经没有机会再逃了。

像对付当年那位副连长一样，毛小芳不由分说，拔出手枪，连连扣动扳机，一口气将转轮中的六发子弹全部打出，广东佬哀嚎了几声，倒在了血泊中，他再也没有可能衣锦还乡了。

毛小芳愣了一会儿，靠在一棵奇形怪状的古树上喘着气，她没想到杀死一个人会这样轻易，在这战火仍未平息的异国土地上，也不会有人追究她的法律责任，何况从道义上说，首先是那个广东佬图财害命，她只不过是一种防卫过当罢了。

她平静下来，弯腰从广东佬身上搜出那个放宝石的小皮口袋，又找出几百元美金，将广东佬的尸体推了几下，掉进一道更深的沟谷内，那下面是终年不息的湍急河流，没有人会到那下面去。

带着宝石和美金，毛小芳回到了祖国。她没有去广东，而是在乌鲁木齐的一家珠宝店就出售了那些宝石。她绝没有想到，珠宝店的老板鄙夷地告诉她，那些宝石全部是假的，人工制造的，全部加在一起不值一百元人民币。

她不相信，又跑了几家珠宝店，得出的结论是一致的。她呆住了，好几天都处于一种茫然不知所措的状态。她无法判定是阿拉伯珠宝商欺骗了他们，还是那个广东佬为了防备有人抢劫而准备了一包假货放在表面，将真货藏在了什么隐秘处，反正，她几乎无法再去查证了。

几天之后，她清醒过来：在一个弱肉强食的时代，对所有人都不能信任，只能靠自己的努力去实现个人的目标。

她又出国了，进入阿富汗境内，身上只有一支手枪，一柄匕首，几百美元。她要从头开始做宝石生意，不管花多少时间，一定要挣够给丈夫出书的钱，还要挣到能回上海安一个家宁静度过后半生的钱。为了这一目的，她不畏惧做一切事情，包括再一次杀人。

她知道，知青生活教给她的不是杀人，而是怎样用暴力去保护一个柔弱女性来到这世界上的生存权利和个人利益。

她在冷酷中充满了温馨的希望。

第十六章　尊严启示录

南斯拉夫，他身处战火之中绝不为暴利所诱去拿起武器充当杀手；萨摩亚，她陷于贫困境地面对金钱却绝不出卖祖国利益为他人所用。

1

周南方落下了天府餐馆的铁闸门。本来他这个占地一百平方米的二层建筑从来没有安装过铁栅栏、卷帘门之类的防盗设施，因为他所在的南斯拉夫第二大城市萨格勒布市几乎从没有袭扰商店、饭馆的事发生。即使在深夜，一个单身女子行走在冷冷清清的街道上，也很少会被歹徒拦截，最多有人认为她是妓女，上前搭讪，若遭拒绝，则会礼貌地离去。

然而，一九九一年以后，周南方不但给饭馆装上了铁栅栏和铁闸门，还加固了当仓库用的地下室，使其足以经得住一百二十五毫米榴弹炮炮弹直接在上面爆炸而不倒塌。因为这个引发了第一次世界大战的国度在世纪末又发生了战争。

周南方坐在电视机前，看着新闻节目。屏幕上，南斯拉夫人民军的数百辆坦克车和军车，浩浩荡荡从贝尔格莱德出发，沿着通往宣布独立不久的克罗地亚共和国边界线挺进，克罗地亚国民卫队的抵抗正在被打败，一场大战和灾难即将降临到萨格勒布头上。

他点燃一根香烟，微微皱起眉头，思考着一个已经积郁了许多日子的问题：他出国定居的选择是否正确？假如正确，那么选择南斯拉夫这个国度来度过后半生又是否是最佳方案？假如是，那么选择萨格勒布这座城市来办中国餐馆又是否恰当？

他无法得出结论，因为人生并不是一个目的性很强的任务，大多数人的大多数时候都像一条溪水一样，任其流淌，有时流进江河，汇入大海；有时流入湖泊，被封闭在洼地里；有时则会流入沙漠，消失于渗漏和蒸发中。

他将会流向哪里呢？人生还能有辉煌的一刻吗？他实在不愿多想，其实对于不多的几十年的生涯来说，他只是想尽可能地丰富一些经历，出国也是如此。

他是广西桂林人，在他还不懂得欣赏如诗如画如梦如幻的漓江山水时，便随同当兵的父亲一同去了云南生产建设兵团，他父亲在思茅的兵团司令部后勤部门工作，他则作为知识青年到了河口县城。

河口县城是十六团所在地，由于他父亲的关系，他没有分到基层连队去开荒种树，也没有去割胶养猪，而是在团部警卫排当上了不穿军装的战士，背上了一支当年打鬼子用的德国造驳壳枪。

他的知青生活可以说是很单调的，每天早晨出出操，练练瞄准，然后就几乎一天无所事事地在宿舍里和同伴们吹牛聊天，只有团首长到各个分场或生产队，也就是营和连去视察时，他才有机会去领略一下田园风光和底层的知青们真正的插队生活。

他很想有点复杂的人生经历，知青们开荒时用黄色炸药炸石头和树桩，割胶时碰上毒蛇和狗熊，半夜里偷老职工的鸡和连队猪场的猪，下大雨时放掉鱼塘的水去捡鱼，甚至两伙知青抡着砍刀打架斗殴，都令他兴奋不已，他跃跃欲试，想去亲自体验一下。

可惜，他只能蹲在团部里，没有命令哪里都不能去。在他的记忆中，富于刺激的经历只有两次，一次是抓到一个从监狱中逃出的杀人犯，将其关在一间牛棚中，没想到这个犯人又一次逃脱，并打昏了看守，夺得一支冲锋枪。团部的干部和总机班的女兵们吓得缩在屋里不敢露头，是他举起手枪，冲上去，一梭子打得那罪犯倒在血泊中，但还击的子弹也将他肥大的裤腿钻了三个洞。还有一次是他偷看总机班的几个漂亮女知青洗澡，那是他有生以来第一次看到少女赤裸的躯体，先是一股原始的冲动使他几乎从嗓子眼喷发出嘶哑的叫声，而后女性曲线之美令他震惊而险些窒息。

若不是一九七九年中越边境反击战，他真的会认为插队八年，在他人生历程中不会有什么烙印打下，他每每看到描写知青生活的文学作品，总是会有那么一丝遗憾和淡淡的懊悔。他相信那些作品所叙述的故事都是真实的，甚至还真实得不够，只是觉得自己本来可以参与那些故事的发生却没有能去参与。

打越南人可以说是他知青生活中最难以忘怀的一段时光，他打枪的天赋终于可以得到发挥了。从他第一次参加实弹射击起，他就发现了自己这个天赋，那次是步枪十发，冲锋枪二十发，手枪五发，各为二百米靶、一百米靶和五十米靶。步枪他打了九十五环，冲锋枪打了一百八十环，手枪打了四十九环，名列全团第一，后来参加全兵团射击比赛，名列第二，第一名则是一位参加过“八一大比武”的技术尖子，有十五年军龄的营长。

他是随着第二梯队渡过南溪河，挺进到越南老街省的，残余的越南民兵据守在一座山头上，不时放着冷枪，他和又恢复为农场名称的河口农场民兵营包围了这座山头，用了一下午时间，他搞掉了七个对方的射击点，夕阳西下时，几百民兵冲上山头，发现一共只有七具尸体，每枪都击中了要害。为此，他荣立了一等功。

在他领到军功章之后，云南知青大返城的浪潮来到了，他携带一个已成为他妻子的总机班女知青回到了故乡——广西桂林，此时他父亲也转业回到了那里。

以后的生活便是简单平凡的了。又是八年时光，他先后干过机械厂的工人，上过电大，到广播电台当过记者，去广州倒腾过服装，在贸易公司做过经理，去桂林驻北京办事处混过日子，最终他离了婚，移居到南斯拉夫开了一家中国餐馆。

他出国的确只是为了丰富经历，用“洋插队”来体验一次“土插队”所没有得到过的心灵撞击，来享受一次完全凭个人力量创造生活的乐趣。

他当然想去美国、加拿大、英国、法国这样的国家，但是，没有机会。而一个已在南斯拉夫定居的朋友则以三千美元费用为他办妥了去南斯拉夫的一切手续，他觉得那里总比什么汤加、斯里兰卡、泰国强，便又花三千美元，为一位二级厨师办好了出国手续，他们一同到了萨格勒布，办起了中国餐馆。

初到异国他乡，他确实碰到了不少困难，但没有不能克服的，尤其是只此一家的优势使他的中国风味饭菜颇受当地克罗地亚人欢迎，几乎天天客满，使他颇有收益。

假如南斯拉夫不发生内乱，他将准备筹资建一座中国庭院式旅店，从国内招聘一些南国少女来当服务员，这肯定对南斯拉夫旅游者很具吸引力。

然而，南斯拉夫发生了内战，很多南斯拉夫朋友知道他的枪法极准，所以在战火逼至萨格勒布市时，有人以每天二百美元的价格请他去参加国民卫队，专门带领狙击手，用装有瞄准镜的长距离步枪，去消灭人民军的火力点。

周南方知道，克罗地亚当局为维护自己的利益，已经高薪聘请了外国军事顾问，也已经有了少许雇佣兵在悄悄参加战斗。

对于打仗，周南方本来是很有兴趣的，一九六九年中苏边境反击战，他就想偷偷跑去参加，而后抗美援越，他都扒上了开往河内的军车，但最终被发现，被赶回了家。在云南河口当知青时，本来他赶不上自卫还击战，因为一九七八年底他就办好了调动手续，可听说要打仗，他就迟迟没有动身，直到一九七九年四月份，经历了一番弹雨硝烟，才算随返城大潮离开了中越边境线。

但是，在南斯拉夫，他不想参加战争，不是因为他已人到中年，生命对于他显得宝贵了因而怕死，主要是因为他无法辨别这是否为一场正义的战争。假如是一场正义的战争，是反对外来民族的侵略，是维护人类正常的生活秩序，那他一定会义不容辞、挺身而出，像电影《瓦尔特保卫萨拉热窝》、《桥》里面的游击队战士一样，视死如归地扛枪出征。

然而，克罗地亚从南斯拉夫联邦独立，联邦人民军前来镇压，这其中的性质到底算什么呢？就是国际舆论都无法断定。到底克罗地亚独立是历史进步，还是联邦人民军反对分裂算历史进步？这恐怕要历史本身才能回答，他是无法得出结论的。

为了中国人传统的尊严，他拒绝了邀请，也就等于拒绝了每月六千美金的收入，他依然厮守在自己的天府餐馆内，勉强维持因战事而越来越萧条的生意。

几个月以后，在联合国安理会关于制裁南斯拉夫的会议上，中国代表投了弃权票，周南方感到了一阵小小的欣慰。倒不是因为他有什么超前意识，而是他本能地和自己的共和国有着共识。

他又在看电视新闻，克罗地亚战争中心奥西耶克呈现出一片瓦砾和废墟，炮火将一幢幢楼房炸得七零八落，团团黑烟笼罩天空，道路上是一个个弹坑，人们的脸上是愤怒和凄苦，还有无可奈何，逃难者在越过边境线……

就是在此时，周南方也没有产生返回故乡的念头，因为他需要在人生中有这样一份经历，因为他觉得八年的知青生活过于简单，在同龄人面前自惭形秽。同时，他也相信这里终将恢复平静，因为人民是希望美好生活的。

2

她看着丈夫的尸体被装进椰木做成的棺材内，牧师为死者祈祷了一番，然后盖上棺盖，由当地人抬着，走向设在海边的墓地，那墓地三面由密密的椰树林包围，另一面袒露向大海。

由于这里的居民信奉基督教，所以墓地中遍布十字架，有石雕的，有木刻的，还有铜铸的和不锈钢切削的，即使是石碑和水泥块，上面也必定有十字架标志。

正逢礼拜日，站在墓地间，远处大大小小的教堂所发出的风琴声、诵经声、祈祷和祝福声伴随着海风和海浪的轻轻呜咽，飘荡在整个岛屿上空，使她更感到哀伤、孤寂、忧愁和对命运的无奈。

棺材被降下了墓穴，掩埋上沙土，然后以水泥封顶，一块白色水泥墓碑上用中文和英文写着这样的语句：他再也不能回到祖国，但他永远不会背叛祖国，他不会孤独的，因为上帝与他同在。

这块白色墓碑没有面向大海，而是与几乎所有墓碑的朝向相反，因为面向大海正好是背朝祖国，背朝大海，面对密不透风的椰林，才能穿越阿波利马海峡和马塔伐努火山和太平洋，看到东北方向的中华人民共和国。

她记得有一部日本电影，写的是本世纪初日本女性到国外去当妓女，死时都将墓碑背向祖国，以免给国人添耻。而她丈夫并没有做什么对不起祖国的事，他可以坦然地面向祖国。

牧师和其他人离去了，只剩下这个名叫陶小桃的中国女人一个人默默站立在墓地间，她那身黑色的连衣裙紧紧裹住依然不失苗条的中年妇女的身躯，胸前那朵白花使她更显得苍凉、惨淡。

无论在世界的哪一个角落，一个年近四十岁的女人失去了相依为命的丈夫都会有痛不欲生的感觉，都会是人生中一个极其沉重的打击，何况她又远离祖国，在太平洋上一个为很多国人所不知晓的异国岛屿上呢。在这里，可以说丈夫是她唯一的生活和信念的支柱，她此时对他的依恋，甚至超过刚刚结婚之时，初恋和委身于他时的海誓山盟似乎还比不上在异国他乡生活时一个眼神、一个轻微的抚摸更有实际意义和价值。

可是，她永远地失去了他。

也许，他们不出国，还在北京市那间八平方米的土屋中生活就不会发生这样的悲剧。历史不能假设，人生也同样不能假设。他们不就是因为容忍不了那不知还要等待到何时才能分到手的单元房的煎熬，容忍不了每天挤三四个小时车上下班的艰难，才以留学的借口转道新西兰，来到这个叫萨摩亚的岛国上定居的吗？

每个出国者都必定有他很坚实的理由和人生目的，有人把它当成荣耀，也有人将它看作无奈，至于其中更深奥的东西只有留给社会学家去研究，反正历史上有过出国潮，今天仍在继续，以后还会存在。

她也离开了墓地，走前将那朵白花放在墓碑上，最后一次抹干眼泪，她将要镇定一下情绪，去迎接生存的挑战。因为她已下决心不再回国，虽然那里可能有一份使人饿不死的工作，但缺少创造生活的环境，缺少高质量活着的机会，关键是，她的亲人埋葬在了这里，她要将全部余生伴随着他。

在步行回到萨摩亚首都阿皮亚市的路上，一座座凉棚映入她眼帘。这种凉棚是竹木结构，顶上铺着椰树叶、蒲草或芭蕉叶，四周没有墙，只挂着苇席，白天卷起，晚上放下，这种建筑的优点在于简单，被飓风袭击后可以轻而易举再造，而且每年数次地震难以毁坏，在热带地区又通风良好。她和丈夫刚来到萨摩亚时就住在这样的房子内，两年之后才租到了一幢小巧的别墅式住宅。而现在，她很可能又要搬回到凉棚中去，重新开始一轮为生存而挣扎的历程。

她并不惧怕生活的磨难，文化大革命中，父母双双自杀身亡，只剩她和一个姐姐被赶到一间八平方米的碎砖建筑中度日，每天受尽屈辱，靠捡破烂为生，她熬过来了。一九六九年，十四岁的她和十八岁的姐姐一同到了山西省汾阳县杏花村公社插队落户，那些繁重的农活也并没有压垮她。后来姐姐嫁给了县里一个不大不小的官员，她知道这是姐姐为了她而做出的牺牲。果然，很快她被抽调到公社去当了广播员，不用参加劳动，每个月还有二十六元的工资收入，足以让她过上较大多数知青舒服些的日子了。

但是，灾难并没有结束，她在二十岁时爱上了她现在的丈夫，一个已经当上了生产大队长的北京男知青，她觉得他是这个世界上最有思想、最懂得爱的男人，他比她整整大六岁，是老高二的学生，曾任北京某校红卫兵的总司令，来到农村后，这里的贫困使他思想产生了巨变，他遂把虚无飘渺的理想主义色彩转化为替农民们争取一些实际利益。

正当她将全部身心都献给他的时候，那场“反击右倾翻案风”的运动把他打成了“现行反革命”，关进了监狱，专案组认为他周围还有一批对现行政策不满的人，组成了一个小集团，因而找到她，想从她这里打开突破口。

陶小桃作为一个经历过不少苦难的少女，从不懂得什么叫出卖，她觉得自己可以死，但绝不能以失去良心、爱情、正义、忠诚作为代价，去换取个人的利益，因而，招工、转干、上大学的许诺对她丝毫不起作用。于是，她被解除了广播员职务，重又发配到一个最偏远的生产队去烧炭。

她没有屈服，三年以后，她以一个烧炭女的身份考上了中国人民大学经济系，此时，她的情人也被宣布平反，第二年考进了北京大学哲学系。有情人终成眷属，他们在学生宿舍里举办了简单的婚礼，不仅在灵肉，而且在法律上也结成了夫妻。

她比丈夫提前一年毕业，被分配到了国家直属的某外贸公司，成了一名职员，而她丈夫没她这么好的运气，由于他那过于深沉的哲学思想，毕业论文中的一些观点不但惹怒了教授，也刺激了校方，他被取消了分配资格，回家待业。

他们已经有了一个家，那就是落实“私房政策”时还给她的八平方米小土房，这间地处西城某胡同的小土房，随时都有倒塌的危险，他们却在里面生活，并养育了一个儿子。

几年来，她丈夫换了无数个工作，编报纸、办杂志、拍电视、举行咨询活动，后来也经过商，但始终因档案中的问题而不能有一个“铁饭碗”，所以也不能分到一套住房，至于商品房价格的天文数字，是他们几辈子的收入也不可能购买的。而她所在单位不给女职工分房，所以那间低矮、破旧、潮湿的大都市中的贫民窟只能住下去。

一九八八年，她和丈夫实在不能忍受下去了，听说岛国萨摩亚移民比较容易，生存下去也不难，便以留学新西兰为借口，办好了出国手续，将儿子托付给她仍留在山西的姐姐和已经当上地委一级干部的姐夫，飞到了新西兰，短暂逗留后，又飞到了萨摩亚首都阿皮亚。

他们从阿皮亚机场一走出来，首先感觉到的是美和宁静，这里类似夏威夷和曼谷海岸线的自然风光引人遐想不已，远离尘嚣的袭扰，毫无污染的环境，更如同身处世外桃源，别具风格的商店林立于街旁，戴贝壳项链、野花草花环、光脚、裸胸、围椰子叶裙的少女都使人感染到热带风情的浓烈气氛。当然，现代生活气息也不淡薄，网球场、排球场、赛马场、现代酒店、剧院同样占有一席之地。

她和丈夫带着新西兰一个朋友的介绍信，找到了当地华侨会馆，因近几十年来到萨摩亚定居的中国人不多，因而乡情极浓，华侨会馆的人帮他们以极低价格购买了一处凉棚居住，并为他们介绍了当地情况，其中包括做生意之道。

他们住进了由椰子树、火焰树、香蕉树和面包树所环绕的一处凉棚，在这里可以看到涨潮时海岸线的滚滚白浪，听到令灵魂震撼的隆隆涛声，感觉大自然的瑰丽、雄浑和壮阔，也可以享受黄昏落日及朝霞初升的宁静、空灵和深远。

当然，他们不是来度假的，他们要在这里建立新的生活，开创一份事业，因而需要做不懈的努力。

他们注册了一家公司，通过她在国内外贸公司的关系，初步开始在商界活动，他们准备在有了一定资本之后，开办一家华文学校和一张华文报纸，为近万名华侨和华裔的后代们服务。

这里的椰子树制品，在中国很容易销售，如椰油制的美容液、油漆，椰木做的家具、椰毯，椰壳纤维编的绳索、渔网，都是有利可图的商品。

正当他们的事业蒸蒸日上之际，她丈夫因多年生活煎熬和心灵重负过度，导致肝脏发生了病变，送到医院一检查，诊断为肝癌，生命仅仅只维持了三个月，便离开了这个世界，而这三个月耗费掉了他们几乎全部积蓄。

在丈夫停止呼吸的那一瞬间，她几乎想和他一同而去，但是，她还是正视了现实，何况她不能中断他们未竟的事业。她虽然没有想过光宗耀祖、衣锦还乡，但她要让国内的朋友们知道，作为一个当过近十年知青的女性，她有足够的毅力在一个她自己选择的土地上生活得很好。

她退掉了别墅式住宅，重又搬回到海边那座凉棚，在身心的痛苦减弱一些之后，又开始了为创造生活的奔波劳碌。

假如她肯出卖一些东西的话，其实她个人生存并不艰难。她刚满三十五岁，北方女性的高大、丰满使她正处于女性最成熟的阶段，浑身上下洋溢着一股诱人的风韵，她说不上艳丽，可神情端庄、文静，眼神中一股淡淡的忧郁和嘴角透出的高傲使四五十岁的男人感受到心灵的颤动。一个五十岁的新西兰商人看中了她，表示只要她愿意给他当情人，就马上送给她一套别墅，另外每月有两千美元的花销。

她拒绝了，在少女时期她就能抵御住诱惑，那么在她身心都已经成熟之时就更不会用贞操去换取什么了。

又有一个美国商人得知她在中国一家大外贸公司工作过多年，主动找上门来，希望她能到北京去担任美国一家公司的办事处主任，每月三千美金的报酬，另外还可以有一笔活动经费，工作的内容是从她以前的朋友们那里获取中国的经济情报，若这情报能使美国公司赚到大钱，她将再有百分之三的提成。

这预示着她很快能成为百万富翁，而百万富翁是不少国人梦寐以求的事情。她淡淡一笑，婉言谢绝了这个美国商人。她对丈夫的崇拜中最主要一点便是他对信仰、对祖国、对民族的忠诚，对丑恶现象的深恶痛绝，她绝不会干任何有损于良心的事情，哪怕一辈子都在为生存而挣扎。

华侨会馆的负责人对她的性格由衷地敬佩，发动华侨捐助了一笔钱，使她开办了一所华人学校，为孩子们教授华文和中国传统歌舞，她的生存问题得到了解决。

当一天的授课结束之后，她常常于夜深人静之时，站在自己的凉棚内，眺望茫茫夜空下的活火山口，那里时有岩浆溅出，如同巨大的炼钢炉在流出黄红相间的钢水。她知道，她的心也像这岩浆，火热地沸腾着，而一旦冷却下来就会变得无比坚硬，而那座面向祖国的墓碑是她绝不会失去的依靠。

第十七章　流浪启示录

印度，他挤在一辆破旧的大篷车上从新德里走向永远未知的人生尽头；美国，她和一群当代“嬉皮士”结下不可分割的友谊并融为一体。

1

印度的大篷车并非中国人概念中的三匹马拉的木轮大车，那是涂抹着各种颜色、画着丰满女人和健壮男人图案的老式汽车，车上坐着卖艺的人们，车后还有一个拖斗，里面装着帐篷及演出用的道具。

有过知青经历的中国人王枫就挤在这样的大篷车上，随着这些艺人们四处漂流，处处无家处处家，永远没有目的地，又每天都有一个目的地。

并不是印度大篷车的新奇吸引了他，使他感到某种诱惑，早在他插队落户时就坐在三挂马的大车上，作为“毛泽东思想文艺宣传队”的一员，到沂蒙山区的穷困村落演出过，除了演出内容不一样外，形式几乎无二，同样是走到哪住在哪，为谁演出就吃谁。在二十年之后的异国他乡，他又重操旧业，完全仅仅是为了流浪，为了能更深地、更全面地、更恰如其分地体验流浪的内涵，追逐从日升到月落的人生境界，享受“不要问我从哪里来”的空灵，使人性从一个极端坠入到另一个极端。

大篷车在前往印度中部的克希普拉“圣河”的公路上慢慢行进，很快就要到“灵魂转世”的宗教节日了，无数的汽车上载着前去参加仪式的印度教教徒，如洪流般滚滚前进，也有些穷苦百姓坐着牛车，还有些山民骑着大象，庄重而沉缓地挤在汽车中间，毫不理睬响成一片的汽车喇叭声，慢慢行进。

王枫不是第一次参加这个宗教节日了，进入印度的三年来，每年的五月份他都会挤在数百万人之中，领略着一条并不雄伟也不壮丽，相反却有些混浊和肮脏的河畔虔诚的宗教气氛，窥测着人们所呈现出的信仰的力量。

他也曾被这种力量驱使过，从老家山东济南，他步行走到北京，汇聚在手举“红宝书”的少年们中间，淌着泪水，望着遥远城楼上一个模模糊糊的伟人的身影；他还长途跋涉，行程数千里，靠两条腿到过延安，在一座破旧的古塔下面幸福地留影以示纪念。当一件物品成为崇拜的象征、人生的信念之时，哪怕只是一块石头，也会让人三磕九拜、五体投地的。

他理解印度人，因为他知道吸引朝圣者来到一座只有四十万人口的乌贾因小城的原因是什么。那是因为一个古老而诱人的传说在印度教徒心中的神圣所致。

这要追溯到“混沌”时代，在中国则叫“开天辟地”的洪荒岁月，当时有一些菩萨同恶魔们争夺至高无上的权力，而这权力的象征不是大红印章，而是盛着“长生酒”的罐子。恶魔们携带美酒罐落荒而逃，正义之神则穷寇必追，结果，从酒罐中溅出了美酒，落在了大地上，这每一滴美酒所滴落的地方便成为如今印度教徒们的朝圣之处，也就是大规模集会的场所，克希普拉“圣河”便为其中一处，与其他几处轮番接受修行者和教徒们的顶礼膜拜。

王枫不是印度教徒，他什么教也不信，自从他唯一的一个信仰破灭以后，他再也不愿意被别人的思想所驱使，他被骗怕了。于是，他只信仰自己，只信仰大自然的真实，只信仰对每天新生活所产生的新感觉。

而他所信仰的这一切，唯有靠漂泊四方才能深深体会。他在十八岁时因看到一本破烂的叫作《南行记》的小册子，便开始了他永无止境的流浪生活。

看到这本书只是他行动的契机，而根源则是他灵魂的被玷污，由此导致了对以往理想深深的失望。

他是在一九六九年就离开泉城济南到沂蒙山区去插队落户的，本来，他确实想扎根农村一辈子，为改变农村落后面貌而大干一场，从而实现做一个无产阶级革命接班人的光辉理想。然而，时间不长他就发现了一个令他不解的现象，所谓表现好的知青被推荐去上大学，去当干部，连工厂招工都要表现好的，那么，留在农村的就是表现不好的，当然还有父母有问题的。

结论是：知青是在劳动改造，改造好了就可以按世俗观念改变命运，农村则与劳改场等同，农民是最底层的下等人，因为凡是不好的人都被轰到农村去！

这和他所接受的教育没有丝毫共同之处，现实在无情地嘲弄着他善良的心和纯洁的灵魂。他当然明白自己被欺骗了，他无法正视这种欺骗，他拒绝了因自己表现好而送上门来的到县城当售货员的机会，想去看看其他有插队知青的地方是否也是如此。

十来年时间，他到过北大荒，到过新疆，到过陕北高原，到过云南的热带雨林，到过西藏，还到过海南岛。

失望接着失望，每到一处知青们所表现出来的颓丧情绪和整个社会对知青的鄙视态度使他彻底地否定了自己的过去，也否定了自己的信仰。

他觉得，人们都在欺骗和被欺骗中生活着，社会和别人欺骗他们，他们又去欺骗社会和别人，一个怪圈使人们陷在其间，往返重复，谁也跳不出来，似乎也不想跳出来，因为大大小小的利益全部在这个怪圈中。

他本想落脚于一块净土，但又无处寻觅，最终他发现处于一种流动状态中最可以使自己的心灵得到宁静。

当时他还远不知三毛为何人，也不知《橄榄树》是一首什么歌，但他渴望流浪的心境与三毛相同，与那首歌相通。

他是从中国的西藏出境流浪到印度的，祖国的大江南北、黄河上下几乎都留下过他的足迹了。因而，他希望浪迹天涯到异国他乡，去领略一下人类的另一部分的生活情趣和内涵。

他不是一个旅游爱好者，也不是一个探险家，自从他喜欢上终日漂泊的生活后，就成为了一个漫无目的的人，既不为生存所困，也不为名利所惑。活一天算一天，走到哪就到哪。在感到被理想所骗、所累之后，他大悟到的一点是：人之所以能活得快活，是因为他永远不知道未来的命运！

从西藏跨过边境线是一件极其简单的事，那里没有铁丝网，没有地雷区，没有隔离带，也没有狼狗和哨兵，相距很远才会有一个哨卡。任何人只要穿着藏服，又不畏风雪严寒和山陡路险，都可以进出自如。

在印度同样不是他生活的目的，仅仅是因为他在西藏周游了八年产生了流浪域外的念头，因而取最近出国之道去了印度；若他在新疆萌发此念，则会去苏联；在云南萌生此念，则会去缅甸。总之，只要是出国，到哪里都一样。

他是在昌迪加尔碰上那辆收容了他的大篷车的，跨过边境线，步行了一个多月，才到达这个印度中央直辖区，他似乎已经有点疲惫不堪了。

他并没有生存的担忧，因为他没有更多的奢望，有饭吃、有水喝、有地方住足矣。而他那身藏族服装，在西藏生活而学会的藏语，对喇嘛教的了解及所掌握的简单英语，完全够他进行交流和被一些教徒们所接纳和施舍了。

他之所以疲惫不堪完全是行走所致，像中国西北地区一样穷困的印度西北山地也一样落后，他很难搭上汽车，有时碰上一辆牛车，也只能解决几里地的行程。倒不是那里没有长途汽车，而是他没有钱买车票。十几年来，他的流浪生活近乎乞讨，兜里不可能有什么钱，偶尔有几元钱人民币，但绝不会有卢比，更不会有美金。

当王枫在昌迪加尔一个广场上看到一辆大篷车和正在演出杂耍的一群印度人时，一股加入他们的冲动油然而生。能够坐上大篷车，将会使他的流浪生涯更为便利，也更为惬意，关键是和一群艺人混在一起，可以免去他没有印度护照的麻烦，印度警察不会对一群流浪者产生什么怀疑和敌意的。

他向印度艺人的老板提出了这个要求。那老板知道他是中国人后竟然很欣喜，问他会不会中国气功？在印度老板的概念中，中国气功是一种比印度瑜伽术还神奇的秘术，一口气吐出，能够断木裂石，能够让人伤筋碎骨。杂耍之中若增加这样的节目，当然更能吸引观众。

王枫无法向印度老板解释气功的奥妙，只是笑笑，摇摇头，表示他不会气功，但他会中国功夫。

他确实在出过梁山好汉的地方学习过武术，其中包括长拳和刀术，后来四处漂流时，在湖北又学了些剑法，在河南又学了少林棍。他倒不是热爱武术，只是常年单身在外，需要些护身的本事。实际上这本事也的确让他在几次被抢劫和受欺负时没有吃亏。

幸运的是，那印度老板对蜚声海外的中国功夫也颇感兴趣，当场让他演练了几招，居然立刻就收留了他，并马上在节目单中加上了中国功夫一项。于是，他成为了大篷车中的一员，随大篷车在印度广阔的土地上流浪。

几年间，他几乎走遍了印度的东南西北，看到过十岁就嫁人的女孩，看到过因没有嫁妆而被烧死的少女，看到过因民族、宗教纠纷而发生的战斗。

不过，给他流浪生活增添乐趣的还是印度的风景名胜，泰姬陵、红堡、印度门、莲花庙……

当王枫见到印度教徒们对宗教的虔诚态度后，便明白为什么印度会有这么多与宗教相联系的名胜古迹了。比如人人都厌恶的老鼠，在西部拉贾斯邦的德萨努克，竟然被看成掌管人间“繁荣与成功”大业的圣加尼西神的使者，神圣不可侵犯，老鼠庙每天早晚举行两次祈祷和喂鼠仪式，届时教徒们击鼓诵经，成千上万只老鼠群聚殿堂，大吃特吃，朝拜者若无意中踩死一只，须赔偿同等重量的金鼠。

他很羡慕也很敬佩这些终生有着不可改变信仰的人们，而他却再无信仰，也无人生目的，只是终日流浪，用以充实生活，完善无望的人生，进入到一种无为的境界。

观看过恒河的朝拜后，又到过了克希普拉河畔时，他已没有惊愕和好奇，只是平静地体验一种罕有的如同当年天安门前的那种气氛。

夜幕降临时，两名骑着高头大马的印度教徒击起鼓来，一队带着金盏花环、浑身涂满泥浆的圣人们同骑在大象上的“那伽神”，一同跳入“圣河”，而后在修行者带领下，数百万教徒们纷纷进入河内，将河水都抬高了数寸。被“圣河”水浸浴过的人们又到供着湿婆的庙外排起长队，依次接受湿婆的祝福。

入乡随俗，王枫也跳入“圣河”，他不相信这会给他带来什么福分，只是一种尚未泯灭的童心驱使他在水中欢跳，如同他在云南参加泼水节时端着脸盆往别人身上泼水，也被别人追逐着倾泼。

他不奢望未来，也不愿回忆过去，但他还是常想，若不是在当知青时突然悟出了一些东西的话，他会这样流浪四方吗？他还想，再过几年是不是应该离开印度，到孟加拉国或巴基斯坦去漂泊？

他永远不会自己回答自己的问题。

2

吴姗姗穿着正宗美国牛仔裤和耐克鞋，上身只着一件男式背心，从暴露过多的肩膀、胸脯看，她没戴胸罩，再加上那飘散的长发和席地而坐的习惯姿态，可以感觉出她在行为方式上已经颇接近美国人了。

她正是在美国，在靠近北极圈内的小城巴罗，在极短的一片暖洋洋的日光下，在街边的石沿上，为几个爱斯基摩人画像。

这几个爱斯基摩人似乎属于一个家庭，男人披着长发，赤裸上身，只穿一条海豹皮裤子，由于个子矮小，并不显得健美，不停擦鼻子的模样傻乎乎的，令人发笑。女人看上去比男人年轻许多，披着块毛巾被，怀里吊着一个正在吃奶的孩子，不漂亮，只是那双眼睛亮得令人惊奇。还有一个少女夹在他们中间，打扮得与吴姗姗近似，唯一不同的是这少女耳朵上吊着分量不轻的金耳环。

吴姗姗依次给这几个人画着速写，然后又给全家共同画了一张全家福。那个爱斯基摩男人拿过画，嘻嘻笑着，然后掏出一张一百美元的钞票，扔给了她。

吴姗姗小心地收起了这张钞票，不到一个小时工夫，她的收入足可以让她在美利坚这块自由的土地上生活一个星期了。她这种赚钱方式似乎比她那许多在刷盘子、拖地、剪草坪、遛狗、陪病人、带孩子、守夜、卖报纸、洗汽车、缝衣服、拉门的同胞们强得多，干那些活的人一般一个月也只能收入七八百，甚至五六百美元，刚好糊口。

不过，严格说起来，她并不是每个小时都能这样痛痛快快地收进一百美金的，否则，她岂不是早就成为女富翁了？实际上，她来美国近三年，依然毫无积蓄，也无固定住处，终日四处漂泊，一个典型的美国女流浪汉的形象。

她不是不可以在纽约、洛杉矶、旧金山、休斯敦、芝加哥、新奥尔良这类大城市里租一间小屋，到什么华人报刊或广告公司找上一两份画个版、描个插图这种工作，虽不富裕，起码算是定居生活，然后再找机会进入美术学院进修油画。

但是，这不是她所追求的生活方式，若想安定的话，在祖国西北重镇兰州，按中国人一般的标准，她过得也相当不错了。一套三居室的住房，在美术学院当副教授的丈夫，某出版社的美术编辑职务，经常在报纸杂志上发表几幅速写，偶尔有一张油画能参加省里的画展，在某些人眼里，她已是成功人士了。

不，这不是她生活的目的，自然也不是她这种女人的归宿，否则，以她三十五岁之龄，由于拒绝生育而依然丰满结实的体态，在美国嫁给一个华裔富商或喜欢东方女性美的美国教授，可以说并不是难事。

然而，她太喜欢自由，太喜欢无拘无束地创造一种她以往常在梦幻中出现的生活，她追寻的不是安逸和富足，而是充分显示个性和不受别人指使。

比如，她到巴罗来，就完全出于个人的意愿。曾有人告诫她，那里的爱斯基摩人已不再是历史小说和早期电影中所描写的那样，善于吃苦耐寒、质朴善良，而是一个个变成了酒鬼，凶神恶煞，动不动就寻衅闹事、打架斗殴，杀死不顺眼的人如家常便饭，最好不要到那个卫生设施极差、到处臭气熏天、治安情况恶劣的地方去。但是，她还是斗胆到了这里，并且对一些吃饱了撑的生态保护主义者嗤之以鼻，这种本能地对落后地区居民的同情使她受到了爱斯基摩人的欢迎，因为爱斯基摩人祖祖辈辈的生存就赖于狩猎海豹、北极熊和鲸鱼。

她在这里住了一个星期，挣了一千五百美元，又开上她那辆带拖斗的老式福特汽车，穿过加拿大的荒僻地区，经温哥华，进入了华盛顿州的西雅图市，在这里，她碰上了一群美国的现代“嬉皮士”，自称为“以每一块大地为家园”的宗教组织。

吴姗姗和他们只打了半天交道，便成为他们中的一员，她觉得，她终于找到了最适合于她在美国生活的方式。

吴姗姗从小跟着父亲奔波于中国的铁路建筑工地上，可以说，她很少享受定居生活的温馨，因而在她意识中也没有对定居生活的强烈要求，相反，经常变换生活环境反倒使她感受到了乐趣。

铁路建筑工地自然很少在大城市中，一般都位于小村镇和旷野深山之间，大自然的美妙，各地不同的文化及风情，使她不知不觉地热爱上了绘画艺术。由于父母工作繁忙，无暇照料她，乡间山里也没有供孩子们游玩的人工乐园，她常常会一个人站在山坡、河畔、林边、地头，久久地望着变幻不停的白云，潺潺流淌的溪水，放牛而归的牧童，起伏如浪的庄稼，傲然挺立的古松，星星点点的茅舍，每个人天生都有的对色彩、形象再现的潜能升腾出来，她在纸上描呀，画呀，涂抹着她对大自然与人的审美心态。

上中学时，父母所在的铁路施工处搬到了宝鸡市，她所显示的对颜色及线条的天赋使她进了市少年宫美术组，并且在第一次参加全市青少年美展时，就以一幅勾勒农村秋天景象的油画《金色的收获》获得一等奖，那是打谷场上一个老奶奶和一个小女孩在劳作的画面，老年农村妇女被常年劳累压弯了腰，但她的神情中毫无对命运的埋怨，尽管岁月在她脸上留下了深深的沟痕，而小女孩天真的眼睛中有一种梦幻般的光，她还不知生活的艰辛，但绝不畏惧任何挑战，因为她们知道将会得到收获的报偿。

一个小有名气的画家一眼就看中了她的天赋，主动推荐她去考中央美院或四川美院，并且告诫她若想在油画上有大发展，必须打好基本功，从模特画起。

而这时，她不得不到陕北的黄土高原去插队落户了。因为她那个年龄组的少年，除了有极为特殊的后台，否则全部都得响应伟大领袖毛主席“知识青年到农村去，接受贫下中农的再教育”的伟大号召。

当成千上万同龄人离开城市，奔赴农村时，她作为其中的一员没有什么可委屈的，她带上画笔、画夹、颜料，到了黄土高坡。

严格地说，她几乎没有干过什么农活，她背的画夹子和画箱使公社革委会宣传组一下子就看中了她，将她留在公社宣传组去为大批判专栏画画，为公社油印小报当美工。

这种安排对于吴姗姗来讲当然不是坏事，起码可以让她有时间画画，而且还可以到生产队去以收集贫下中农革命、战斗形象为由骑着公家的破自行车去采风，收集素材。

假如要不是那场画模特的风波使她陷入一场不大不小的灾难的话，可能她会有机会被推荐上大学，成为工农兵大学生或被抽调到省群众艺术馆搞专业美工。

她渴望画模特，因为她深知这是绘画艺术的基本功，没有这种人体方面的造诣，无论如何也不能使她在油画方面有什么成功。

在当时的社会形态中，本来意义的模特是没有的，甚至连石膏模型都难找到。幸好那些因为贫困、因为夏日炎热常常只穿一条短裤的陕北汉子们成为了她的男模特，她能仔细观察他们的肌肉、骨头、肢体和形态，并画下了无数张速写。而女模特就使她太伤脑筋了，几乎没有一个女人愿意一丝不挂地在她面前让她揣摩、观察，然后画在纸上，只有婴儿和老太太才可能满足她这种需求。于是，她买了一面镜子，自己画起自己来。但是，当她挂在墙上的几幅自画像被一个打过她歪念头而又被她拒绝的公社干部看见后，立刻撕了下来，送到公社革委会保卫组，她被戴上了画“黄色画”的帽子，没收了画箱和一切绘画工具，发配到猪场去养猪了。

她当然忍受不了这种惩罚，在一个夜晚，偷回了画箱，逃离她所在的公社，周游于陕北的一道道山梁和一个个小村，为各地的知青们画像，一方面提高技艺，另一方面也混口饭吃。

在此期间，她经历过几次短暂的爱情，有过几次与男知青同居的生活，但最终还是未能找到一个终身伴侣。她知道，责任在自己，因为她不喜欢过于安定、宁静的生活。她希望富于刺激的生活，这才能给她新的感觉和创作冲动。

打倒“四人帮”以后，她总算结束了知青身份的流浪生活，回到宝鸡市父母身边。待业期间，她几乎又闹出风波，因为她和几个同样热爱油画艺术的年轻男女相互以对方为模特，关在屋内一丝不挂地展示躯体，有好事者向公安部门告发，说他们是流氓集团，大白天就同奸同宿，幸好刑警队长是位有艺术细胞的人，只传讯了她和同伴们一下，让他们注意影响就完事了。

后来，她以优异的成绩考上了兰州某大学的美术系，在这座高等学府里开始迈向她成为专业画家的第一步。

毕业后，在许多同学被分到中学去教美术课的情况下，她有幸进入了一家出版社当美术编辑，这当然全是已成为她丈夫、当时是讲师后来升为副教授的那个男人努力的结果。他曾被她崇拜过，在她还是学生时，他已经是省里有名的画家，作品屡屡在全国获奖，并出版了几大本画册。她将崇拜转成了爱，又由爱而生出了破坏他原有家庭的力量，使他离婚后马上娶了她。

假如她只要求一个安稳的家庭、体面的职业，那也就不会有美国之行了。她从来不将这些作为生活目标，简单说，她不是一个懂得安分的女人。上学时，她就会不请假而去北京，参加当时颇为轰动的“星星”画展，“自然、社会、人”画展，回到兰州，她又组织“街头艺术派”画展，到出版社后，还是常常萌生各种不合传统的念头。对待家庭生活也是如此，每年总有几次不理丈夫，而和别的男女一同出去采风，十天半个月露宿荒野，喜欢上谁就和谁睡在一起，返回家时带回几幅让丈夫也不得不夸赞的充满激情的油画作品。

她出国同样是为了寻求刺激，寻找艺术感觉。像她这样一个被人们认为过于现代派的女性，有出国的要求一点都不奇怪，以任何方式出国也都不奇怪。她若是不出国，人们才会觉得她有点不正常呢。

她出国是颇费了点周折的，先让丈夫为她争取公费留学，丈夫几番努力，结果是他去了法国，她只好靠自己奋斗，与各种外国人拉关系，送作品，整整三年时间，才算找到一个老华侨愿意为她提供担保，使她办成了自费去美留学的手续。抵达纽约后，那个在中国敦煌旅游时曾受过她帮助的老华侨开车来接了她，并将她接到纽约市东城唐人街他开的超级市场顶楼，那里有给她准备的一个房间，代价是每天她在超级市场服务四个小时。

她早就听说过美国的这种人际关系，就是父子、母女之间共餐，有时也要分付餐费，老华侨给她的帮助已经够大了，她为老华侨画了一张油画，以示报答。

她只上了三个月的学就中止了，因为招她的那个学校是以赢利为目的的私人学校，水平极差，只相当于兰州市工人文化宫美术组业余油画爱好者的档次，当然，美国名牌美术院校她又不可能进去，好在她认为来美国不是为了深造，而是寻找机会。她认为她基础已经打得很好，唯一需要的就是被人发现。

她退学后，很快又告别了老华侨和他的超级市场，她觉得那里生活过于单调，而整个唐人街也令她厌恶，如同到了毫无文化可言的香港一样。

为了生存，也为了寻求艺术感觉和得到刺激，她曾到酒吧当过女招待，到缝衣店当过缝衣女工，到中国餐馆刷过盘子，到农场挤过奶，到画廊为画家当过模特，还以有偿方式接待过一些初次来美的中国人。

不过，每样工作她都干不长，因为她不喜欢安定，也因为她护照已到期，属于非法居留，打工时若被美国移民局官员或警方发现则会被强制驱逐出境。

有一段时间，她和一个美国房地产商的儿子同居，那个小她十岁的美国花花公子送给她不少漂亮衣服和昂贵的首饰，但在与她分手时，只说了一声"拜拜"，却一分钱也没有再给她。她理解，这是美国方式，以美国人的观念，他不欠她任何东西，他们只是共同享受了一段美好的时光。

她把首饰变卖了，约有七万美元，存进银行，准备生病或遭受不测时使用，开着她那辆花八百美元买的带拖斗的老式福特汽车，离开了纽约城四处周游。

这种方式本身就是符合她天性的，何况在不停的辗转中，可以使她少掉许多被警方盘查而驱逐出境的危险。她既可以领略美利坚合众国的无限风情，又满足了浪漫、自由的欲望，还可以收集素材，赚钱也容易些。她想等到积攒够了一定经费，便打通纽约商业画廊的关系，举办一次个人画展。在美国，没有那些绘画掮客们出力，画家别想出名，如同没有出版商的相助，任何作家也别想出名一样。

她昼行夜宿，喜欢的地方就多住几天，画风光，也坐在街头画人像赚钱，碰上有好感的男人就与之来上一夜风流。她得到了在中国做梦也想不到的生活内容和心理感受。她的油画中也开始充斥着混乱的色彩，扭曲在一起的线条，令人不知其所以的画面，分不出人与兽、自然与社会的区别。

她之所以与一群现代“嬉皮士”结为盟友，并决定与他们一同在美洲大陆上流浪，是因为在那里能有更多的刺激，能找到更多的现代人的感觉，何况那“以每一块大地为家园”的教义正好吻合她人生的信条。而且，跟他们混在一起，更不需要为护照签证到期而担忧，仅仅三天之后，他们就为她弄到了一本美国永久居住证，显然这些现代“嬉皮士”们已经有了美国黑社会的背景。

她给丈夫寄去了一张经过公证的离婚协议书，并且在一封短信上感谢他曾经对她的帮助，他们体面地分手了。

她继续在美国大地上漂泊，从日升到月落，从不考虑人生的终极，只想着她的油画艺术和享受一切生活的刺激。

第十八章　丑陋启示录

韩国，他像以前出卖自己的战友一样出卖了自己的情人；匈牙利，她染发改容以证明自己曾经有过白俄贵族的血统。

1

张援朝带着体态苗条、相貌出众的情人踏上韩国的土地时，汉城奥运会刚刚结束。当然，他在过关时的护照上并不叫张援朝，否则会引起韩国海关官员的不满，他那上面是个日本名字，叫大岛一郎。

这护照当然不是真的，若到日本警视厅或移民局的电子计算机中查询一下，不出三分钟，就可以证明档案材料中并无此人，护照是伪造的，马上没收，而持照人要被关押三个月后驱逐回原所在国。

但是，若单看护照，几乎不会发现任何破绽，因为护照本身并不假，只不过那钢印是假的，而仿制得又可乱真。

张援朝就是揣着这样的护照离开日本，从北九州乘船穿过朝鲜海峡，以旅游者身份到达韩国釜山的。

在日本两年，他从东京到名古屋，从大阪到松山，从九州又跑到北海道，几乎踏遍了日本全部国土。他刷过盘子，卖过快餐，送过报纸，打扫过庭院，守护过癌症病人，倒卖过中国文物，还悄悄贩过小量毒品，但离他发财的标准总是相距甚远。日本政府对于非法使用外籍劳工管理甚严，使他难以踏踏实实干上一份正当工作，而没有正当工作，在日本发财几乎等于梦想。

于是，他决定用两年积攒下来的一百万日元买一份假护照，到韩国去闯天下。据说那里在和中国建立了贸易关系之后，很需要熟悉中国大陆情况的人才，而他又通晓韩语，在韩国没有语言障碍，说不定能碰上机会，进入一家大公司，那他就能施展才能了。在日本，像他这种留学生是没有当上公司职员的可能的。

与他同行的情人刘莉是他在日本认识的中国人。她的身份同样是留学生，同样也没上过一天学，而是在银座的酒吧中当吧女，本来她赚钱的机会比张援朝多得多，实际上也已经有了几万美金，可日本黑社会组织纠缠上了她，要让她去当高级妓女，专门为与黑社会打交道的一些神秘人物服务。她不想干，黑社会的打手们就威胁要破她的相，她是非法打工，又不能寻求日本警方的保护，正好张援朝在追求她，她就投入他的怀抱，与他一同离开日本，前往韩国。

以刘莉那种漂亮女人的目光来说，张援朝确实是一个她心目中的白马王子，英俊、潇洒，一米八〇的瘦高个，白白的皮肤，一副金丝眼镜后面有一双机敏的眼睛，谈吐不俗，时而流露出点小幽默，但绝不失中年男人的沉稳、谨慎和含蓄，对女性则更温文尔雅，体贴入微，热情但不色情，典型的上海小开的形象。加上同在异国，一种同是天涯沦落人的心绪使她以全部身心爱上了他，将自己的后半生托付给了这个她认为值得做丈夫的人。

她自然也有一张假护照，得到的方式与张援朝相同，其实就是他帮她办的，报价是一万美金，他不动声色地从中捞取了两千美金的好处，而她还对他感激不尽，更加热烈地爱上了他。假如她知道了这一点，再假如她知道了他走入社会后的所有经历，恐怕她就不仅不敢爱他，而且会“哇”的一声逃离他。但是，几乎所有漂亮姑娘都是傻瓜，都有被人卖了还帮着数钱的基因存在。上帝是公平的，给了你一副好躯壳，就必定搭上一副属于次品的大脑，反之亦然。

张援朝是一九五〇年出生的，和成千上万个与他一同降临于世的婴儿一样，他的名字被冠以了时代的色彩。十几年后他去安徽省皖南的山林中插队时，还以此名冒充了几天高干子弟，其实他的父亲是个不折不扣的小业主，做了一辈子发财梦但到死也没有见到过十万元钱是什么样子。当然金圆券和早期人民币除外。

他从父亲那里虽然没有继承到财产，但却遗传了见风使舵的投机基因，这在他走上社会之后充分地显露出它的应用效果。

在皖南插队时，为了表现他认真接受贫下中农再教育，刻苦学习马列主义、毛泽东思想，他和几个知青伙伴组织了学马列小组，他们白天下田劳动，晚上点起煤油灯或蜡烛，刻苦攻读。他们获得了公社和县里的好评，并被授予先进知青集体称号。

当大学恢复招生，由贫下中农推荐，其实是公社革委会拍板谁能上大学的信息传来之后，张援朝发现唯一能改变他命运的机会来了。贫下中农推荐对于他并非难事，因为他的精明使他和农民们关系处得很好，他所缺的是树立在领导心目中的地位，说具体点，他必须强于学马列小组中的其他几个同伴。

当他摸准了他所在小山村中肯定要有一个知青去上大学时，他悄悄偷走了几个同伴的学习札记和日记本，那上面记录着这些同伴通过学马列而得出的对当时形势的疑惑及不满，甚至还有对某些大人物言行的批评。他将这些所谓材料交到了公社革委会保卫组，并狠狠地加以斥责。

结果，那几个同伴被关进了公社革委会的禁闭室，他则作为有功之臣、革命觉悟高、被贫下中农改造得好的知青典型成为首批工农兵大学生。此事在当地引起不小的轰动，褒贬不一。

大学毕业后，他被分到上海某研究所工作，并很快凭着小聪明升为研究所革委会副主任。

一九七七年，他从革委会副主任的职位上被撤下来，当上一个研究室的主任，几年之后，由于学历和学问太浅，在选举中再一次丢掉了这个科级职务，成为一个哪个课题组都不愿意收留的在编无业人员。

后来，他承包了研究所的一个劳动服务公司，想从经济上实现父亲未能完成的事业，当上个十万元户。然而，他没有做大生意的本事，两年多干下来，给研究所赔了几十万元钱。他又一次用出卖别人的方式使自己得到了解脱，虽然他被撤了经理的职务，可早已捞了两万多元钱，这钱刚好够他办理到日本自费留学的费用。于是，他随着汹涌的出国大潮，从上海到了东京。

在日本没能实现黄金梦，他带着情人以日本人身份到了韩国，他发现这里果然比日本的机会多一些，起码他能体面地走进任何一家大公司，要求一份职业，而不会像在日本那样，一看他是中国留学生就将他拒之门外。

不过，进公司当职员虽然容易，但低级职员的工资却比他想象的还要低，一个月只有三百至五百美金，刚够他和情人吃饭和租一间不大的小屋住，若仅仅为了过这种日子，他实在没有必要跑出国，这不真成了“洋插队”了吗？

他知道情人手中还有一万多美金，便和她商量也成立一家贸易公司，专门做中国的转口生意，利用韩国的廉价电器、玩具、汽车、服装等商品，打入中国，赚中国人的钱。他知道中国的官商很容易对付，只要请他们出国观光一下，再送上一叠美金，一切问题就都可以解决。

他漂亮的情人在生意方面毫无主见，反正她认定了后半生将和他相依为命，也就痛快地答应了，并拿出了卖笑挣的钱，由他随便支配。何况，她相信他能很快以这一万多美金挣来十万、一百万。

在韩注册公司比在中国容易一百倍，只要出示申请书、银行资信证明及个人身份证和详细住址，填个表，营业执照就发到手了，可以经营一切合法的生意，只要照章纳税就不会有什么人来找麻烦。

他开办的公司名字叫大上海株式会社，大上海标明是主要对中国做生意，株式会社则显示他的日本人身份。他在釜山海滨大道的一间写字楼租了一个套房，里面住宿，外面办公，开始挂牌营业。

一九九〇年亚运会之后，中国经济逐步复苏，进出口贸易迅速增加，由于两国还没有外交关系，通过第三国做转口生意的很多，张援朝又了解中国国情，很快就接到了几张货单，能从中赚钱了。

然而，货单上的商品都操纵在韩国几家大公司手中，如大宇、三星等财阀，而中小公司的货都是二手，加了价之后才卖给他，他已经没多少利润了，因而，他必须打通关节，直接从生产商手中买到出厂价，这样利润更高。

于是，他开始带着情人频频出击，用所剩无几的钱进入韩国上流社会人士经常出入的高尔夫球场、海上运动场、高级歌舞厅等娱乐场所，以期能与大财阀建立关系。他知道，单靠自己的三寸不烂之舌解决不了问题，而情人的姿色一定能攻破障碍。

果然，在一个高级舞厅内，一位中年绅士模样的韩国男人邀请张援朝的情人跳了几曲舞之后，与他们相识了。这人是韩国某大公司的总经理，而其父是能操纵政界的著名大亨，也是这家家族公司的董事长。

听到这家公司的名字，张援朝一阵兴奋，虽然在此之前，他也结识了十几个大大小小的老板，但比起眼前这位来，只能是小巫见大巫了。只要有这位中年绅士一句话或一个签字，那货单上的货全部可以用最低价格买到，因为这家公司就专门生产这些货物。张援朝激动万分地预感到：赚大钱的机会来了。

那自称朴先生的韩国人与张援朝谈了几句生意上的事，热情地邀请他们到底楼花园去共进夜宵，也欣赏一下釜山的夜景，眺望茫茫夜海。

张援朝欣然答应了。夜宵之后，朴先生表示第二天要和他单独谈谈生意上的事，张援朝欣喜若狂，恨不得冲着朴先生呼几声“万岁”。

第二天，他如约赶到那家闻名于世的大公司的二十八层办公大楼，在总经理室见到了朴先生，并呈上了货单。朴先生看了看货单，轻淡地表示这只是小生意，可以如数照给，而价格优惠一半，还可以签订长期供货合同，但有一个小小的条件。

张援朝瞪大眼睛，侧耳倾听对方的条件。

朴先生笑了笑，说：“你现在还没有能力养一个那么漂亮的情人，与其让她跟你受苦，不如让她跟我享福。这样，你还能不停地从我这里赚到钱，有了钱，韩国什么样的女人你都可以得到。”

张援朝听到这样的条件，不禁大大松了一口气，他几乎眼都没眨就同意了，还觉得自己占了大便宜。他现在考虑的只是怎样才能说服情人接受这个现实，不过，他相信自己的情人只要听说有人愿为她出大价钱，一定会同意的。

不料，当他回到住所，委婉地讲出了这无耻的念头后，他的情人却没有答应，只是嚎啕大哭，骂他是个“小瘪三”、“小赤佬”。见无法说服，他只好采用下流手法，假借安慰她，给她喝下了掺有安眠药的咖啡，然后将昏睡的她送到了朴先生的豪华别墅，他相信朴先生的美元、钻戒、大粒珍珠项链、宽敞的公寓、昂贵的时装足可以扭转这个轻浮女人的某种并不坚定的观念。

事实果然如此，再加上后来他给她跪下，痛哭流涕地说这是为了解决燃眉之急，为了两个人的长远打算，以后他发了大财，她也有了自由，他一定将她接走，娶她为妻，她也就认可了事实，怀着一丝似有似无的希望去给朴先生做妾了。

张援朝第一笔生意做完，赚到手几十万美金。和以前他的所有出卖行为一样，这次收获同样不菲。至于未来，他从未予以考虑。若考虑这一点，他当知青时也就不会在卑鄙之途上跨出第一步了。

2

站在匈牙利首都布达佩斯市中心的盖莱特山，刘惠妮感觉到的不是波澜壮阔的景象，也没有感慨万千的情绪，虽然古城石基上矗立着一座高大的自由女神像，双手举着橄榄枝，似乎在呼唤着全世界热爱自由的人们；虽然多瑙河伊丽莎白桥东端裴多菲像与其遥遥相望，似乎在大声朗诵“生命诚可贵，爱情价更高，若为自由故，二者皆可抛”的千古名句，而她却并没有激动，没有被感染，她对这些震撼正直高尚人们的文化名胜不感兴趣。

作为一个自费留学的中国女人，她乘坐火车穿越半个欧洲大陆，来到匈牙利已经三个月了，布达佩斯的市容她早已浏览过三遍。

她是跟着一个把她办出国的中国“大款”旅行的，那个靠卖女人化妆品暴发起来的瘸子，为了能不仅仅是和她睡几夜，而是最终娶她为妻的目的不惜在她身上投资了几万元。然而，他却在一个夜晚去谈生意时失踪了，据她分析，不是被中国来的“款爷”们给“剁”了，就是被布达佩斯的匈牙利“倒爷”给扔进了多瑙河，这是黑道生意场上的常事。

对于那丑陋不堪的情人的死，她倒没有什么悲哀，她所痛惜的是那家伙的钱包，她身上只有他留给她的不到一百美元的零花钱，幸亏她和他住的公寓房已经预付了半年房租，否则她将露宿街头，或者以妓女身份上嫖客家去过夜了。

对于到外国当妓女，她不是一点思想准备都没有，这是上帝赋予女性得以生存的最后本钱，她从一些报刊上看到不少去日本、泰国、美国的中国女人们，实在混不下去就以卖身为生，虽然从东方道德观念上认为这很下贱，可从不择手段发财这个角度来看也不无可取之处。

其实，那些没有爱情，只以对方的金钱、地位，以及名人、英雄的身份为择偶条件的女人又何尝不具有妓女性质呢?!不过，话又说回来了，在一个商品社会中，“笑贫不笑娼”的观念会长期存在的，无论你使用什么方法，只要最后结果是成功的，就会有人羡慕你，你的人生也就得以完善了。

刘惠妮有这样的想法一点也不奇怪，因为她小时候太穷了，她太想出人头地，过上她理想中的好日子了。

她出生在沈阳，父亲是一个拉板车的，母亲是个捡破烂的。从她记事起，就只有在过春节时才能穿上一件新衣服，而吃肉的次数则能被她一一数出来。她小小年纪，就懂得了人穷志短的真谛，就知道交不起学杂费，放学时买不起一根冰棍吃是何等的耻辱。

当她知道了灰姑娘的故事后，就总幻想自己是一个中国的灰姑娘，有朝一日能被一个王子娶为妻子，一下子由饥寒交迫变为荣华富贵。

她长得不难看，在她懂得照镜子时起就发现自己有与众不同的地方，皮肤白白的，鼻梁又高又直，眼球有点发黄，头发卷曲。不少人说她有“老毛子”的血统，可她家又确确实实是纯粹的山东人，爷爷那辈曾逃荒到关外，但她奶奶和她妈都绝没有被“老毛子”碰过一个手指头。

因为一些小伙伴暗地里叫她“小杂种”，她没少和他们吵嘴、打架，有时候自己被打得头破血流，但最后总是小伙伴被打得告饶。

一九六九年她去北大荒插队，那时中国正和苏联因边界冲突而刀枪相见，若有人暗示她和苏联人有血缘关系，她会破口大骂，甚至大打出手，有一次还提着半自动步枪把一个家伙追得三天不敢回连队。

她当知青的农场里有一批北京来的高干子弟，那批人以“老子英雄儿好汉，老子反动儿混蛋”的论调推断出“龙生龙，凤生凤，老鼠生儿打地洞”的谬论，无处不显示出一副贵族血统的高傲。实际上他们也确实一个个都在镀了点金后当兵的当兵，上大学的上大学，最次也调到机关里去坐办公室。

刘惠妮由此而更鄙视自己的出身，做梦都想自己要是能出生于一个贵族家庭该有多好。实际上，即使是上帝也无法更改她的血统了，虽然她常为自己设计一个这样的童话：她是某个大人物的千金，当时因某种特殊情况，不得不将她寄养于一个贫民家中，现在，那个大人物终于寻找到了她，派秘书坐一辆红旗牌轿车开到农场，在一片惊叹声中将她接到北京。

然而，现实是她只能在农场砍木头，扛麻包，锄玉米地，一直到一九七九年知青大返城时才算又回到沈阳城，而她的父亲依然在拉板车，母亲依然在捡破烂。

她终于明白，她只有用嫁给一个贵族的方式才能改变自己的命运，使自己也成为一个贵妇。

为此，她将贞操献给了一个副省长的公子，但得到的结果是打了两次胎后被抛弃了；她还和军区某部长的少爷同居过两年，而这位少爷当兵的妻子以“破坏军婚”为由告了她，使她被开除了公职；她还和厅长的小舅子、局长的堂弟等十几个有显赫地位的男人厮混过，但这些人都没有娶她为妻的意思，只不过看她长得有点洋人模样，拿她开开心而已。

她终于认识到，这些新贵们没有好人，于是她几经寻找，嫁给了一个没落贵族的后代，那是一个白俄与中国女人所生的儿子，高高大大，金发碧眼，一看就是俄罗斯人种。她听信了这个四十多岁的汉子的花言巧语，他说他爷爷是当时沙皇尼古拉二世的禁卫军司令，有一批金银财宝存于瑞士银行，在莫斯科郊区还有豪华别墅和几千亩庄园，苏联政府很快就要落实政策，他将恢复他的贵族身份。

她怀着当贵妇的念头，和他生活了三年，还生了一个儿子，但始终不见苏联政府给他落实政策。在一次酒醉之后，他吐出了真言，原来他爷爷只不过是克林姆林宫的一个马车夫，苏联十月革命后，随一批皇族逃到满洲，过着穷困潦倒的日子，根本没有什么遗产可继承，他对沙俄贵族的了解只不过都是从他爷爷那里听来的。

刘惠妮的一场好梦又成泡影，她一怒之下，与丈夫离了婚，孩子也不要了，只身到社会上去闯荡，甚至连父母家也不回，她早就厌恶了自己那对卑贱的父母，而到处讲自己是个有俄罗斯血统的孤儿。

二十世纪八十年代末期，她发现人们对于苏联人、日本人的后裔不仅不再采取歧视的态度，而且还有意巴结，因为日本巨商来华寻子，身居法国的俄罗斯贵族来找孙的新闻流传得太多太广，这使一心想发财的中国人不愿意放过一点机会，甚至一些政府官员也想能发现这样的“人才”，以使他们的父辈能来华投点资，好挣上些政绩。

不过，她在沈阳的骗术有限，因为了解她历史的人太多，她只能周旋于沈阳的一些暴发户之间，给他们充当短期情人，以维持穿金戴银，出入豪华酒店、舞厅的生活，也时而陪他们南下广州、深圳、海口，充当一下女秘书、公关小姐。

当那个腿有残疾的百万富翁表示和她有长远打算时，她虽然不心甘情愿，可又暂时不想扫他的兴，因为起码他对她是真心的，而且在她稍有出国表示时，立即花了一万美金，办了两张去匈牙利留学的证明，与她双双出国，成为了出国大潮中的两滴水珠。

像许多出国者一样，留学只不过是他们的幌子，到异国他乡去挣大钱才是他们的实际目的，而且自从东欧社会主义集团解体以后，蜂拥而入的中国人的确传回来不少发了财的信息，那些来自东欧国家的洋“倒爷”们也在证实着这种可能性。而且，从穷困的东欧进入富裕的西欧更加方便，不少中国人都想采用这样的方式成为意大利、法国、德国的居民，因为风传一九九三年欧共体国家要大赦，其中包括对一批非法移民者给予居住权。

她和那个瘸子在布达佩斯过了几天好日子，像一对真正的贵族乘坐火车上的豪华包厢周游了这个欧洲内陆国家的所有风景区。然而，当他们回到布达佩斯，刚开始涉足生意场，准备发外国人财时，她的财神爷却莫名其妙地失踪了。

没有钱，她当然无法生存下去，于是，又一个中国“款爷”约她到市中心的盖莱特山游玩时，她毫不犹豫地前去赴约了。

这种约会的结果当然也在她预料之中，看看风景，在多瑙河中划划船，增加点浪漫色彩之后就到他或她的公寓中，度过一个疯狂的夜晚。

从此以后，她又恢复了在沈阳时的那种生活方式，作为一个交际花活跃在匈牙利的中国“款爷”们中间，转来转去，像是一件礼品，也像是一件商品。

终于，有一天她发现自己的年龄和开始松弛下来的肌肤不允许她再这样混下去了，她必须为自己的后半生寻找一个依靠，寻找一个能使她永远过富足生活的丈夫。这丈夫不太可能是那些中国“款爷”们，因为他们都知道她不是个好女人；也不太可能是真正的中国留学生，因为他们不能满足她对物质生活的欲望。那么，她只能选择匈牙利人中的有钱人。

从相貌上说，她还是有资本的，而这资本是无论哪一国男人都最关注的，但为了能顺利地进入匈牙利上层社会的圈子，她还需要有一个良好的身份，关于这身份，她几乎没有多想，就将自己定为俄罗斯贵族的后裔。

她从前夫那里听到了不少有关俄罗斯贵族生活的情况，尽管她前夫也是听他爷爷讲的，但绝对真实，而且她还从前夫那里学会了一些俄语，这对她有很大帮助。为了能够更加准确地扮演这个角色，她用从中国“款爷”那得到的一点钱去医院做了整容，让鼻子更加高大，乳房更加坚挺，还彻底染黄了头发，不知内情的人，再也看不出她是一个中国人了。

凭着她成熟女人的风韵和与众多男人打交道的经验，她居然一步一步混进了匈牙利新贵的社交圈，她的俄语也使那些匈牙利人不会对她的身份产生怀疑，相信了她是一个虽然穷困，但却有良好教养的俄罗斯贵族的后代。

不久，一个有着匈牙利王室血统的老头爱上了她，并将她接进自己的豪华住宅，还专门请了一个家庭教师教她学习匈牙利语。然而，在她以为她很快就要和那老头结婚之时，她那不争气的头发却使老头产生了疑问，进而发现她根本弄不清彼得堡和列宁格勒的关系，也说不清涅瓦河是从哪流向哪，于是，他给了她一笔钱，将她扫出家门。

她很沮丧，但并不灰心，终究她还是有过短暂的成功，只要总结教训，找机会去俄罗斯好好转上一圈，她还可以继续扮演俄罗斯贵族孙女的角色。

以她个人的观念，她并不觉得这行为有什么丑陋，她和地球上的一切同类一样，都在为过上好日子而奋斗，只不过每个人的手段不同而已。

第十九章　死亡启示录

阿巴丹，他以海员身份永远地躺在了海湾一块宁静的礁石边；卡拉奇，她用一个男人的吉列剃须刀切开了自己的腕动脉。

1

谁都会死，死是对生的一种嘲弄，同时也是对生的一种阐释，多么伟大的人也摆脱不了这种人生永恒的阴影，多么平凡的人也可以在死的这个命题上与高贵者成为平等。

但是，对于韩建设来说，却死得不能瞑目，不能安息，也许是他死得莫名其妙，死得毫无价值？不，对他而言，最令他遗憾的是未能葬身故乡，未能被祖国的黄土掩盖，他是以一个中国人的身份死在了海湾地区一片宁静的礁石边。

他不是士兵，虽然他曾经很想当一名士兵。以一个战士的身份战死在保卫祖国或维护人类正常生活秩序的沙场上是他经常梦寐以求的，可他根本没有机会当一名士兵。

他是在波斯湾边潜水采集珍珠时被一颗水雷炸死的，时间是两伊战争刚刚结束不久的一九八九年。

波斯湾沿岸盛产珍珠。由于幼发拉底河、底格里斯河、卡伦河等河流的河水源源不断流入波斯湾，使这一带海水的盐分减少。伴随着大量有机物的增加，海岸附近的海洋动植物有了良好的生长和繁殖环境，珊瑚礁的丰富，大大有利于珍珠蚌的繁衍，因而，波斯湾海域成为世界上最著名的采珠场，甚至超过了日本和南美一些地区。

这一带自古就有珍珠海岸的美名，巴比伦时代的巴比伦人就已经知道珍珠的珍贵装饰作用，他们把珍珠叫作“鱼的眼睛”，穿成项链，挂于颈上，以后历代阿拉伯王朝的宫廷中，都把大粒珍珠作为贵重饰物。

早期采集珍珠是一项很艰苦和危险的劳动。采珠的阿拉伯人只戴一只帮助憋气用的角质鼻夹，夹住鼻孔，手上戴上一副保护手指不被珊瑚礁和蚌壳划破的皮指套，耳朵用蜡团堵住，手拿一把刀子，腰系一个口袋，抱住一块用绳子系住的石头跃入海中，在海中工作一分多钟后，就必须浮游上来，否则将因缺氧窒息而死。

至二十世纪初期，这一带天然珍珠的数量和质量都占世界首位，采珠船上万只，在海面熙熙攘攘，颇为壮观。然而，当人工培植的珍珠问世以后，大量廉价珍珠冲击市场，天然珍珠采集业渐渐衰败下去，尤其是自海湾发现石油和天然气后，此种资源给海湾国家带来的收入远远超过天然珍珠，这里的采珠业也就基本消亡了。

但是，作为一种个人爱好和乐趣，再配合旅游业的发展，海湾沿岸还是时而有人身穿现代化潜水衣，驾着摩托艇，潜入十几米深的海水中去寻找珍珠蚌，每年都会有采到了鸽卵大小天然珍珠的传闻。

韩建设就是租用了一艘摩托艇和一套潜水衣，从底格里斯河与卡伦河入海处的伊朗港口城市阿巴丹海滩驶向距海岸十公里外的浅海，跃入海水下寻找珍珠蚌的。

韩建设对大海并不陌生，他出生于辽宁省大连市，从小就在海滩上玩耍，七岁学会游泳，一个月以后就敢从海边游到棒槌岛上去掏海鸟窝中的蛋。赶海是他每个星期天早晨必须做的一件事，退了潮的海岸线上露出几百米宽的沙滩，上面未能随海水漂走的海蛎子、海星、海参，俯拾即是，从沙洞中还能掏出巴掌大的螃蟹来。有些人半夜里会架上长达上百米的拦网，收获则更丰，网上挂满了大大小小的海鱼。

韩建设赶海并非仅仅为了收获海产品去卖或去吃，他更多的是对大海的爱和与大海嬉闹所产生的乐趣，他在沙滩上跑来跑去，追逐行走飞快的螃蟹，然后又跃入海中，看着螃蟹怎样在海水中游走。他常常玩到涨潮之时，让上升的海水一点一点把他冲到岸边，而他则两手空空地回到家中。

中学毕业，他不可避免地加入到上山下乡的行列。而他去插队的地方既不是上山，也不是下乡，却是一个海滨公社的捕鱼大队，他的宿舍就在一艘木制机帆船上。

他随船出海打鱼，在船上度过青春年华。他从来不觉得艰苦，每到渔汛来时，渔船要离开海岸，他都会兴奋不已。

当然，他也有不满足的地方，那就是机帆船只能在近海捕捞，不能到远洋去。而他像思念情人一样思念着大洋的广阔、神秘，他连做梦都想着与惊涛骇浪搏斗，他认定自己应该去当一名大军舰上的水兵，起码要在远洋巨轮上当一个水手。

海军和大连远洋运输公司在他所在的公社招过人，可他却未能如愿以偿，因为他在征兵、招工时已经失去了自由，被送进了一所监狱，进行劳改。

他杀了人，以谋杀罪被判处十年有期徒刑，剥夺政治权利五年。

那是为了报复而失去了理智。他来插队以后，爱上了一个女知青。本来女人自古从不会出海打鱼，但为了冲破旧习俗，表现“男人能干的女人也能干”这一革命宗旨，一批女知青也上了渔船，他和其中一个身材小巧、模样可爱的女知青产生了感情。

然而，那个女知青背叛了他。为了能成为“工农兵大学生”，她接受了公社革委会主任的诱惑，下船到公社革委会当了打字员，并和主任睡了觉。

韩建设得知后，肝肠寸断，理智全无，在一个夜晚，他提着一桶柴油，悄悄摸到了公社革委会值班室，认定他爱的人正和革委会主任睡在一起，便将柴油从门缝倒进去，划着了火柴。

那对男女并没有被烧死，只是被烧成重伤，但一脸的伤疤，再没有人的模样。而韩建设因此被抓了起来，关进大牢。

十年之后，作为一个已到而立之年的劳改释放人员，他走出了监狱，一切正常的生活再也跟他没有了联系。什么当兵、上大学、当水手，似乎都只是儿时可笑的梦，甚至找一个普通的工作都是不可能的，因为任何一个单位看到他档案中杀人放火的罪行都连连摇头。他只能去当个体户维持生存。

然而，他不想干个体户，他当水手的梦不圆死都不会瞑目，既然在中国不能实现理想，那只好跨出国门，到外国去寻找机会。

八十年代，大连港中停靠的外国远洋货轮很多，经过一个多月的探寻，他终于游了十几海里，爬上了一艘已经出港准备离去的新加坡散装货轮。他躲在救生艇内，直到货轮行驶了一天一夜后，他才露面，找到船长，要求留下当个水手。

对于一个莫名其妙的偷渡者，船长理所当然地拒绝了，但船长不可能将他送回中国，只有等船到了新加坡，再将他交给警方处理。

在太平洋上的航行，使韩建设对大海更产生了难舍难分的情感，穿越台湾海峡时遇上了台风，不少船员都因船剧烈晃动而呕吐不止，他竟然一点事也没有，还悠闲自得地抓住船舷的栏杆体验大海的狂暴，当水手的天赋从他体质上充分地显现出来。在南中国海平静的海面上，看着成群的海鸥在船尾飞翔，十几米深的水下珊瑚礁清晰地映出，他会情不自禁地高声歌唱，与大海系于一处的灵魂从他的神经中向外迸发。

新加坡船上有一半船员是新加坡人，因而都会讲华语，他并没有因语言障碍而孤独。在十天的航行中，他从一些水手那里学会了不少航海知识和当水手的技术，这为他今后的水手生涯打下了基础。

在货轮抛锚于新加坡港外等待联检时，他再一次跳水而去，在逃走之前，他偷了一个水手的护照和水手证，然后从一个无人看管的海滩上了岸。

十年的劳改经历使韩建设与众多的罪犯打过交道，并从他们身上学到了不少谋生的手段。当然，他并不想以那些犯罪方式生存，但在一些关键时刻用点不正常手段对于得不到社会正常对待的人也无可非议。他所学的谋生手段之一就是伪造证明。他用为了出走而准备下的一点美元买了一身廉价西装，又去照了快相，然后将偷到的护照和水手证上的相片撕下，换上自己的照片，再巧妙地砸上钢印的痕迹，不用仪器无法看出毛病。

凭着新加坡护照和水手证，他冠冕堂皇地登上了一艘正在招聘水手的伊朗油轮。由于他有官方认可的水手证，伊朗船长只简单地问了他几句航海方面的常识，就收留了他，月薪一千美元。从此，他就成了伊朗远洋运输公司一艘十万吨级油轮上的新加坡籍水手。

在这艘油轮上，他学会了英语和波斯语，也到了大西洋、印度洋和北冰洋，至于太平洋则是这艘油轮的主要航线。他起码踏上过三十个国家的领土，遍领世界风光。

他结识了一个在伊斯兰神学院学习的日本姑娘由子，并且和她产生了爱情。

那是在波斯王朝第三代君王大流士一世的寝陵前，韩建设正在观看墓口处的铭文，铭文中说，神灵赋予大流士两项才能：智慧和光明。正在这时，一个姑娘突然昏倒在地，从那散开的面纱可以看出她是一个东亚人，而不是波斯人。

由于误认为她是一个中国人，韩建设忙冲过去，抱起她，拦住一辆出租汽车，将她送到伊朗一所医院，替她办理了急救手续，并等到她抢救清醒过来才离去。第二天，他带着一束鲜花来看望她时才知道她是个日本留学生，因中暑而昏倒的。

日本姑娘由子也同样会讲英语和波斯语，因而和韩建设能够交谈。在她一个星期的住院期间，韩建设每天都来探望这个虽然相貌不算漂亮，但却神情可爱的日本姑娘。当她出院时，女孩也已经喜欢上了身材高大、一脸络腮胡子、性情温和又不失男子气的韩建设。

韩建设在又要出海前租了一间公寓，和正在放假的由子同居一处，享受着爱情的时光，并和由子商定好，等她毕业之后就结婚，然后转到日本航运公司去当船员。

他去潜水采珍珠纯粹是心血来潮。他想有幸采到一颗大珍珠镶到一枚金戒指或金项链上，送给由子当作订婚信物。其实，各种珠宝店中不乏这类饰物，价格他也承受得起，可他为了表示情意，也为了带由子领略一下大海的风情，还是想亲手采上一颗珍珠。

一个星期天的黎明时分，他和由子乘坐一艘摩托艇，驶离海岸，到达一堆礁石边，从这里，他穿着潜水衣下了海，寻找了十几分钟后，他终于从一个贝壳中发现了一颗珍珠，虽然比他想要得到的小得多，可也有一粒蚕豆大小。

正当他高兴之时，有什么东西碰了他一下，他本能地用脚蹬开，那东西向礁石上迅速撞了过去。

那是一颗固定式小型潜水雷，专门爆炸微型潜艇用的，由于体积小，又潜在水中，靠近暗礁，所以没有被扫除掉，此时被冲撞到礁石上，触动了引信，爆炸了。

韩建设未能幸免，一个有过知青经历的中国人，就这样永远地躺在了海湾一块宁静的礁石旁。

2

二十世纪八九十年代，没有人再把嫁给外国人当成国耻，甚至在道德观念上鄙视这种行径的人也很少了，因而，当杨姗姗把一个身材粗壮、皮肤黝黑、头发卷曲的巴基斯坦中年商人带到自己家中时，引起了邻居们一片惊叹和羡慕的议论，纷纷向她表示祝贺，为这个三十二岁的老姑娘终于如愿以偿嫁给外国人感到由衷的高兴。

湘妹子杨姗姗身材算是高大的，因而有幸在一家服装公司当模特，她白嫩的皮肤，细眼小嘴，男孩子似的短发，也算颇有南国女子的姿色了，由于没有家庭生活的拖累，再加上平时保养得不错，看上去她不过二十五六岁。

那个巴基斯坦男人四十上下，除了因营养过剩而使肚皮大些以外，还算有风度，比一些第二次世界大战时的欧洲老兵中看得多，也比一些蛤蟆状的香港阔佬体面得多。

杨姗姗是在为外商展示时装时被这个叫默罕默德·哈克的巴基斯坦服装商看中的。哈克是来长沙与一家服装公司洽谈一笔服装生意的，由于中国服装业内部激烈竞争，向外商压价出口，因而哈克的生意谈得很顺利，而他获得一个长沙姑娘的芳心则更加顺利。

哈克不像那些中东石油大亨们那样财富无数，开着自己的私人飞机频繁周游世界，在各大都市建有豪华住宅，一掷千金地玩弄各种肤色、各种年龄的美貌女性。但是，在和几个为了一百元人民币而主动送上门来的中国女孩子过夜之后，他对中国女性产生了浓厚的兴趣，决定娶一个中国女孩为妻。

他用所会不多的几句中国话邀请服装模特杨姗姗去了一次专供外宾使用的歌舞厅，又送给她一条金项链和一台日本彩电，杨姗姗就迫不及待地接受了他的爱，并将他带到家中，还回赠了一件价值上万的清代花瓶作为订婚礼物。

于是，他们双双飞往巴基斯坦的第一大城市卡拉奇，哈克在那里有一套大理石住宅，然后他们以穆斯林方式结了婚，成为一对异国夫妻，杨姗姗也取得了外国护照。

当她作为新娘走进哈克的住宅时，不禁被那豪华气派所惊呆了，她做梦也不会想到世界上有这么漂亮的住宅。那是一幢用白色大理石砌成的二层建筑，当然是伊斯兰风格的，圆顶，窄窗，占地约六百平方米，一进门的大厅就有近百米之大，光洁照人的地板上铺着纯羊毛地毯，墙上是挂毯和壁画。哈克的书房内的家具全部由大理石板组成，卧室四壁完全用丝绸遮盖，一张宽大的席梦思床足够五个人躺在上面。临窗望去，宅院内是绿色的草坪，草坪中央有一个小型家庭游泳池，那水清澈见底，映出一抹白云。

杨姗姗兴奋得禁不住流出了眼泪，这不正是她所追求的那种生活吗?！她决定要好好照些照片，将这一切展示给家乡的亲人和朋友们。虽然她的文化水平不足以使她以留学方式出国，可她不是一下子就达到了那些留学多少年都难以达到的生活水准了吗？

花园式住宅在她眼中无异于一座小型宫殿，她将是这宫殿中的皇后，能过上这样奢华的生活，是她在当年插队当知青时就幻想过的啊。

在长沙市上完初中，她没机会再上高中，便被半强制性地送到了湖南岳阳市洞庭湖内的君山茶场上山下乡、插队落户。

君山在中国风景名胜中占有一席之地，半山腰上的湘妃墓被无数名人咏赞过，君山云雾茶中的珍品银针自古是上贡之物，一年只产几十斤，而与君山隔湖相望的岳阳楼更是中国古代四大名楼之一，范仲淹的“先天下之忧而忧，后天下之乐而乐”则成千古绝唱。

杨姗姗在这里插队的时间是一九七四年，已属“文革”后期，上山下乡运动早就落潮，知青们一个个人心浮动，认认真真“接受贫下中农再教育”的没有几个，不是跑回长沙去想办法调回，就是终日在茶场胡闹。她虽然不经常回家，也不男女厮混，无事生非，但却从没有好好采过茶，总是在山上东游西逛，遍领风光。她去得最多的地方是被一片斑竹环绕的湘妃墓。

在那墓前，她有时一坐就是几个小时，想象着当年王妃如何生活，也渴望自己有朝一日能改变命运，从贫民阶层一跃而成为贵族。她认定当工人的父母不可能给她创造什么机遇，想有所作为只能靠自己，而她自己唯一的天赋就是苗条的身材和漂亮的相貌，所以她必须以此为资本，嫁一个有地位的人才行。于是，她不在知青中交朋友，她要保留自己的原始本钱，做一次性投资。

三年之后，她离开了君山，在一家纺织厂大规模招工时回到长沙当了一名纺织女工。从此时起，她用找对象来改变命运，以达到人生目的的行动开始了。

她找对象的条件非常简单而明确，那人的父亲起码是厅局级以上的干部。后来，条件有所变化，对象的父亲必须是教授。再后来，形势使她又一次更改条件，对象要有直系亲属在海外。

十多年的时间内，她起码谈过近二百名对象，见了一次面就不继续的不计其数，但都没有成功，当官的公子只想玩弄她，教授的后代嫌她没有文化，海外有直系亲属的男人畏惧她那太直截了当的目的。不过，无论怎样失败，有一点值得她骄傲的就是她从未失身于任何一个人，她一定要将处女之身奉献于洞房之夜。

在她成了时装模特之后，苍天不负她一番苦心，终于让她找到了一名外国人，成全了她的梦想。

说实话，若不是嫁给一个巴基斯坦人，她真的不知道卡拉奇在地球的哪一方，就是巴基斯坦，也是在办理出国护照时找来一本中学地理书才多少有些了解，知道那里百分之九十以上的人信奉伊斯兰教，全国到处都是清真寺，每天都要向麦加的方位膜拜。

对于宗教，她毫无兴趣，她嫁给外国人只是为了当阔太太享受的。虽然她知道王妃皇后是她不可能实现的梦想，但中外电影中所展现的阔太太的生活大概是已经降临到她身上了。每天起床有女仆伺候，丰盛的早餐已经摆好，吃完早餐后丈夫去公司上班，她则到超级市场或风景区去闲逛，下午游游泳，晒晒太阳，晚上陪伴丈夫出席各种宴会或舞会，周末和假日则开上跑车去游山玩水。这是她为自己勾勒好的一幅美妙图画。

然而，一切都和她的描绘截然不同，在她洞房之夜为丈夫奉献了处女之身后，丈夫哈克便告诉她从今夜开始她就必须是一个伊斯兰教徒了，一切生活习俗都必须和穆斯林一样，否则将受惩罚。

由于她的无知，她并没有理解成为一个虔诚的穆斯林将意味着什么，在幸福时刻，她点头同意了。

第二天早晨五点钟，她还因过度疲倦而沉溺于梦乡之时，就被丈夫拉着起了床，给她穿上穆斯林女人穿的长袍，和她一同跪下，教她念古兰经，此时，她才听到外面如同中国文化大革命时期一样，无数高音喇叭在传送出洪亮的诵经声。

“以后每天都要五点钟起床，念古兰经。”丈夫这样告诉她。

假如这一点她还可以承受的话，那么其他的规矩则使她目瞪口呆了。丈夫禁止她随便出门，只能在家中呆着，万不得已一定得出去，则必须蒙上面纱，只露双眼，全身上下的皮肤除双手以外，一律用长袍裹住。她想穿着各种漂亮时装招摇过市的念头成为了泡影。

更令她愕然的还不是平时只能吃牛羊肉，斋日则禁食，而是丈夫哈克在娶她之前已经有了三个老婆。她刚进家门时看到的几个肥胖女人原来并非女仆，而是丈夫的前三个妻室。

她的丈夫也从不带她出席什么宴会、舞会，凡属社交场所，她根本就不能入内。她丈夫唯一带她多次去过的地方是清真寺。

她确实不愁吃，虽然她喜欢吃的猪肉连味都闻不到；她也确实不愁穿，虽然她从故乡带来的各种时装只能偷偷在屋内比试一下；她更确实不愁住，虽然她常一个人冷冷清清地睡在一张大床上。但是，她生活的欲望和乐趣却渐渐消失了，她觉得自己像被关进动物园里的一只鸟兽一样，没有了生存竞争的搏斗和危险，也因而丧失了本性。

是的，当一个人看着外面的美好世界，却发现这世界与之隔断了，又怎么能不痛苦、不悲哀呢？实际上，连庭院中那一池碧水的游泳池她都不能入内。

她决定争取男女平等，以现代文明来冲击自己的家庭。她穿上连衣裙，到卡拉奇的街上去逛。换上游泳衣，在阿拉伯海上戏水，反正当地人都认为她是日本人或中国人，并不会去阻拦她。但是，她回到家中后，丈夫哈克则会以伊斯兰法规惩罚她，其他三个老婆也在日常生活中歧视她，她再也不敢有什么越轨行为了。

这样度过了三年，在她给家人去了不少封信，虚假地描绘当阔太太的生活多么妙不可言之后，在绝望之中，她用丈夫刮胡子的吉列剃须刀割断了手腕上的动脉，因失血过多而死在异国他乡，最终结束了她当阔太太的梦想。

她在给家人的最后一封信中写道：还是在家乡有意思，还是在插队时躺在竹叶上，望着蓝天遐想最愉快……

第二十章　命运启示录

岘港，他遭受着比在国内更严酷的磨难和煎熬却任凭人生的小舟在生活的汪洋中飘荡；利马，她虽然有了生存的基础但厄运始终像魔鬼的阴影一样笼罩在头上。

1

陈沉光从一个岩洞内走了出来，他并不觉得里面的钟乳石和石笋有什么神奇之处，丝毫没有桂林的七星岩更诱人，也许全世界的石洞都大同小异吧。认真说起来，他认为还是整个五行山更令人感叹不已，这是由金、木、水、火、土五座山峰所组成的自然风光，它奇妙之处在于五座山峰都是从平坦的沙滩上拔地而起的，从远在七公里之外的岘港市就可以领略到它的气势雄伟、景色壮观。

沿林中的石径走到一座寺庙前，陈沉光停了下来，掏出一千盾买了一把香，跨进门去，跪在大雄宝殿内的蒲垫上，双手合十，认认真真、虔虔诚诚地磕了三个头，希望佛祖能保佑他从此改变命运、飞黄腾达。起身之后，他又将一张二万盾的越南币塞进功德箱中，一个老和尚为他撞了三下铜钟。

他相信命运，或者说，到越南之后的严酷经历使他不得不向命运低头。但他还信佛，近年来几乎是逢庙必烧香，见佛就磕头，以期神灵能够改变他的命运。在苏联解体、东欧国家纷纷改变社会形态之时，越南政府也高扬起改革的大旗，这是否预示着他的命运同样将产生巨变呢？他不能不拜神求佛，以求有望。

在越南生活了十八个年头了，他真正体验了什么叫作炼狱，什么叫作在水深火热之中，但是，他熬过来了，在不惑之年到来时，他确实还可以有一番作为，可以将人生翻开新的一页。

他是昆明知青，父母在“文革”的武斗中双双死于“捍卫毛主席的革命路线”的枪弹下，十六岁的他则无牵无挂地到了中越边境地区河口县一个农场去插队落户。

假如不是生产队长将他关在马圈内被蚊子咬了一夜，恐怕他的历史就要改写了。可他相信，这一切都是冥冥之中早已安排好了的，他难以逃避掉这人生的折磨与灾难。

那天，他因为泅渡过红河去偷苏联援越工兵的军用铁锹，而少割了几十棵橡胶树，也就是说当天将少收价值几元钱的胶款，结果被生产队长发现，召开全队大会对他进行“革命大批判”。他不服气，说偷军用铁锹是为了和“苏修”作斗争，有了好用的工具能更好地“抓革命，促生产”，与生产队长当众顶撞，生产队长一怒之下，将他捆了起来，扔进马圈。

这种惩罚在当时的农场并不少见，不少知青在被蚊虫咬得没有人样之后，确实变得老实多了，而陈沉光却没有屈服，当他被从马圈中放出来后，沉默了三天，在橡胶林中堵住了生产队长，用偷来的军用铁锹把生产队长打得血肉模糊，几乎死去，然后他又一次横渡红河，到越南去打击美国侵略者去了。

他其实很早就想作为一个士兵到越南战场上去，表面上说是为了世界革命，为了解放所有被压迫民族和人民，而从灵魂深处讲，则是他不甘于平淡生活的青春冲动在起作用，而且，不知为什么，他总觉得自己这一生中若不经历一次战争的考验，没见过枪林弹雨是怎么回事，将是一大遗憾。

他越过界河，进入越南领土时正是一九七三年旱季，年初时，越南北方政府和美国政府已经签订了巴黎协定，美国停止轰炸北方，并全面撤军，北纬十七度以北战争的阴影正在消散。

其实，从偷越边境线时起，陈沉光就没有打算留在北方，即使美国飞机还在对河内、海防等北方城镇进行狂轰滥炸，他也不愿意加入到炮兵部队去往天上放炮，他渴望的是端着自动步枪冲锋，架着重机枪横扫敌群，仰着脑袋用高射炮打敌机他总觉得有点可笑。

他要去的是越南南方，那里有民族解放阵线的游击队，他们急需兵员。何况，插队三年，他已经向当地人学会了不少越语，完全可以冒充越南北方的人。

他沿着红河向下游进发，一路上更加认真地掌握越语，也了解越南的风土人情，以使自己更像一个越南人。到河内后，他卖掉从国内带出的胶鞋、电池、手电筒等物品，这是越南市场奇缺的东西。有了些钱后，他又沿海岸线继续南下，终于在雨季到来之时，进入了平治天省。

寻找民族解放阵线游击队并没有费什么工夫，由于美国政府宣布撤兵，游击队一下子壮大起来，也变为公开活动了，所以他很容易地找到他们，并被接收了。

一年多时间里，他随游击队参加了几十次战斗，至一九七五年旱季末，在北方坦克部队的协助下，游击队势如破竹，直捣南方最大城市西贡，五月一日越南南方全部被解放，南方伪政权垮台了。

假如他在此时宣布自己的真实国籍，并愿意回国，说不定会受到国际主义英勇战士的良好待遇，就算不能衣锦还乡，起码被送到昆明挑个如意工作没有问题。

可是，他没有走，而是留在了西贡，以解放者的身份被安排到一家商店当经理，因为他爱上了一个越法混血姑娘，并决心娶她为妻与她共同生活。

他的妻子是越南民族解放阵线的护士，他在一次肩部负伤后，经她精心照料而很快痊愈，因而对她产生了感情；她也很喜欢这个身材健壮的男子汉，尤其当她得知他是个中国人以后就更倾心于他了。

为了爱情，他留在了被改为胡志明市的那座城市，政府部门也承认了他的华侨身份，并因作战有功分配了一套住房给他。

三年的安定生活，他有了一个可爱的儿子，他也结识了不少在胡志明市经商办企业的华人，他还参加了华人协会，当上了副秘书长。

然而，命运给他的磨难并没有结束，一九七八年越南反华排华开始，如同一九六五年印度尼西亚反华排华一样，华侨富商首先遭难，而后他也未能幸免。他被撤消了商店经理的职务，去当搬运工，几个月后，他的家又被抄砸。

看着越南青年在他家翻箱倒柜、砸碗摔盆的情景，他想起当年他当红卫兵抄家时不也是如此吗？他觉得这是报应，也许从那时起，一种宗教意识就从心底萌生出来。

由于他并非工厂主，也不是富商，从他家自然抄不出什么值钱的东西，几个越南青年不愿空手而归，便用枪逼住他，当着他的面轮奸了他的妻子，以示对这个女人的母亲卖身法国侵略者，她又卖身中国人的惩罚。

他觉得越南实在不能再逗留下去，杀死华人的传闻几乎每天都有。于是，他找到几个同样惶惶不可终日的华侨富商，动员他们出资买一条船，从海上逃往香港。

那几个华侨富商同意了，每人出资一百两黄金，买了一艘机帆船，在一个月黑风高的夜里，和他一同携家眷离开了胡志明市，乘车到达海边，上船而去。

然而，他们并没有平安抵达香港，刚刚离开越南海岸，就碰上了海盗船。海盗们用重机枪封锁住他们的去路，然后靠上来，不但将他们身上的金银细软席卷一空，而且还抢走了船上的年轻女人。有一个男人奋起反抗，当场被乱枪打死，扔入海中。

海盗船离去后，一场热带风暴又侵袭而来，船桅杆断了，螺旋桨的叶片也冲坏了，他们只好任船随风漂流，听天由命。

整整七天，先是几米高的巨浪狂涛让木船随时可能倾覆，而后又是暴雨瓢泼而下，他们不停地将舱中的海水和雨水用脸盆倒出去，暴风雨停息后，烈日便高悬头顶，晒得他们皮肤几乎裂开，由于食品全被海盗抢走，他们只能靠留在脸盆里的掺有海水的雨水解渴充饥。当他们都奄奄一息、濒临死亡之时，快散开了的木船终于搁浅在一条海岸线的沙滩上。

他们没有死于大自然的狂肆之中，但也不能算得救，甚至可以说是才出狼窝又入虎口，因为他们靠岸的地方是岘港湾，那是越南一大港口所在地。

一些越南民兵俘获了他们，给他们喝了些米汤，待他们清醒过来，问明情况，就全部押入劳改集中营。

如果说那几个华侨富商还有机会用黄金换得自由的话，陈沉光则注定要被长期关押起来。那些华侨富商在欧美有亲戚，可以替他们缴纳赎金，而他则是孤身一人，没有人会为他掏钱，而且他在越南当过近两年时间兵，参加过许多战斗，很了解越南的军事情况，越南即将与中国展开一场战争，放他离去，就有可能泄露军事情报。于是，他被冠以“间谍嫌疑犯”的罪名严加看管。

很多年以后，当他获得自由，偶然看到了《第一滴血》、《现代启示录》、《猎鹿人》、《屠城》等反映越战和柬埔寨劳改营的录像片后，一点都不会被震撼和惊愕，他的遭遇只会比那影片中描写的更残酷，更令人难以忍受。

他想起当知青时流传的一种说法：上山下乡等于变相劳改。而他在越南劳改营中所体验的生活若和知青生活相比，简直不可同日而语。

且不说他每天的繁重劳动，就拿饮食来说已经够令人发指了，每天一小块木薯就是全天的主食了，他从来没喝过开水，干活时能发现的一切昆虫都将成为他的美餐，有时也会大吃没成熟的稻粒，当然若被发现一定是一阵毒打，还要被吊在烈日下暴晒。

不少人忍受不了这非人的折磨，含恨死去，一些女犯还要惨遭奸污，有些不甘受辱，自杀而亡。他没有死，苟延残喘地活下来，恐怕这也是命运所安排的，人生还给他留下一段漫长的光阴。

二十世纪八十年代末期，尤其是中国政府免费让越南人到北京参加了亚洲运动会之后，中越关系终于解冻了。在一九七九年时，陈沉光真希望中国军队能直捣河内，横扫整个越南，那他一定会想尽一切办法逃出集中营，参加进痛击越南人的战斗行列。可中国军队只进入越南五十多公里，然后就收兵了。受到了打击的越南人对关在集中营的华人更加虐待，甚至说要将他们统统扔到大海中喂鱼去。

整整十年，他丧失了自由，在地狱中煎熬，但他没有更多的自我抱怨，他对生产队长的那种报复，恐怕也少不了要蹲十年大牢。假如要在国内蹲十年大牢，那他就再也不会有机会端着自动步枪冲锋陷阵，有惊心动魄的战争经历了。

当他又成为一个自由人后，曾经扒火车从岘港到了河内，又从河内到了老街省，由于红河大铁桥被炸断，他只有下车步行一段路，来到了中越边境线上。

老街市已经被中越战争的炮火夷为平地，他在对岸插队时所看到的那些法式建筑连残墙断壁都不见了，不知道的人以为这里自古就是一片山林呢。越南政府并没有恢复这座城市，因为没有钱，也因为十七国西方集团准备承租这一片山林，修建一座现代化的口岸城市。

他没有过河去，从河岸看，对面的河口县依然如旧，没什么变化，据说那里很快将变成开放城市，但他知道，若想剧变，起码也是五年之后的事了。

也许此时他回到国内，讲明特殊的遭遇后，祖国还会承认他为中国公民。可他回去能干什么呢？他对故乡城市早已经陌生了，从一些国内报纸看，给他安排一个铁饭碗的机会是没有的，而当个体户，自己白手起家，恐怕在越南的前景会更好些，因为很明显这边的政策更开放、更灵活、更自由。一个穷得太久的国家一旦打开口子，就会势如破竹、无以阻挡。

他重新返回河内，摆了几天烟摊，卖些走私香烟，不想突然碰上了一个原来和他一同逃难的华侨富商，此人已经成为法国公民，以某跨国公司老板的身份来越南进行投资。

这华侨富商虽然是个商人，但中国人的传统文化在他身上还有很深的烙印，尤其是滴水之恩必当涌泉相报的报恩思想很浓，他将陈沉光请到河内的国宾馆，和他谈了整整一天一夜，最后请陈沉光做他设在越南办事处的主任，帮助他在岘港开发十公顷土地，建立贸易大厦等一系列商业设施。令人啼笑皆非的是，那块越南政府以极低价格出售的土地就是当年关押他们的劳改集中营。

陈沉光答应了，这大概同样是命运的安排，是冥冥之中那不可知的力量的施舍。为此，他和华侨富商到河内有名的独柱寺去烧香拜佛，到了岘港后又去五行山上所有的寺庙中磕了头，进了香，送上了功德钱。

他不再刻意地为自己的人生进行什么安排，他相信命运早已经将一切都安排好了，只要活着，就总会有福祸幸灾，随它去吧。他人生中唯一由自己主宰的只是插队生活中那次对生产队长进行报复，然后泅渡过红河到越南参加了战争。

一年以后，大批中国人涌入越南，住满了所有大城市的宾馆，他们想大赚越南人的钱，面对此种状态，他既不惊，也不喜，当然更不悲哀，他只觉得不但人有命运，国家同样有命运。

2

若一般人看到凌丽君的相貌，会觉得她很俊秀，细皮嫩肉，小小巧巧，典型的贵州女性的模样。若按相面先生的说法，她嘴薄、耳薄、眼薄、脸色太白，犹如涂了一层白粉，称为鬼气太重，乃克夫之相，命不好，只宜单身度日。

她本来不信，后来终于信了，因而她于八十年代后期移居太平洋彼岸的南美城市利马时，是以单身女子的身份出走的，她认为这会使她的命运有所改变。

在这个古代“印加帝国”所在地，同样充斥着流传已久的神秘文化色彩，大街小巷上有不少以看手相为生的流浪印第安人，使人想起电影《叶塞尼亚》中满脸皱纹的老太婆那令人恐怖的预言。她来此以后，也找过几个印第安妇女看过手相，她们几乎一致断言，她曾经有过灾难，不祥之兆依然伴随着她，还会有厄运降临。

她半信半疑，以前她确实有过不幸，那是东方神秘文化所预测出来的，也就是她命中注定的，难道南美神秘文化也能从她这个从小就受东方文化熏陶的女性身上发现什么人生的痛苦之源吗？也许人类在神秘、宗教方面确实有共通之处？

她的经历曾验证过她的“克夫之相”。她有过几任丈夫了，确实都没有什么令人满意的下场，当然他们并不觉得是因为娶了她而倒霉，而她自己则明白这是命运在作祟。

她第一次结婚是在离贵州省著名风景区黄果树瀑布不远的一个山寨中插队时，在艰辛的劳动和无卿的精神生活中，她狂热地爱上了一个同样在那里劳动改造的“右派分子”，这个大她十岁的男人从一九五八年起就在那里当农民了。尽管贫困、劳累、孤独、寂寞像绳索一样缠绕着他，但这些并不能使他渊博的知识、深刻的思想、超人的文采、坚定的信念磨灭掉，当一批知识青年来到他身边时，他立刻成为了这批年轻人的崇拜偶像和言谈中心。

她顶着社会和家庭的压力毅然地嫁给了他，并在一年之后生了个儿子。当儿子一岁，刚学会叫爸爸、妈妈时，她的丈夫得了急性肝炎，在缺医少药的山区，由于得不到及时治疗，很快死去了。临死前，他伸出浮肿得不像样子的蜡黄的手，抚摸着她的秀发说："好好活着，把儿子培养成一个真正的男人。"

这句话，成为了她今后生活的唯一支柱，养好儿子，成了她活着的唯一目的，因为这是她人生中第一次爱，也是最后一次爱的人的嘱托。

在当知青的几年中，她孤身一人，养育着儿子。白天劳动，她像当地妇女一样，把儿子背在背上，随时随地毫不羞涩地解开衣襟喂他奶吃，收工回到茅草屋中，除了砍柴做饭，就是带着他玩耍。她宁肯自己吃糠咽菜，也要把不多的一点白米煮成稀饭给儿子吃，父母寄来的一点点腊肉，也全都留给儿子。当她在一九七五年回到贵阳当工人时，她已经瘦得不足四十公斤了，而儿子却白白胖胖，和城里的孩子没有什么两样。

为了使儿子不至于因为家庭门第太低而产生自卑心理，尤其是当儿子上了小学常常回到家中抱怨自己的母亲只是个印染厂的女工时，她决定再一次嫁人，找一个当官的丈夫。

她白皙的皮肤，清秀的面容，小巧苗条的身躯，因比较早地生育而恢复得依然如未婚女性的体态使她仍然具有吸引人的地方，她父母也不希望她年轻轻地守一辈子寡，因而发动亲朋好友为她找合适的对象。没有费什么事，一个搬运工出身、靠“造反”起家、当上了市纺织局革委会副主任的汉子看上了她，与她结为夫妻。

她一下子成了官太太，从父母那间十平方米的低矮小屋中搬进了宽敞明亮的三室一厅，儿子上学也时常有上海牌小轿车接送，她的工作更是从印染女工变成了印染研究所的实验员。以前的朋友、邻居、同事们都说她命好，有福气，人们似乎都不再提她的“克夫”之说了。

然而，两年之后，在清查“四人帮”走卒的运动中，她丈夫被撤了职，关在机关的顶楼中交代“文革”初期打、砸、抢的行为，并有人检举他在“武斗”中开枪打死过人，还奸污过对立派的女俘虏，他自知罪恶严重，逃脱不了惩罚，在一个夜晚跳楼自杀了。

凌丽君从三室一厅的房子中被轰了出来，她的儿子再也张扬不起来，整天在学校里灰溜溜的，被人指责为坏蛋的儿子。以往常来拍马屁的校长、老师们看见她连招呼都不打一个。

于是，她“命里克夫”的说法又被人们旧事重提，凡是知道她经历的男人再也没有敢沾她边的，虽然她还不到三十岁，还有着青春的风采、撩人的风韵。

外界对她的评价和议论她并不在乎，只要有儿子相依为命就行，她只是为了儿子而活着，为了能让她真正爱着的人在地下瞑目就行。

进入八十年代以后，儿子上了中学，她又一次觉得生活艰难，靠一个人抚育儿子越发困窘了。倒不是她的精力不够，而是她的经济能力有限，养不起一个开始懂得在吃、穿、用、行方面讲时髦的中学生了。她儿子常常因这些问题向她大发脾气，而她一看到儿子在生活方面不如其他人家的孩子就会深深内疚，觉得对不起长眠于地下的爱人。

此时，她的父母都已退休，退休金刚够老两口度日，不可能给她什么援助。为了孩子，为了不让在地下的人失望，她决定趁自己还有成熟女性姿色的时候再嫁一个有钱人。

这次，她没靠别人介绍对象，也不敢有人再为她介绍对象了，她自己浓妆艳抹一番，经常出入一些个体户的小店，与那些腰缠万贯的单身男人周旋。

终于，一个从四川来开时装店的年轻男人看中了她，与她有过几夜风流后，决定娶她为妻，结婚礼物是一套三居室住房，并给她儿子买了一辆日本产的十速跑车。

她又搬家了，这次房子虽然没有当官太太时大，但里面装修豪华，彩电、录像机、全自动洗衣机、电冰箱全部是松下产品，金银首饰齐全，高档时装一皮箱，儿子每个月还有两百元零花钱。

但是，这种不愁钱花的日子她只过了一年，不久，一辆警车开到她住的楼下，几个刑警用手铐铐走了她第三任丈夫，并查封了她家的一切财产，因为她那当个体户的丈夫表面上是卖时装，背地里却在贩毒。被逮捕仅仅一个月，便被公审后押赴刑场枪决了。

她又一次成了寡妇，又一次搬回贫民区。此时，她彻底相信了“克夫之相”的说法，决定再也不靠丈夫来提高生存质量，而是准备自己去奋斗，去养育好儿子，也使自己体体面面地做人。

在印染研究所工作的这些年，她对贵州的蜡染技术非常精通，在山区插队时，那里的农民们一些土造蜡染方法和古朴的服装式样也给她留下了很深的印象，在辞职干个体的潮流冲击下，她也离开了印染研究所，自己租了间铺面，专门出售手工蜡染的布料和服装。

她发现，一个还不算苍老而且不难看的女性开服装店并不是一件很艰辛的事，她每个月的收入都在千元以上，足以让儿子舒舒服服地上完高中，再去上大学。

她出国的念头其实是始于儿子。她儿子并不像她希望的那样出类拔萃，甚至身上已经沾染上一些不良少年的恶习，学习成绩总是不够理想，若要以成绩去考上哪怕一所末流大学都不太可能。儿子也认识到前途渺茫，于是提出到国外留学的要求，他知道，他所提出的一切申请，母亲都会竭尽全力地去满足。

留学当然只能是自费，她倒不太发愁钱的问题，只是她家祖祖辈辈居于贵州，海外没有任何亲朋好友，谁为她的儿子联系学校和做经济担保呢？于是，她考虑还是自己先出国，站稳脚跟后，再接儿子出去，反正儿子还有一年多才高中毕业。

自从有了这个想法，她对于来她店中买蜡染工艺品的外国人格外关注起来，寻找着与外国人结识的机会。说来也怪，在她“克夫之相”的命中，又蕴含着很多幸运的成分，她居然很快和一个秘鲁的汉学家建立了关系，这个汉学家非常推崇中国文化，他得知她出国的愿望后，竟然很高兴，说她的蜡染技艺在秘鲁很有前途，产品也会有销路，在收受了她一大批蜡染工艺品后，他主动帮她办理了移居秘鲁的一切手续。

她在一片羡慕神情中离开故乡，飞到了秘鲁首都利马，在那个汉学家的介绍下，进入了利马的唐人街。这里是华侨聚居地，因而她没有什么语言障碍，何况以一个女性的语言能力，不到三个月她就能讲一些普通的西班牙生活用语了。

她所经营的中国蜡染工艺品商店设在利马的马克河北岸，这里房屋古老，街道狭窄，大多属于殖民时期的建筑。自从几个印第安女人给她看过手相之后，她一直小心翼翼地过着日子，每日九点钟开门营业，下午六点钟即打烊关门。由于她设计的花布对于秘鲁人来说新奇独特，每种花色数量很少，不会重样，服装式样既古朴又高雅，既简单又大方，黑人、白人穿上去效果都很好，做窗帘、墙饰也很新颖，所以销路极好，常常供不应求。她遂大胆地开设了一家小工厂，培养了几个印第安工人，还雇了几位少女，既当模特，还兼营业员。

一年下来，她已经颇有些积蓄，而且有足够的能力将儿子从国内接来，花钱送他上一所私立大学。

由于她打下了基础，给儿子办出国和入境手续没费什么周折，前后一共只用了三个月时间，儿子便飞到利马与母亲团聚了，而且进入了那家私立大学的语言学院，攻读一年西班牙语后就能正式成为大学一年级的学生了。

正当她认为南美神秘文化对她这个受东方文化熏陶出来的中国人的预言不起作用的时候，她的儿子却出了事。

她儿子由于一直被娇生惯养，又没有严格良好的家教，已经成为一个浪荡少年，在没有严格管理的私立大学语言学院中，他不是好好学习外语，而是首先学会了西方少年所谓现代派生活方式的恶性习气，他让百依百顺的母亲给他买了一辆美洲豹牌跑车，说是为了上学方便，实则常拉着些姑娘跑到大海边鬼混。一天，他超速行驶在滨海大道上，与一辆卡车相撞，车子起火，同车的姑娘当场被烧死，他双腿撞断，面容被毁，虽然经抢救活了下来，却已经是个生活不能自理的残废了。

到此时，她才知道无论是东方人还是西方人，无论在东方生活还是在西方生活，命运都是无法抗拒的，几个印第安看手相的女人对于她还有灾难的预测绝非危言耸听。

说来奇怪，尽管她“命中克夫”又“克子”，可她的蜡染工艺品却从没有滞销过，不停地给她带来虽不多可也不少的钱财，足以使她雇得起保姆照料儿子，而且她的作坊也在扩大，商店也从只有十几平方米增加到近百平方米，她俨然是一个不大不小的华侨富商了。

她想起当知青时第一个丈夫给她看过的莫泊桑的一本小说《她的一生》中结尾处的一句话：她觉得，自己的一生过得不好可也不坏。

这同样是对她人生的总结吧，这就是上帝给她安排的命运，无需抱怨，也没什么可惊喜的。

后记　初恋在那年那月

我的初恋是在知青时代，而知青时代于今日的我来说，只能是那年那月了。

在我和她爱的交往中，她只给过我一个吻，不是在1970年相爱间，而是在1992年我们都已步入中年不惑时。

不会忘记，从一踏上南下的火车，我就被她那双大而明亮的眼睛吸引住了。那是1969年4月26日，中共九大刚刚召开，我没有随激动万分的市民去参加那欢庆的盛典，而是在另一个声音中被送上了上山下乡的征途。那声音是由宣誓、告别、叫骂、抽泣、嘱托和时而爆裂的爆竹所组合，说不上悲伤，也不算热烈，倒是有些许茫然混杂于人们的情绪中。

她就坐在我对面那张木椅上，我得以仔细端详这个在母校人大附中时偶尔擦肩而过的少女。她属于那种既不娇美也不艳丽但却很吸引人的女性，之所以吸引人，我想一定是她那双永远闪动着热烈光芒的眼睛和自然卷曲而显出妩媚的乌发。

我一定属于早熟的男孩子，否则，何以在还不到17岁的年龄就会瞩目一个陌生的女子，而且我还明确地知道她是高中68届的学生，比我整整大三岁。

火车离开北京站时的凄凉和喧闹很快烟消云散了，母亲关在“牛棚”中的现实及父亲因为被批斗而苍老了许多的面孔都因她那双似乎带着笑意的眼睛而变成了往事，对前途未知的不安也因她的同行显得无足轻重了。

我没有勇气像1990年代的男孩子一样大胆地去与她搭话，尽管我曾在天安门广场干过“拍婆子”的把戏，但那终究只是一种顽童行为，并没有任何实质意义，与其说是一种性追逐，倒不如说是60年代中期的大孩子的时髦游戏更为准确。

穿过华北平原，跨过黄河、长江，盘行于西南的山岭，在昆明换成法国人修建的窄轨火车，又经过一天一夜的颠簸，抵达了注定将会使我的青春、汗水和爱所流淌的河口县，我们所要插队的红河人民公社就在这里。

从火车上跳下来，活动着已经坐麻木了的双腿，疑惑地打量着在我心中神秘而陌生的红土地，就在这时，我听到了清脆的笑声，继而听到了银铃般的歌声，我抬眼望去，只见她无忧无虑地跑到了火车站一侧的河畔，在一棵粗大的菩提树下，高唱着“太阳落山了，那安静的钟声阵阵地响，槟榔树的绿斜影正映照在小村旁”……这是《外国民歌200首》中的越南歌曲。

从身边人们的议论声中，我得知脚下那条河叫南溪河，再往前100米所汇入的另一条河则是红河，这两条河都是中越边境上的界河，河的那边便是正在与美国人作殊死抗争的越南，怪不得她唱起越南歌曲。

河水清澈，缓缓地、温柔地流动，一个竹排横在河心，上面一个黑瘦的男子在打捞什么，而河对面浅水湾有几个姑娘穿着衣服站在齐腰深的水内，梳洗着黑缎般的长发，本来就紧身的衣服被水浸湿后更贴在身上，勾勒出优美的曲线。夕阳铺洒在山林和河谷上，一切都如诗如画，她陶醉其中也在所难免了。

这是她的童趣未泯？抑或是浪漫正萌？但不管怎么说，丝毫看不出她对即将到来的生活有什么不知所措和忧心忡忡，她似乎天生就是个永不知惆怅、哀伤、孤寂的欢乐女孩儿。她的情绪感染了我，我呆呆地望着她小巧、单薄但又不失少女风姿的背影，忘记了远在他乡的无助。

夜里，我梦见了她，这是我第一次梦见一个年轻的女性。

和所有插队的知青一样，我们必须过生活关，过思想关。住在以前放养鸭子的茅草棚内，睡在“嘎嘎”作响的竹床上，吃着缺少油水的饭菜，顶着烈日、暴雨和躲避毒蛇、蚊虫劳作，并没有后来文学作品中写得那样苦不堪言、难以忍受。我想，这应该是一种社会大环境和一种精神状态在起作用。

社会大环境是毛主席关于“接受贫下中农再教育”的指示没有人敢于违抗，假如连国家主席、部长、将军的公子和千金都上了山下了乡，那就不会再有什么人会产生委屈和不公正感，何况贫下中农也确实欢迎我们来；精神状态则是由经过艰苦锻炼把自己培养成合格的革命接班人的信念所导致，还有青春年华、无处发泄的精力所配合。

于我来讲，应该再加上初萌的少年之恋。

无论是上山割胶，下田薅秧，进林砍伐，还是坐在屋檐下“天天读”，活跃在空场上打篮球，夜里行军拉练，只要有她在一旁，我就根本不会有任何凄楚和苦难的念头产生，听着她发自心底的、随时会冒出的笑声，看着她那双亮得使露珠黯然失色的眼睛，我的心会发胀，我的大脑会单纯得像一片轻飘飘的叶子。而当我知道她居然是国家某部部长的二女儿时，对她更产生了渴望亲近和交流的思绪，不是想攀权附势，而仅仅是因为她丝毫没有贵族小姐的骄横和娇气，惹人喜爱。

我喜欢在开全队大会时坐在她后面，这时，我就会凝视住她纤细的脖颈和卷曲的秀发，而我灼热的目光一定使她心慌意乱，她会略显嗔怒地回头看我一眼，似乎是埋怨，又似乎是欣慰。每看到她这种目光，我的心便醉了。

是一次大火最终拉近了我跟她的距离。

没有人知道在1970年那个旱季的夜晚大火是怎样燃烧起来的，反正生产队的高音喇叭一响，说17号林地失火，让共产党员、共青团员和贫下中农、知识青年去救火，已经准备入睡的我们跳下床，提上裤子，抓起砍刀就出了门。

满天乌云的夜阴沉沉的，一个个人影沿着起伏不平的山路向几里路外的火场冲去。好在对于山林中每一条小路我们都很熟悉了，不需要手电筒也能如履平川。我跑得很快，一是因为英雄主义的冲动，二是因为要在她面前表现出自己的思想改造得彻底。

一路上，我超越了一个又一个年轻男女，却没有看见她的身影，当到达火场时，明火已经快被附近生产队的人扑灭，只有浓烟雾在升腾。在几朵火苗最后的跃动中，她出现了，跑得跌跌撞撞，上气不接下气。在离我很近的地方，她站住了，随即，捂着胸口倒下去。

她正在感冒，由于身体虚弱加上高速奔跑而休克了。人们围上去，而我只能站在一边，关切而焦虑地看着她，企盼她早点醒来。几分钟过后，在凉水喷洒，掐人中，按摩胸口，加上呼唤，她睁开了双眼。我几乎可以肯定，她的目光在第一时间就是寻找我，而我却被黑暗遮挡住。我没有勇气如同许多年后的电影里描写的那样，在众人面前扑上去，抱起心爱的女人。

因为那是一个不允许18岁的大男孩儿公开谈恋爱的时代。

但是，在她休养的那几天里，我割胶就像失魂落魄一样，不是割伤了树，就是丢掉一行树，然后匆匆收胶，回到生产队第一件事就是去看望她，给她送去高价买来的白糖，还有从贫下中农鸡窝中偷来的鸡蛋。

终于，在一次我给她倒完开水之后，她拉住了我的手，用湿润的目光盯住我，问："你为什么对我这样好?"

我居然不会就势抱住她，居然不会说"我爱你"，在很长的一个时期，在和以后的情人接触中，我都从不会说"爱"字。我觉得，说"爱"字很简单，而爱起来太难，我干不了太难的事。

虽然我没有说出什么甜言蜜语，但她开始主动和我接近，这大概是我一生中最惬意的一段时光。我们除了在劳动时尽量能在一起，而在夜晚，在没有批判会和斗私会时，还双双到橡胶林和田埂上漫步。身边，萤火虫闪动着光亮如同星星坠落人间；天上，星星眨着眼睛，好似萤火虫飞入苍穹。我们沐浴着清凉的月光，谈革命理想，谈中国的未来，谈学习马列的体会，谈知识青年的改造，唯独没有谈过爱情，但在谈一切与爱无关的话题时，我们的确都感到了浓浓的爱意和深深的恋情。

在我和她相处的日子里，没有拥抱，没有亲吻，最多只是携手擦肩，我觉得，能握住她的手，已经是我在那年那月中最大的满足了。有一次，我无意中看到了她领口内白皙的胸脯和微隆的乳峰，顿感心惊肉跳，面红耳赤，在奇妙的冲动之后是觉得亵渎了神圣的爱。

我不知道，假如我们的关系一直延续下去，会不会陷入世俗，谈婚论嫁，更不知道，我真和她结为夫妻，今天的生活会不会是另外一个样子。历史不能假设，人生也不能假设，我享受的终归只能是过程。

她突然走了，她的父亲又恢复了工作以后，她被一切人认为理所应当地离开了农村，如同当时许多高干子女的状况一样，没有人责怪他们，人们责怪的只能是自己的命运。

她去了东北一座中等城市中的工厂，工人的身份在当时世人的目光中好于知识青年百倍，我预感到了我们关系的最终结果，我从她母亲对我的冷漠态度中可以真切地察觉出来。带着浓厚落后农民色彩的她的母亲明显地认为我和她门不当、户不对，一个部长的千金怎能嫁给一个普通干部的儿子，一个城里人又怎能去爱一个农民?！我前后去过她家三次，仅仅三次就注定了我这一辈子再也不愿意看见一个暴发户的太太（金钱暴发和权势暴发就其本质是一样）。

她显然无法一下子斩断情丝，于是来信。她每来一封，我会回两封，她每写3页纸，我会写10页纸，我试图用文字去保持我们的关系。但是，半年以后，在她进入一所中等专业学校上学之后，终于停止了来信，而不管我又去了多少封信。时间和空间决定了我初恋的彻底终结，为此，我痛苦万分，愁肠寸断。

我没有停止写，只不过不再写注定毫无回音的信，而是写诗和小说。她曾经说过："你以后成为作家多好。"

或许，没有她的这句话，我也会成为作家，因为我心中压抑了太多对社会、对人、对历史的各种感慨，不发泄出来就难以平静，而在那个时代，唯有文学创作才能使心中的愤懑得以释放。但是，她的那句话无疑也是一种原始的动力，一种情感的激励。我幻想着，有朝一日我的作品真的在全国报刊上发表了，她会被感动，会重新燃起爱火。或者她本来就没有熄灭过爱火，只不过没有力量去战胜世俗观念，需要借用我人生的成功。

趴在床上，伏在衣箱前，坐在胶林里，我用文字表达着我当时（现在看起来绝对肤浅）的情感，那当然不是如今年轻男女的风花雪月或私生活，而是对一代人现实生活的描述。终于，1973 年，我的一首诗发表于《重庆日报》上，她可能看不到那张发行面很窄的小报，因而没有传来任何信息。一年之后，我的第一篇小说刊登在当时具有权威地位的文学刊物《朝霞》上，她不会没有看到，但她依然沉默着。

再以后，初恋失败的伤口已经愈合，她和那份爱恋已成为另一个时代的记忆，但我依然在写。电影《我们的田野》、中篇小说《世界》奠定了我一个作家的基本位置，而我创作的第一部长篇小说《青春梦幻曲》，因为大量的情感回潮，不由得将她作为书中的主人公。我想，她总会看到我众多作品中的一部吧，她应该知道，我已经成了作家。也许作家作为一个当代职业已经不值一提，但她绝不会忘记她对我说过的那句认真的、充满感情和期待的话。

时隔22年，我的第一次婚姻破裂之后，偶然得知了她的下落，一种复杂得无法诉说的思绪使我拿起了电话，拨通了她的号码，一声“你找谁”就使我听出了她22年居然没有改变的清脆嗓音，我说“你猜我是谁”？而她只沉默了一秒钟，就毫不犹豫地说出了我的名字。我想，任何人都不可能忘却初恋对象的音容笑貌，人的一生太短暂了，根本来不及抹去心中的记忆。

我约她见上一面，此时，我的念头明确了，不是想有什么情感的追寻，而仅仅想看看22年的生活使她变成了什么样子。

她如约而来，在北京西二环一个汽车站前看到了她，我的心顿时一沉，岁月沧桑，她比我想象的还要老态，唯有那双明亮的双眼和自然卷曲的头发未变，这恰恰是当初她打动我的主要原因。

进了我在嘈杂路边的陋室，我送给了她一本由人民文学出版社出版的《青春梦幻曲》，扉页上写下了我用大半夜时间构思的一首诗。看到那本书，她抑制不住地泪流满面，这本书她一定不陌生，她一定一直在关注着我。我满足了，不管这种满足是虚荣还是什么别的。

捧着书，她深深地看了我一眼，突然在我脸上吻了一下，夺路而去，我没有去追她，也不想去追她，我知道，我和她的关系到此彻底画上了句号。我尝试着又给她打电话，还请一起插队的知青聚会，她换了电话号码，也不来参加聚会，我验证了自己的推断。

在我和她的交往中，她只给过一个吻，不是在1970年相爱间，而是在1992年我们都已步入中年不惑时，那吻也不是热烈的，而是冰冷的，我揣摩，这吻中可有懊悔？可有内疚？可有对少女时期的怀恋？可有残存的一份爱？最终我无法确定。

不管怎么说，爱，确实在那年那月发生过，尽管时代让我们从没有说出过“爱”字。